有華人的地方就有

龍人的作品

笑破蒼穹

3 幻境奇緣

龍人 策劃／易刀◎著

故事背景

大荒紀年。天鵬王朝。

大鵬王死後不到三年，古蘭叛亂。後五年，大荒群賊蜂起。

天泰帝繼位後，勵精圖治，平定大荒局勢。後來繼位數帝，窮奢極欲，民怨載道。

景河繼位，雖欲中興天鵬，但帝國積弱已久，又逢天災連連，盜王陳不風登高一呼，大荒亂賊四起。

大荒三六六一年，天鵬瑞吉十年，陳不風率奇兵攻破大都，天鵬帝國宣告滅亡。

次日，河東慕容無雙起兵，誓言復鵬，天下群雄紛起響應。

大荒史上，一個延綿兩百多年的戰國亂世就此拉開了序幕。

＊四大鎮派仙器——指禪林寺的觀音瓶、玄宗門的老子遺書《道德經》、正氣盟的正義之劍及天巫的黑巫權杖。也是四大宗門能立派數百年而屹立不倒的原因之一。

＊長毛族——西琦一個非常厲害的種族，族中戰士擅使長弓，箭法驚人，常常能在千步之外命中目標，讓大荒諸國頭疼不已。

＊吸星大法——異界妖術的一種。施術者藉由經脈控制被施者的意志與元氣精血，使其魂飛魄散，天心地心立告失守。

＊天地洪爐——鵬神殿前的一池溟火。此火能煉盡天地間一切五行之物，對天地間一切物體都有吸引之力，故被稱爲天地洪爐。

＊大荒四大世家——指青州的慕容世家、大鷹的唐門、平羅的文家及黃州的師家。

＊四大聖獸——傳說中上古有四大聖獸：青龍、金鵬、火鳳、白虎。四大聖獸每代都只能有一隻，上一代死前以本命真元結下元胎，憑此一脈相傳。

＊天機——蕭國的情報網路，無孔不入。

人物簡介

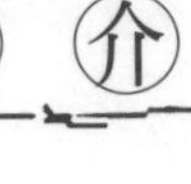

◎驚世帝王榜

＊大鵬王忽必烈——

天鵬王朝開國之君。駕崩後，帝國即陷入動盪不安的局勢。

＊景河——

天鵬王朝亡國之君。本欲東山再起，卻時不我予，只能抱憾以終。

＊陳不颪——

人稱「盜王」，義軍首領。亦爲造成天鵬王朝亡國之人。具有木水二性的金風玉露神功，打遍天下無敵手；與「大荒四奇」齊名。

＊慕容無雙——

風州王。天鵬瑞吉十年，陳不颪率奇兵攻破大都，天鵬帝國宣告滅亡，慕容無雙起兵復鵬，率八十萬大軍與陳不颪決戰於天河。

＊楚問——

新楚國當今皇帝，號稱「龍帝」。對李無憂青眼有加，屢屢賜封李無憂爵位及各種恩賞。

＊蕭如故——

蕭國皇帝。統領煙雲十八州。弱冠之年即削平叛亂，一統蕭國。絕世用兵天才。

＊軒轅乘龍——

明荒開國皇帝。

人物簡介

◎異界英雄榜

＊李無憂——

如彗星般崛起的傳奇人物，五行齊備的千年奇才。號稱「大荒雷神」。原是市井無賴，絕處逢生時誤食五彩龍鯉，更得隱世高人傳藝，從此使他脫胎換骨，逐漸步上至尊之路。

＊龍吟霄——

禪林寺弟子。武術雙修，小仙級法術高手。正氣譜十大高手中排名第九。

＊柳隨風——

江南四大淫俠之首。身具江湖第一神偷柳逸塵的獨門絕技「如柳隨風」。與寒山碧為生平摯友。

＊蘇慕白——

昔年江湖第一風流才俊。十二歲就做到新楚宰相。著有膾炙人口、傳頌一時的《淫賊論》。

＊文治——

正氣盟盟主文九淵的獨子，年僅十九，官居平羅國的正氣侯。正氣譜排名第十九位。與李無憂比武後，甘願拜李爲師。

＊謝驚鴻——

人稱「劍神」。天下公認當世第一高手，胸懷俠義，重然諾，輕錢財。

＊慕容軒——

當世四大世家之一慕容世家的家主，慕容幽蘭之父。大荒三仙之一。十大高手排名第六。屬大仙級的法師。

＊司馬青衫——

新楚國右丞相，最大特點是好色如命。看似毫無鋒芒、才能平庸，卻被柳隨風認爲是心中第一英雄。

＊獨孤羽——

「邪羽」之稱，地獄門弟子。名列妖魔榜第十。冥神獨孤千秋的嫡傳弟子。

＊任獨行——

擁有「劍魔」之稱。天魔門弟子。名列妖魔榜第十一。

人物簡介

＊獨孤千秋——

三大魔門之一地獄門的門主，有「冥神」之稱。其兄獨孤百年爲蕭國國師。

＊冷鋒——

神秘殺手，傳說中從未失過手。不達目的絕不甘休。

＊宋子瞻——

妖魔榜排名第一的神秘人物。

＊吳明鏡——

有「大荒第一刀」之稱。

＊厲笑天——

有「刀狂」之稱。與劍神謝驚鴻齊名。正氣譜排名第二。

＊任冷——

人稱「天魔」，與冥神獨孤千秋，妖蝶柳青青並稱爲三大魔門宗主。

＊古圓——

文殊洞主持，人稱「封狼小活佛」。

＊阿俊——

大鵬神的孫子。後跟隨李無憂等人同闖江湖。

＊夜夢書——

與王定、喬陽、寒士倫共稱「無憂四傑」。

＊莫若和——

煙雲十八騎的雲騎將軍。

＊王維——

軍神王天的孫子。年僅十六，但膽略非凡，隱有一代名將風采。王天逝後，由其繼任統兵大任。

人物簡介

◎絕色美人榜

＊寒山碧——

風華絕代、國色天香。武術雙修，人稱「長髮流雲，白裙飄雪」。邪羅剎上官三娘的弟子，行事極爲狠辣。江湖十大美女中排名第三。妖魔榜排名第九。

＊程素衣——

菊齋傳人。人稱「素衣竹簫，仙子凌波」，江湖十大美女中排名第一。正氣譜排名第十。

＊諸葛小嫣——

玄宗門掌門諸葛瞻的獨女。人稱「一笑嫣然，萬花羞落」，江湖十大美女中排名第二。身懷玄宗法術之外，更自創獨門法術「彈指紅顏」。正氣譜上排名十五。

＊師蝶舞——

人稱「蝶舞翩翩，落霞秋水」，江湖十大美女中排名第五；正氣譜上排名第二十。一身「落霞秋水」劍法極是了得。

＊師蝶翼——

師蝶舞的妹妹，師家的三小姐。貌美無雙，傳言比師蝶舞還要美艷動人。素有「冰玉女」之稱。

＊慕容幽蘭——

十大美女排名第六。胭脂馬和火雲裳爲其獨門標誌。其父即正氣譜十大高手排名第六的慕容軒，法術獲其父真傳。與李無憂一見鍾情。

＊唐思——

大荒四大刺客組織之一「金風雨露樓」排名第一的刺客，從無失手的記錄。妖魔榜排名第十四。與慕容幽蘭互爲表姐妹。

＊朱盼盼——

人稱「羽衣煙霞，顧盼留香」；十大美女排名第七。

＊劉冰蓮——

柳隨風對其曾有救命之恩，因之與柳展開一段情緣。

＊芸紫——

天鷹國的三公主，有「天鷹第一才女」之稱。性喜遊歷，常年輾轉於大荒諸國，豔名

人物簡介

亦播於四海。

＊賀蘭凝霜——

西琦國女王。

＊柳青青——

妖魔榜排名第四。無情門門主。有「妖蝶」之稱。

＊石依依——

超萌正妹，石枯榮之妹。爲了行動方便，在無憂軍團中變身成粗聲粗氣的壯漢謝石。

＊秦江月——

絕世美女。憑欄關外庫巢的守將，有「玉燕子」之稱。

＊若蝶——

異界妖女，原被封印於溟池之中，意外被李無憂打開封印而出。前世與莊夢蝶有過一段驚天動地的孽緣。

＊陸可人——

四大宗門年輕一代最傑出的四人之一。與龍吟霄、諸葛小嫣、文治齊名。行蹤神秘，極少露面。

＊蘇容——

「捉月樓」頭牌美女，亦為金風樓主的二弟子。

＊朱如——

金風玉露樓樓主。亦是朱盼盼的母親。

人物簡介

◎超級仙人榜

＊諸葛浮雲——

道號青虛子。玄宗創始人。已兩百多歲。與禪僧菩葉、真儒文載道、倩女紅袖並稱「大荒四奇」，李無憂的結拜大哥。水滴石穿為其獨門法術。

＊菩葉——

異界禪門的得道高僧。李無憂的結拜二哥。

＊文載道——

止氣門的創始人。也是李無憂的結拜三哥。獨門武功為天雷神掌。

＊紅袖——

貌美無雙，聰慧過人。李無憂的結拜四姐。

＊莊夢蝶——

曾一人獨對三千高手，折劍而還，毫髮無損；與若蝶有過一段塵緣。留有《夢蝶心法》一書。

＊大鵬神——

掌管異界溟池之神。原形爲修煉千年的大鵬。

＊雲海、雲淺——

禪林寺高僧。

人物簡介

◎奇人異士榜

＊王天——憑欄關守關元帥。用兵如神。人稱「軍神」。

＊張龍、趙虎——楚國斷州城大將。後為李無憂吸收，納為手下。

＊段治——善於製鐵的奇人，後追隨李無憂，忠心不貳。

＊朱富——既無資歷又不懂兵法、不會武功卻被李無憂任為航州參將。

＊秦鳳雛——楚軍梧州六品游擊將軍，卻幫助李無憂將百里溪殺死。

＊谷風——珊州總督。

＊勞署——

珊州參將，後加入無憂軍團。

＊韓天貓——

盤龍寨山寨老大，法力高強。妖魔榜上排名第九十三。

＊石枯榮——

潼關總督。其妹石依依爲絕色美女。

＊耿雲天——

楚國太師。以小氣出名，實則城府極深，爲靈王人馬。

＊王戰、王猛、王紳、王定——

結義兄弟，王門四大戰將。軍神丁天手下。

＊馬大刀——

土匪頭子。以「除奸黨，靖敵寇」的旗號揭竿而起，起義暴動。

目錄

第一章　大悲幻境

眾人見面，自然另有一番喜悅。問起這一日夜所遇，三人和他們境況相似，唯一不同的是，在發現自己身處幻境後，古圓和尚開始尋找五大陣眼所在，終於在黎明時分找到了北方的陣眼，並將其成功暫時壓制，所以這個上午，這邊的景物才未再改變。

「等等……你說你居然將這個陣法的北方陣眼給壓制住了？」李無憂明顯吃了一驚，「活佛兄，你不是說真的吧？」

古圓笑道：「憑小僧自己當然是沒那麼大本事了，不過是借助了文殊洞鎮派仙器文殊舍利的力量罷了。」

厲笑天聞此虎軀一震，微微變色，李無憂卻一臉茫然：「仙器？文殊舍利？」

慕容幽蘭撇嘴道：「不是吧，老公，你好歹也算是和我爹齊名的法師了，竟然連仙器都不知道？」

「切！我就是沒聽過，怎麼地？難道很丟臉嗎？」李無憂很是鬱悶。

朱盼盼笑道：「無憂竟然沒聽過仙器，真是有點不可思議。其實仙器和神器都是威力非常大的法寶，傳說中分別只有仙人和神人遺失在凡間的。四大宗門之所以能立派數百年而屹立不倒，固然是因爲他們武術自成一格，但他們各自擁有一件鎮派仙器，也是一個重要的原因。禪林寺的觀音瓶，玄宗門的老子遺書《道德經》，正氣盟的正義之劍，天巫的黑巫權杖。」

「我怎麼沒聽那幾個老怪物說過？」李無憂喃喃道，「還有其他什麼仙器嗎？」

朱盼盼道：「盼盼見識淺陋，其他的仙器好像就沒怎麼聽說過了，不過今日有幸見識到文殊舍利的法力，果然是匪夷所思。」

李無憂點點頭：「那神器又都有些什麼？」

慕容幽蘭接道：「傳說中的五行之神各有一件掌管五行神力的神器，還有倚天劍和破穹刀，除此之外，似乎還有一件叫不知道是叫蒼蠅還是蒼鷹的古琴……」

朱盼盼掩口笑道：「是蒼引，指引的引。另外，盼盼還聽說魔門有一件魔化的神器蚩尤刀，百年前曾在南山的白雲峰曇花一現，被蘇慕白前輩以無上玄功重新封印起來，之後下落不明。」

這仙寶神器李無憂倒真是第一次聽說，因爲大荒四奇都是不世出的高人，更在意對自

身修為的鍛鍊，於仙寶神器這些外物卻並不如何看重，是以傳授李無憂時並不提及這些東西，而他原來還以為倚天破穹已經是天下最強的兩件武器，卻不知道原來還有好幾件與之齊名的神器。

「嘿嘿！有仙器又有個屁用？找不到中央陣眼，那玩意就等於廢物。」厲笑天冷冷道。

古圓嘆道：「唉！厲施主所言甚是。可惜小僧不是大仙位的法師，只將『空色』練到第二層的『色即是空』就練不下去了，不然只要領悟了第三重的『空空色色』，即可找到中央陣眼，再憑仙器之力，破除此陣就指日可待！現在……只有慢慢找了，好在我們已經封印了五分之一的地方……」

「等等！」李無憂靈光一現：「你是說『空色』只要是入了大仙位，就可以練成第三重嗎？」

「嗯！」古圓點頭，忽然想起什麼：「對啊……李大俠你就是大仙級的法師啊……不過你現在沒有法力，即使能夠領悟，也無法施展啊！」

「嘿嘿！」李無憂高深莫測地一笑，「別廢話了，先將『空色』的心法說給我聽。」

古圓雖然滿腹疑惑，卻依舊將「空色」的心法一一說出。

他說得甚慢，深怕李無憂聽不懂。後者默不作聲，只是靜靜地聽，只是越聽神色越是冷峻，眉關漸漸緊鎖。

「李大俠，此門法術要以高深佛法爲根基，你一時不能領悟，也不必介懷。」古圓說罷安慰道。

李無憂嘆道：「空即是色，色即是空，空空色色，色色空空，非空非色，亦色亦空。這空色六境其實都很簡單嘛！活佛你的資質看來真是有些低啊，都這麼多年了居然還衝不過第三重！」

「資質低？」古圓失聲道：「不會吧！我文殊一派，除開山老祖文殊菩薩外，千年以來，只有號稱一代奇才的第三任掌門在第五十歲的時候練成過第四重的『色色空空』，像小僧在十七歲時就練成第二重，已經是史上的第一奇蹟了……」

「是這樣的嗎？」李無憂笑了笑，「那看來還是我冤枉你了！不錯，那你繼續努力，爭取在一百歲的時候參破第六重吧。只是現在，你仔細聽著，我將這第三重心法的精要解釋給你聽，你不需要明白，只要按著我說的做就成了！」

李無憂以十八稚齡成大仙位高手，早成江湖神話，古圓聽他有意指點自己，知這是難得的曠世奇緣，忙凝神靜聽。

「左手虛掐蓮花印，右手擬拈花之態，靈氣轉全身十六主脈，出天地雙橋，走尾殼……」李無憂聲音平平淡淡，但聽在古圓耳中卻不啻靈山佛語，手不由心地隨著李無憂所說的結印。

他身周立時大放光明，片刻後，光明漸漸黯淡，開始若隱若現，一朵巨大的白蓮以他的身體爲花蕊，朝四周綻放，一種類似禪鐘鳴響的聲音自他口裏飛出，繞轉四周。

朱盼盼忽然嚶嚀一聲，朝後退了一步。

厲笑天忙將掌心貼在她的背上，朝她體內輸入一道至陽真氣，後者感激朝他一笑。慕容幽蘭扶住她身子，見她臉無血色，關切道：「朱姐姐，你沒事吧？」

朱盼盼擺手道：「活佛的法力太強了，我有些受不了。多虧了厲大哥相助。」

空氣中瀰漫著一種淡淡的檀香味。李無憂聲音轉急，古圓指法變化也越來越快。梵音佛唱霎時充塞於天地之間。白蓮花瓣碎裂成片，綻如星雨。

李無憂邊說邊退，此時已躲到厲笑天身後。

古圓淩空矗立，白色僧衣在漫天花雨裏若隱若現，仿若涅槃的佛陀。

終於，他大喝道：「空色圓融，還我本相，萬相歸宗！」雙手結印轟出，一個大大的金色卍字直衝雲霄，但於空盤旋片刻，卻直落眾人中間的空地，迅疾消散無蹤。

「啊！原來中央陣眼就在我們腳下！」李無憂大喜，隨即大喝道，「活佛，快用文殊舍利！」

古圓應了一聲，雙掌驀然一分，一顆發著金光的珠子暴射而出，瞬間沒入地下。

「轟隆」一聲巨響過後，方才的黃沙千里景象一空，四圍陽光燦爛，氣候溫暖如春，奇花異草爭芳鬥豔，萬物生氣盎然。唯有面前一個巨大的冰池，於這溫暖如春的地方很有些突兀。

離眾人不遠處一塊白玉石碑上有金光流動，定睛看時，隱隱是四個大字的形狀：大悲幻境。

北溟第九溟，又稱玄溟、天池，乃縹緲大陸的極北之地，方圓八百里，如一顆巨大的明珠鑲嵌於青山之間。四圍險峰入雲，峰間常年霧嵐繚繞，雲蒸霞蔚，有仙禽神獸出沒其間，極是神秘。

傳說四聖獸中的金翅大鵬就世代住在天池南邊的摩天峰上，世代守衛這片世外淨土。

出了大悲幻境，面對溫陽照體，和風熏人，五人都是神清氣爽，襟懷大暢。

朱盼盼讚道：「所謂物極必反，不想這極北之地，非但不是苦寒，反是溫暖如春，不啻人間仙境。」

古圓收回文殊舍利，道：「各位施主，小僧已探察過了，四周並無人跡，想來大鵬神是默許了我等的存在。現在，我們就可以開始釣玉鯨了。」說時右手手指一陣伸屈，眼光落到前方三丈處，左手一揚，一道金光過處，冰面憑空多了個井口大小的圓洞，陣陣寒氣化作白煙冒了出來。

眾人立覺氣溫變冷，李無憂更是打了個哆嗦。眾人詫異之際，古圓已從懷裏掏出一朵雪白的花朵，續道：「釣玉鯨，需武學高手將雪蓮置於冰水之下，用真氣將花香逼向四方，方可引玉鯨而來。」

「真氣……」聽到這句話，眾人若有所思，眼光齊刷刷全望向了厲笑天。

後者嚇了一跳，忙道：「別聽小禿驢的廢話，這傢伙鐵定是想公報私仇。」

李無憂立時譴責道：「厲大哥，咱們好歹結義一場，兄弟我現在有難，你難道就忍心見死不救嗎？」

「若說去和人拚命，老子二話不說，但你要老子像個娘們一樣拈朵花，傻兮兮地將手放到冰水裏，那可萬萬不行！」厲笑天急忙擺手，死活不應。

「沒義氣啊！還大哥呢！呸！」李無憂當即翻臉，旁徵博引地罵了起來，一時間，古今聖賢、滿天神佛全成了他引經據典的根本，上下三千年來歷史上最出名最齷齪的叛徒、沒義氣的敗類全成了他的幫手，洋洋灑灑扔了數萬言，直將厲笑天罵得慚愧欲死，恨不得立時就鑽進那個冰洞生生世世再不出來，他依然沒有半點甘休的意思。

「老公，別罵了！你看朱姐姐！」慕容幽蘭忽然打斷了李無憂的滔滔不絕。

朱盼盼一言不發，皓臂半露，玉手卻已伸到那冰洞之中。

「啊！盼盼你快起來，別凍傷了手。」李無憂大驚，忙跑過去要將她拉將起來，後者立時臉帶薄怒道：「無憂，你是認爲盼盼無能，不能將雪蓮香散落開去，還是認爲盼盼不是你的朋友，不配爲你做這點小事？」

「我……你……都不是！」李無憂生平第一次的笨嘴拙舌起來，「我沒那個意思，不過你……」

「呵，沒有那個意思就好。」朱盼盼轉怒爲喜，嫣然一笑，玉臂又向水下伸了幾寸。

李無憂又是好氣又是感動，拿她無法，只得順了她的意思，回頭狠狠瞪了厲笑天一眼，重重吐了口唾沫。後者嘿嘿一笑，自去池裏獵了幾尾鮮魚，死皮賴臉地求李無憂烤熟吃了，算是替自己贖罪。

李無憂雖氣他不過，只是此時自己功力不在，如龍游淺水，還有好多事要依靠他，不好真的翻臉，見那魚脂肥油豐，在古圓的勸解下，半推半就地應了。

眾人在池邊就地搭了個簡陋木棚，烤著鮮魚，高聲談笑。

朱盼盼像個白癡一樣，傻傻地將手伸到冰下釣鯨，卻並無怨言，神態還甚爲滿足。

慕容幽蘭見此，在李無憂耳邊酸溜溜地輕聲道：「老公，我看朱姐姐很快也要叫你老公了！」

李無憂微微一怔，隨即苦笑道：「你還是不瞭解盼盼啊。她對我固然是極好，那不過是朋友之情罷了！她並不是一個願意依附男人的女子啊！」說時起身而起，帶著一條熱氣騰騰的烤魚朝朱盼盼走了過去。

剛走到一半，他忽然覺得足下一陣搖晃，差點摔倒，定睛看時，才發現四處的冰面已開始破裂，冰下隱有轟鳴聲傳來。

「玉鯨來了！」古圓大喝一聲，搶先掠出。其餘三人跟著縱身飛了過來。

朱盼盼剛面露喜色，一根巨大的水柱自那洞中飛了起來，「砰」地一聲破響，附近數十丈寬的冰面忽然裂開。

下一刻，「嘩啦啦」一陣碎響，冰塊飛濺，緊接著「蓬」地一聲巨響，一條巨魚破冰而出。

朱盼盼身形一飄，已經穩穩站在了一塊浮冰之上，雙臂張開，袍袖鼓風，身形朝後疾退。李無憂嚇了一跳，轉身便朝岸上跑，剛跑兩步，一個踉蹌，一股寒意已自足下傳來，忽然一陣幽香撲鼻，背上一股巨力傳來，整個人已凌空飛起，耳畔傳來小蘭的嬉笑聲。

那魚全身瑩白如玉，身長不下十丈，全身無鱗，肋生一對巨翅，飛翔如鳥。一出水面，驟見生人，怒吼一聲，口吐一蓬白光，朝疾飛而來的古圓猛撲上來。猝不及防下，古圓忙御風避開，卻被那白光掃中僧袍一角，衣角立時寒冰凝結，下一刻，這段衣角竟憑空掉了下去！

厲笑天見此竟冷喝一聲，怡然不懼，迎著那白光猛撲上去。

「孽畜！吃老子一刀！」隨著一聲巨吼，一道火色的強光自厲笑天身上冒出，劈開白光，狠狠地砸在玉鯨的額頭。

「嗷！」玉鯨厲吼一聲，負痛倒飛。古圓高宣一聲佛號，手掌一揚，一蓬金光自手射出，將玉鯨身體悉數罩在其範圍之內。玉鯨厲聲巨吼，猛扇雙翅，想要掙脫紅光的束縛。

激烈的罡風隨著玉鯨翅膀的煽動布滿了整個天池，李無憂和慕容幽蘭站得遠，在池邊兀自覺得雙頰生疼。朱盼盼一直立於一塊浮冰之上，此時竟也身不由己地被罡風吹得朝岸邊移動。

狂風中，厲笑天虎軀一振，白光凝成的冰甲被炸得四散飛分，全身的衣服被搞得支離破碎，他索性將上衣拔去，露出肌肉虯結的精赤上身，也不顧頭髮披散，就提刀朝金光籠罩中的玉鯨猛砍過去。

「住手！」一聲巨吼彷彿如一個炸雷，在眾人耳裏，在天池上方炸開，一時間千山響徹，四圍群鳥亂飛。

厲笑天冷笑一聲，並不理會，長刀化作一道三丈長的火紅色刀光，狠狠地斬在了玉鯨的頭部。血花燦爛地綻放，厲笑天老臉猙獰，彷彿一個魔鬼。

古圓嘆息一聲，收回文殊舍利，呆呆地看著橫在冰面的巨大玉鯨屍體，心頭陣陣冰涼，不禁高宣了聲佛號，喃喃道：「師父，弟子是不是做錯了？」

「這傢伙果然是個變態！那麼恐怖的東西，居然被他一刀就砍翻了。」李無憂嘀咕著，和小蘭、盼盼二女慢慢走到了池心。

一聲長長的清嘯，天空一個黑點漸漸變大，一個金衣老者凌空飛下，輕輕落在冰面上，見玉鯨抽搐一陣，終於不再動彈，如電雙目冷冷掃了眾人一遍，怒道：「混賬！你們……你們可知自己已闖下滔天大禍了！」

厲笑天橫刀胸前，大聲道：「這條破魚是老子殺的！有什麼事你找我來！」

「找你？找你又有什麼用？你們這些無知的人類，越來越討厭了。」老者冷笑道，「從來就知道把事情搞得一團糟！趁現在事情還有迴旋餘地，趕快滾！否則本神讓你們形神俱滅，永世不得超生！」

「嘿嘿！老子好不容易才來到這裏，就是爲了治好我兄弟的傷，目的沒達成，怎麼會走？」厲笑天邪邪一笑，「今天誰要是阻攔老子，人擋殺人，神擋殺神！」

老者聞言大怒，手掌一翻，一道刺眼的金光疾射向厲笑天，後者橫刀一架，金光被磕飛，落到附近山上，一棵參天巨樹應光而倒。

「原來你竟已到修到了聖人級！難怪這麼張狂！」老者冷笑一聲，揉身撲上。

「老子今天就殺了你這鳥神，讓你知道爺爺的厲害！」厲笑天提刀迎上，與那老者戰到一處，同時大聲喊道：「朱丫頭！還愣著幹什麼，快帶他們去取膽！這老傢伙有我應付著。」

「用我的劍吧！」李無憂拔出無憂劍遞給朱盼盼，後者點頭接過，飛身朝玉鯨刺去。古圓喊道：「注意了，玉鯨腹下有一紅點，從那裏刺入，鯨膽就在那裏，不過那膽小如珍珠，藏於膏腴之間，朱姑娘請小心些。」

「狂徒敢爾！」老者大怒，狠狠一掌將厲笑天逼退，飛身朝朱盼盼飛去，忽覺面前一陣金光大作，一股巨大黏力竟讓自己身形緩了下來，不禁大驚：「文殊舍利！既然是佛門弟子，你……」

「抱歉，大神！為救天下蒼生，必定要有所犧牲。萬千罪孽，都盡歸弟子一人吧！」古圓語聲淡淡，但其間卻有種說不出的堅定。

「你……」老者一怔，厲笑天的長刀又已砍到，不得已下放出金光抵擋。一時間，竟成了古圓和厲笑天這兩個對頭聯手禦敵的局面。

那老者本來法力高強，但在仙器文殊舍利壓制下，立時去了大半，僅僅和古朱二人戰成平手，欲脫不能。

朱盼盼一劍刺中那個紅點，卻覺如中鐵石，百煉神劍無憂劍竟瞬間曲成弧形。下一刻，她整個人被震得倒飛三丈，踉蹌落地。

「啊！」眾人都是低呼一聲。

「哼！無知狂徒，以為區區凡兵就能洞穿神鯨之軀嗎？」老者眼角餘光瞥見此幕，冷哼道。

「糟糕！小僧忘了玉鯨死後軀體比生時更堅百倍，確非凡鐵能傷。」古圓忽然懊惱道。

「靠！你不早說！」李無憂狠狠罵道。

「以血塗劍，金石可穿。」一個聲音忽然鑽入朱盼盼的耳朵，她不及細想，玉手朝無憂劍上一抹，劍尖立時染上了一縷嫣紅。

下一刻，無憂劍化作一道長虹，深深刺入玉鯨身上那個紅點，強烈的七彩光華忽自傷口處暴射而出。

「啊！」李無憂眾人齊聲歡呼。

「不要拔劍！」老者驚恐大喝道，猛噴一口鮮血，一直困擾著他的舍利金光立時一黯，厲古二人一愣間，他身形已脫出舍利籠罩之下，迅疾朝朱盼盼飛去。

此時朱盼盼已將長劍自玉鯨體內撤了出來，一顆珍珠大小的七彩光珠飛射而出。

「抓住那顆珠子！」古圓大聲喊道，同時也御風飛了過去，不防臉畔一陣微風蕩漾，一個人影已自身側飛過。

卻是厲笑天！

朱盼盼嬌軀一擰，人也已騰空而起，朝那顆珠子飛去。那珠子卻似有靈性，一出玉鯨體，便朝岸上的李無憂和慕容幽蘭飛去。

小丫頭見此大喜，忙飛身去接。當是時，五人或施輕功，或祭起御風術，各展生平絕技，同時去搶那光珠。

眾人之中，以慕容幽蘭和朱盼盼離珠子最近，而厲笑天和那老者身法最快，眨眼間已是趕上二女。

當珠子在離岸上的李無憂三丈之時，四人已離那珠子都不過一丈距離。慕容幽蘭嬌喝一聲「千浪漩渦」，右手一揚，那顆珠子四周忽然生出一陣水樣漩渦，珠子朝她疾射過去。

那老者見此探手凌空虛抓，千萬道金絲立時籠罩住了光珠，珠子立時反向他射來。同一刹那，厲笑天和朱盼盼也同時出手虛抓，兩道無形的勁道立時凝在了光珠上。

四人方向各不相同，施力方向也自不同。那珠子刹那間竟然出現了短短的一頓，隨即卻朝那老者飛去，只因眾人之中自以他功力爲最深。

「金剛托日！」有人大喝一聲，一尊金色的怒目金剛忽然出現在光珠下面，伸出一對巨靈掌將珠子虛抓住，朝慕容幽蘭一方拉拽，珠子一頓，但隨即依舊緩緩朝老者移去。卻是古圓也已趕到，站到了慕容幽蘭身側施法。

「豬啊！你們難道不會站到同一邊嗎？」岸上一直在看熱鬧的李無憂忽然破口大罵道。

一語驚醒局中人。朱盼盼首先反應過來，身形緩緩朝慕容幽蘭一方移動，縮小二者之間的夾角。

厲笑天冷笑一聲，也自移了過來，如此一來，立時成了四人同時鬥那老者之局。那顆珠子在雙方力量牽制下，竟自不動。

「你們這幫蠢才！趕快放手！」那老者惱怒道，「再晚就來不及了。」

「老頭，你別唬我們了。你怎麼不放手啊？」岸上的李無憂大喊道：「厲大哥、小蘭、盼盼，還有活佛兄，你們千萬別放手啊！」

他話音未落，電光火石間，一縷黑光忽然從朱盼盼腰間射到光珠下方的冰面上。黑光迅疾斂去，場中卻忽然多了一個黑衣少年，那顆光珠卻已被他抓到手中。

眾人大驚，紛紛盡展功力去奪。

那少年方才取得珠子，不過是趁著五人力量各自牽制，此時當世五大高手同時出力壓到他身上，豈是等閒？少年的臉立時變形，緊接著噴出了一口鮮血，但他似乎根本不在乎，只是微微一笑，眉間忽然射出一道淡淡的黑光，落到光珠之上。

珠子立時發出四道更淡的黑光，激射向天池周圍東西南北四座險峰。

四道更強烈的黑光迅疾從險峰上飛射而下，聚在那光珠上，霎時一股巨力以那光珠為中心朝四圍波動，場中五人立時不可自制，被震得身不由己地朝後倒飛。

珠子上的黑光大盛，猛然彙聚成　束，射向天池冰下，將池心照出一個大大的「卍」字。立刻地，一陣悶響忽然自天池下面出來，整個天池彷彿忽然顫抖起來。

「劫數啊！」老者長嘆一聲，再無下文。

「喂！你是誰？怎麼會從朱姐姐身上冒出來？」慕容幽蘭眨巴眨巴眼睛，一臉迷惑地問道，「你是她兒子嗎？」

眾人狂倒！

只是這少年剛才確實是從朱盼盼身上忽然冒出來，並且一個人架住了五大高手的進攻，雖有取巧之嫌，但本身武功之高，也已讓人嘆爲觀止！是以，這情形說不出的詭異。

他們想笑，張開口，卻發現自己喉嚨一陣嘶啞，半天笑不出聲來。

朱盼盼面色慘白，雙目中盡是茫然，彷彿剎那間被人抽掉了三魂六魄。

「呵呵！我不是朱姑娘的兒子。」少年脾氣似乎極好，竟非常耐心地解釋起來，「至於我是誰嘛，問你老公去吧！」

這個聲音……似乎在哪裡聽過！

李無憂腦際剛剛閃過這個念頭，那少年忽然轉過頭來，微笑道：「自杭州城外一別，匆匆已是數月，李大哥風采如昔，真是可喜可賀！」

「獨孤羽！」

李無憂大吃一驚，嘴張得足夠吞下一個鵝蛋。

邪羽獨孤羽？這少年竟然就是冥神獨孤千秋的嫡傳弟子獨孤羽？場中眾人除了那老者外，悉數瞪大了眼睛，厲笑天更是冷冷哼了一聲，眼睛裏閃過一絲不可捉摸的光彩。

「正是小弟。」獨孤羽微微一笑，手腕極其隱蔽地一抖。

李無憂敏銳地感到不好，慌忙側身閃躲，只是他此時功力全失，平時翩若驚鴻的身法此時使來卻慢如蝸牛，眼前彩光一閃，口裏已是一冷，「咕嚕」一聲，一顆滑滑黏黏的東西已自喉嚨裏滾了下去。

李無憂大駭，怒道：「王八蛋，你剛才給老子吃了什麼？」

「小弟聽說大哥你喜歡吃玉鯨膽，特冒著被五大高手粉身碎骨的風險搶來給你！李大哥非但不領情，還對小弟惡言相向，這未免有些說不過去吧？」獨孤羽一臉委屈道。

「嘿！你會那麼好心？」李無憂似笑非笑，因為他忽然覺得丹田內確實開始有真靈二氣的凝結。

「看，看，大家兄弟一場，大哥你怎麼能不相信小弟呢？」獨孤羽聳聳肩，無奈道，

「枉小弟剛才還顧念大哥的傷勢，特意加了些我聖門的珍稀靈藥牽機變助興呢！」

「嘿！牽機變？兄弟你對大哥還真是好啊！大哥都不知該怎麼報答你才好啊！」李無憂心頭巨震，面上卻微笑道。

「大哥你說哪裡去了？你我兄弟之情，皎如日月，區區小事，何足掛齒？老說什麼報答不報答的，是不是太見外了點？」獨孤羽微笑道，眼神卻有意無意看向了不遠處那名老者。

「呵呵！說得也是，說得也是。」李無憂含笑點頭。

「轟！」一聲驚天動地的巨響，整個天池的冰面於瞬間破裂。

池中諸人一驚，慕容幽蘭忙展開御風術朝岸上飛掠，其餘眾人卻紛紛凌空上升，唯有朱盼盼依然如失魂魄，呆呆傻傻，身體已朝下陷去，冰水剛剛淹沒她的小腿，李無憂已經凌波飛過，將她抛回岸上。

李無憂凌空上升，剛剛用御風術將身形定在十丈高空，還未來得及品嘗功力失而復得的喜悅，又是一連串比剛才更響亮的巨響從天池下傳來。

「轟！」隨著一聲震天撼地的巨響，水面忽然炸開，滔天巨浪沖天而起，一朵丈許大小的七色彩雲自池心破水飛出，直沖而起。

「啊！」池上五人除厲笑天外，同時呼喊了一聲。不過李無憂和古圓是驚呼，獨孤羽是歡呼，那老者是慘呼。

「孽畜！哪裡走？」老者大喝一聲，雙掌連揚，一連串金光球自他掌心射出，劈里啪啦狠狠地打在那彩雲之上。「雲彩」被打得慘叫連連，東飄西蕩地藏匿。

「牽機變！」獨孤羽飛向那彩雲，同時大聲喝道。

李無憂低低罵了一聲，一揚剛才從朱盼盼身上取回的無憂劍，迎著金球撲了上去。只見他右手長劍或挑或劈，左手或圈或引，竟將老者射出的金球擋了個乾淨，而獨孤羽也已到了雲彩上方。

老者又驚又怒：「大難臨頭，年輕人你爲何還執迷不悟，爲虎作倀？」說時雙掌一合，一個超大的金球激射而出。

李無憂嚇了一跳，左手忙掐了個靈訣，一道水柱自天池中飛起，無憂劍劍尖一抖，水柱立時成了一個巨大的冰球，朝光球猛射過去。

「嗤！」的一聲對轟，冰碎光散，二人各自淩空退了半丈，竟然秋色平分。

李無憂卻知道自己已經落了下風，自己剛才一擊是借了池水之力，對方卻全憑本身靈氣，不過剛才一擊，他也試出自己功力果然已經盡復，而且更勝從前。

「好小子！竟然擋住了我三成功力！」老者讚了一聲，卻猛然變色，「糟糕！魔獸出世了！」再不纏鬥，身形幻作一片金光，朝彩雲疾飛而去。

「呵呵，該來的始終會來！老人家，何必那麼緊張嘛！來來，再和我大戰三百回合再走不遲。」李無憂嬉笑著追了過去。

岸上。慕容幽蘭猛搖朱盼盼的肩膀，急道：「朱姐姐，你沒事吧？」

朱盼盼忽似回過神來，甩開她的手，騰空飛去。

小丫頭嚇了一跳，慌忙御風追去，邊飛邊道：「朱姐姐，你不會御風，追不上他們的，我們下去等他們消息吧。」

第二章　明察秋毫

獨孤羽站在彩雲之上，穿梭於險峰霧嵐之間，仿如騰雲駕霧，正飄飄欲仙，好不暢快，腦後忽然銳器破空聲響，一股冰冷的寒意應聲襲來，回頭看時，一道丈長的火紅刀氣正當頭斬來，不禁大駭，忙將身子一低，險險避過。

「小輩！你用須彌壺在朱丫頭的玉笛裏潛伏了十餘天，剛盜得這雪衣孔雀，難道這就想走了嗎？」

厲笑天一聲輕笑，落在獨孤羽耳裏卻不啻於一個炸雷，他微一驚愕，猛然縮頭，厲笑天的刀鋒又一次貼著他的頭皮擦過，一頭的碎髮隨風亂舞，彷彿一個夢魘。

「你若再不停下，就休怪老子不客氣了。」厲笑天的聲音離獨孤羽的耳朵越來越近，冷冷的刀鋒破空聲也越來越近。

「呵呵！前輩何必那麼大的火氣，雪衣孔雀終究是我聖門之物，和您一點關係都沒有，大家井水不犯河水，何必一定要兵刃相見？傷了和氣終究不是一件愉快的事。您說是

嗎？」獨孤羽淡淡笑道，同時將雲彩壓低，專挑那險峰峻嶺，曲折而行，厲笑天飛行速度雖快，一時卻也追他不上，只是他卻也甩厲笑天不掉，二人距離是越來越近。

「少給老子來這套！老子雖然並不相信那七大魔獸關係什麼天下沉浮，只是那玩意終究是件罕物，老子想殺來熬湯喝。」厲笑天冷喝一聲，又是一刀揮出，獨孤羽慌忙避開，刀氣落到附近山峰上，山上奇花異樹立時倒下一片，碎石亂飛。

「呵呵！前輩原來喜歡這三尺之欲，若你能將這孔雀讓與晚輩，晚輩回地獄門後，可將我們中四人聖獸送上。」

獨孤羽邊躲著他凌厲的刀氣，邊出語分厲笑天的神，「狴犴、螭吻、饕餮、睚眥，這哪一樣不比這有毛無肉的孔雀強百倍千倍？前輩何必逼人太甚？惹急了，我師父他老人家未必肯和你甘休！」

「哈哈！獨孤千秋那老鬼不是早被李無憂埋在西湖底了嗎？」厲笑天哈哈大笑，「不過說也奇怪，剛才你非但沒殺他，居然還將玉鯨膽扔給他服下了。哈哈，老子明白了，你是想用他來牽制大鵬神，而且你一定還在膽上做了手腳，將來還可以用之來威脅他為你所用，要殺要剮，依然還是由你決定。小子你如此年紀，就心機這般深沉，真是讓人又敬又恐。怕是再過幾年，就沒我們這些老頭子的立足之地了！」

「那金衣老者就是傳說中的金翅大鵬神？」獨孤羽明顯吃了一驚，忍不住回過頭來，隨即面露笑容，「呵呵！前輩你說哪裡話了？晚輩不過是米粒之光，怎敢與日月爭輝？剛才晚輩就以爲您會去幫李兄對付大鵬神，我就可以趁機帶著孔雀脫身了，呵，沒想到前輩你明察秋毫……」

「當然，老子就是明察秋毫！」厲笑天本一直與獨孤羽保持著近一丈距離，說完這句話，卻猛然身影一閃，下一刻，人已出現在他身後，一掌輕輕印在他後背。後者慘呼一聲，整個人跌了下去。

厲笑天穩穩站在彩雲之上，頭也不回，一刀砍出，正從身後趕來的古圓猝不及防，被這一刀破去護體結界，正中胸口，慘哼一聲，跟著獨孤羽落了下去。

厲笑天按落雲頭，在一片臨水的峭壁邊找到了重傷的古圓和獨孤羽。

他伸手輕輕摸在那「彩雲」的額頭，放聲笑道：「哈哈！獨孤賢侄，你不是剛才還說老子明察秋毫嗎？現在老子將你二人聯手都破了，你怎麼反而不誇老子幾句？」

古圓輕咳出一口血，不解問道：「我們兩人一正一邪，他現身又那麼突兀，你是沒有理由發現的啊？」

厲笑天嘿嘿笑道：「老子若不說，你們只怕也不知曉。其實自從十天前與朱丫頭重逢那一刻起，老子就已發現你在她玉笛裏了。唉！看來老獨孤是真的死了！你別不服氣，須彌壺是你師父冥神那老傢伙的獨門法寶，它雖然小如米粒，卻能將一個人裝在裏面，但絕不超過二九一十八天，否則就將壺毀人亡，不知道我說得對是不是？」

「你……你怎麼知道？」饒是以獨孤羽平素的鎮定，也不禁變了顏色。

「因爲老子熟悉他的味道，哈哈，因爲老子在那裏面足足待過十七天又十一個時辰，你說老子怎能不記憶猶新？」厲笑天放聲大笑，但獨孤羽和古圓二人卻看出他眼裏無窮的恨意，「這都是你那狗屁師祖，獨孤我行那老匹夫幹的好事，積下的陰德！嘿嘿，所以才讓你有今日的『好』下場。」

雲彩的光華越來越淡，漸漸顯現出純白的顏色。

厲笑天從獨孤羽身上取出一個米粒大小的珠子，眼神中似有說不出的恨：

「當日老子在潼關遇到朱丫頭，立時就感應到了須彌壺的存在，嘿嘿，老子還以爲她也是你師父的徒弟，就上前和她套交情，卻不想她竟然就是名震天下的朱才女，還說自己無門無派，老子當然更好奇，當然要弄清楚她的來歷了。她說想去封狼山散散心，老子當然沒有不陪之理……嘿嘿，這些事，你當然是不知道的，你將自己封閉在須彌壺裏，自然是不知道這十七天裏會發生什麼，說起來，老子還真是佩服你這小子的勇氣！竟然敢將自己的性命交到那丫頭的兵刃裏，隨時都有笛毀壺滅的危險！」

「可你是怎麼看出小僧會往北溟一行的？」古圓忽然問道。

厲笑天冷笑道：「這小子甘冒這麼大的風險，當然是必有所圖。老子當時雖然不知道須彌壺裏的人想幹什麼，但後來還不知道嗎？老子和朱丫頭上山的時候，看見李小子他們的時候，你在附近的草叢裏鬼鬼祟祟做什麼？」

古圓似乎忽然被人拔去了衣服，臉色變得異常蒼白。

「那個時候，老子就知道事情有鬼！」厲笑天看也不看他，只是繼續道，「等李小子的傷好了之後，我發現他內力居然還沒恢復，我更加肯定這裏邊有鬼。靈氣老子是不知道，但一個人的內功卻是無論如何走火入魔，也絕不該絲毫沒有了的。所以我就懷疑是躲在草叢中的人暗自做了手腳。老子就要看看你們想搞什麼鬼，小禿驢在洞外鬼鬼祟祟地偷聽，你當老子當真就沒發現嗎？嘿嘿，你竟然說出只有聖門中人才知道的七大封印、七大魔獸之秘，老子立刻就明白你想搞什麼鬼，於是裝作處處和你作對，讓你把戲演足，甚至在你假裝無法破解大悲幻境的時候，老子也沒揭穿你！可笑我那傻兄弟居然傻兮兮地教你什麼『空空色色』的玩意，嘿嘿！」

「李施主天縱之才，那麼短的時間居然悟透了空色六境，小僧是非常欽佩的，說向他請教，也並非全是作戲。」古圓長長地嘆了口氣，「唉！是小僧當時太過大意，只以為你是浪得虛名，不足為患。我們原來的計畫是只讓朱盼盼上山來，然後這個計畫就由她來執行，李無憂才不會生疑，最後我們將封功散的解藥和著玉鯨膽讓李無憂服下，那樣他就可以替我們擋住大鵬神的反擊，我們就可以趁機帶走雪衣孔雀。沒想到，憑空生出你這個變數！唉！獨孤施主，都是貧僧太大意了。」

「算了，這事也是天數使然，半點怪你不得。栽在狂刀厲笑天的手裏，我們也不算冤！」獨孤羽嘆了口氣，見到雪衣孔雀漸漸褪去彩光，現出一身雪白的羽毛，忽然又自不解，「只是厲前輩，你既然是正道中人，為何又要助我們將我門聖鳥雪衣孔雀解封，現在又運功讓他恢復力量，難道你真的想吃牠的肉？還是你自認有辦法駕馭我聖門之物？」

「呵呵！因為他根本就不是狂刀厲笑天！」一人忽自峭壁後面轉出身來，笑嘻嘻道。

三人都是一驚，細看時，那人竟是李無憂！

厲笑天微微一怔，隨即笑道：「呵呵！兄弟，你莫非糊塗了！大哥若不是厲笑天，還能是誰？」

「任冷，任老前輩，你此時若再裝，未免太不光明了吧！」李無憂微微一笑，聲音卻彷彿一縷冰絲，狠狠地刺進了場中三人的心臟。

任冷？難道就是那個妖魔榜排名第二，當世三大魔門之一天魔門的門主，天魔任冷？

「厲笑天」一愣，隨即大笑：「好，好，果然是英雄出少年！不錯，老夫就是天魔門的任冷。」

這話一出，只若石破天驚。

古圓搖搖頭，喃喃道：「小僧早該想到了。」

獨孤羽恍然道：「難怪，難怪你說自己曾在須彌壺裏待了十幾天，呵呵，原來我們還是一家人啊，前輩！」

任冷罵道：「狗屁的一家人！咱們之間的賬，一會兒再和你地獄門慢慢算。李兄弟，你能不能告訴我，你是怎麼發現我身分的？」

李無憂笑道：「當然是你告訴我的。」

「我告訴你的？」任冷不解，「這一路行來，老夫自認將厲笑天演繹得惟妙惟肖，差點連自己都以爲我就是他了，你怎麼還是看出破綻了？」

李無憂嘆道：「一個人自以爲太聰明，就太容易將別人都當做傻子。同樣，一個人的戲作得太好，其實就容易產生破綻，這個道理想必前輩應該比我更明白吧？」

「大圓若缺，大是若非。李施主的話果然深有禪機。」古圓合十道。

李無憂笑罵道：「狗屁的禪機！只不過你們都自以爲聰明，都將天下人當做傻子罷了！當日我剛醒來的時候，確實沒有看穿你們的詭計。那是因爲我所修煉的武功裏確實有走火入魔之後功力全失的後遺症。但任前輩時時都針對你，那個時候我就看出了他的破綻。試想，他若是真如自己所說的什麼遇神殺神，遇佛殺佛，又怎麼會最後真的相信你的什麼七大封印的鬼話，跟著你這小和尚跑到這冰天雪地的地方來釣那也許連鬼影都見不到的玉鯨？」

獨孤羽吐了一口鮮血，強撐著靠著峭壁坐了起來，笑道：「李兄果然高明，小弟佩服。只是你不能憑此一點就斷定任前輩的身分吧？」

「當時我只是懷疑你們這些人的動機，所以我根本就沒問任前輩和盼盼的來路。呵呵，現在想來，這也是我做賊心虛了。」李無憂笑道，「當活佛說出七大封印的時候，前輩立時反駁。我就更加知道你有問題，因爲據我所知，這七大封魔封印確實是存在的，以刀狂的見識，絕不該至於這麼武斷地予以否認。」

話聲至此，任冷、古圓和獨孤羽都是同時變色，張大了口，一副匪夷所思的模樣。

「呵呵，你們一個個的張大了嘴，想吃雞蛋嗎？這地方可根本沒賣雞蛋的，你們這個要求，恕小弟無法幫忙了。」李無憂調侃一句，繼續道，「各位都是聰明人，難道還認爲這天下真有什麼秘密是從來無人知道的嗎?好了，話說回來，當時我雖然懷疑你的身分，但卻苦無證據，直到後來，古活佛說他一路行來，有好幾次感到了至陰真氣的波動。初時我以爲是他自己故布疑陣，但想了想，覺得他從頭到尾根本沒說過什麼謊話，接著我以爲是盼盼，但後來一想，她年紀輕輕，絕不至於有那麼高的造詣，然後我就懷疑到了前輩你身上。」

「可我一直用的都是至陽的真氣，你怎麼還是看出了破綻?」任冷不解。

「這也是晚輩當時不解的地方。在藍帶河的時候，我差點就真以爲如盼盼所說的，那真氣是北溟二老發出的，但後來我才知道二老的身分，他們該是只會法術，不會武功的，所以這至陰真氣不是他們的。如此一來，我就更加肯定有人在混淆視聽。當時我又懷疑是盼盼，呵呵，不過很快排除了疑點。因爲有件事，讓我想到了前輩你!」

「哦?什麼事?」任冷問道。

「憑聖人級的武功，難道還能被區區化石大法困住那麼久?」李無憂正色道，「北溟二老不諳武功，自以爲身具數千年功力，困住你是理所當然。但晚輩卻是見識過聖人級武功的厲害之處，所以那個時候我越發知道你有問題，卻並未揭穿。後來我無意間聽到盼盼說了句『物極必反』，這才大悟。」

「原來任前輩的武功已練到至陰轉陽的地步。」獨孤羽恍然道，「當日他甘願石化，多半是為了來掩飾自己武功的高低，另一半怕也是因為一直使用至陽真氣，引起了反噬，想借石頭的陰氣來掩蓋本身陰氣的外泄。普天之下，能將至陰真氣化為至陽真氣的聖人級高手屈指可數，再猜到任前輩的身分，就易如反掌了。」

李無憂道：「不錯。還有就是在大悲幻境中，前輩你拉著我四處飛行找路，最後有一次卻傳了一絲冷氣過來，顯然是至陽消耗過多，至陰真氣反噬所至。至此我再無懷疑你就是天魔任冷。呵，不過你既然沒做什麼對我不起的事，晚輩這一路上也就沒有揭穿你。」

「我看你是自忖當時你們聯手都打不過老子吧？哈哈！好！好啊！」任冷哈哈大笑，「果然是長江後浪推前浪。老夫自以為將你們都瞞過了，沒想到原來早就被你這小子算計著呢。」

「我？我算得什麼？最後還不是被獨孤兄給算計了？」李無憂微笑的臉露出了一絲苦澀。

任冷道：「李兄弟！這也怪你不得，你功力盡失，居然還看出如此多的事，那已經是非常了不起的事了。現在我就幫你殺了獨孤羽，找到解藥替你解了牽機變的毒，到時你我兄弟聯手，加上七大魔獸，別說是稱霸大荒，縱橫江湖，即便是劍指古蘭，一統縹緲，那還不是指日可待？」

李無憂還未說話，獨孤羽已經微笑道：「前輩怕是要失望了。我這牽機變的解藥正好沒帶在身上，而敝門中也恰巧只有晚輩一人。李兄，你若是不相信兄弟的話，不妨試試，只是到時候你腸穿肚爛而亡，切莫到地府裏找兄弟算賬就是。」

古圓也道：「李大俠，這牽機變之毒非同小可，希望你謹慎而爲。」

「狗屁，狗屁！牽機變又不是什麼奇毒，憑什麼天下就你一人會解？兄弟你別怕，一回大荒，我就去給你將歐陽回天抓來。我擔保他能治好你。」任冷邊繼續運功給雪衣孔雀解封，一邊罵道。

「呵呵！前輩有所不知，牽機變光主藥就有千種之多，各種毒藥相互壓制，才讓中毒之人不即刻毒發而亡，但若是任意解其一味，必然引來其餘毒藥猛攻而亡，是爲牽一髮而變全局，故名牽機變。」獨孤羽微笑道，「李兄，希望你千萬慎重，莫要自誤誤人才好。」

「放屁，放屁！」任冷一時無語，只是亂罵不休。

李無憂露出一副爲難神色：「哎呀！三位都是至誠君子，想來不會騙我，這事事關生死，叫人好生爲難。老子一時還真拿不定主意。」

獨孤羽見那朵「彩雲」已經彩光盡去，通體白色中，已盡顯一隻巨大孔雀的輪廓來，忙道：「李兄，莫再猶豫！雪衣孔雀一旦解封，威力無窮，而以任前輩趕盡殺絕的個性，

你想他會放過你嗎？不如你趁現在殺了他，脫困之後，小弟立刻將解藥奉上。你我聯手，到時翻雲覆雨，這天下還不是你我囊中之物？」

此時任冷額角已經微微露出細汗，聞言大聲道：「李兄弟切莫信他，你殺了他師父，他恨不得吃你肉，喝你血，又怎麼會和你合作？」

「我師學究天人，豈會那麼容易就死了？」獨孤羽反駁道，「當然，我這話沒半點看不起李兄你的意思。事實上，經你上次的重創，家師大難不死後，功力更是突飛猛進，說起來，這還得多謝李兄成全呢！」

「小僧最近夜觀天象，發現陳國上方紫龍將星在黯淡之後又已轉明，獨孤千秋施主重傷復原也未可知。」古圓忽然插口道。

「呵呵！你們一個是天魔門的掌門，一個是地獄門的少門主，想來都不會騙我這無名小卒，我該相信誰呢？這事可越發難辦了。」李無憂摸著下巴沉吟起來，猛然一拍手，拔出無憂劍，笑道，「不如這樣吧！任前輩、獨孤兄，我從現在開始依次刺你們每人一劍，至死方休，你們誰若先死了，那麼他說的就是假話，沒死的那個就說得是真話，兩位覺得怎樣？」

「好主意！李兄果然是當世人傑，居然想到了如此一個既公平又公正的辦法，小弟真是太佩服了。」獨孤羽立即鼓掌讚道：「不如就從小弟身上開始吧。不過李兄，你千萬別因為我一旦死了你就沒解藥而手下留情，那樣的話，任老前輩會覺得非常不公平，這個絕妙的主意立刻就成狗屎了。」

古圓沉吟道：「李施主，這個法子未免……」

任冷大聲道：「好，好，這個主意好！不過兩位賢侄受傷在前，我卻完好無損，這未免有失公允。我是江湖前輩，怎麼能占這個便宜？」

李無憂卻不理他，笑道：「既然二位都說好，看來我這個主意似乎還使得啊？那好，我這可就來了！」

說時長劍一抖，挽出一朵劍花，猛刺向獨孤羽，後者身受重傷，根本是避無可避，這一劍不偏不倚正中他小腹，只是中劍之處非但無傷，連一點白印都無，正自不解，刹那間一道熾熱之極的氣息忽然從小腹串起，走遍他全身經脈。

「獨孤兄，小弟最近煉成一種叫『大腸誰先斷』的奇藥，呵呵，名字雖然不雅，但據說很是好使，也不知道是真是假，剛才來之前不小心塗了點在劍尖上。你我兄弟之情，皎如日月，想來不會怪罪小弟吧？」李無憂言語很是歉疚，臉上卻掛著一種絕對人畜無害的笑容。

獨孤羽臉色慘白，豆大的汗珠順著額角不斷滾下，卻也不生氣，臉上依舊是淡淡的微笑：「呵，李兄剛煉成藥就來找小弟試藥，這份情誼，小弟真不知該如何報答才好。」

「自家兄弟，何必客氣。」李無憂淡淡一笑，忽然轉頭對任冷道，「任前輩，獨孤兄都中過我一劍了，您看，是不是也配合晚輩一下？」

任冷手掌緩緩離開了雪衣孔雀的頭，哈哈大笑道：「今日知道我得到此物的人，全都要死。李兄弟，既然你不肯和老夫合作，也與他們一起陪葬吧！」說時，無數冷冷的黑光劈里啪啦地遊走他全身，顯然是打算聚氣施展一種極其厲害的功夫。

「天魔劍！」古圓失聲道。

「呵，李兄，剛才你不肯殺他，現在有人卻開始過河拆橋了。」獨孤羽的腹痛已經消失，雖然他知道這絕對只是暫時的，但他此時見到任冷亮出天魔劍，卻一點都不緊張，似乎任冷即將施展的不是能與劍神謝驚鴻一決高下的絕世氣劍天魔劍，而是一柄根本殺不死人的木劍。

李無憂卻不理他，只對任冷道：「算了吧，老哥，你放我們走吧。你走你的陽關道，我過我的獨木橋，大家互不相擾，你看如何？」

任冷右手虛虛一抓，一柄長約三尺的黑劍立時出現在他手裏，大聲道：「大丈夫當斷則斷，要麼歸順天魔門，與老子共創一番大事，要麼就死！一言可決，何必像個婊子樣婆婆媽媽？」

李無憂淡淡道：「道不同，不相爲謀。我還是喜歡自己幹自在些。好了，我言盡於此，不過我勸老哥你還是別一意孤行，別以爲有了那隻禿毛孔雀，憑你的武功你就天下無敵了。不然到時候你會後悔的！」

「後悔？老子會後個屁的悔啊？」任冷大笑一聲，一擺手中氣劍，隔著三丈虛空，朝李無憂當頭劈下。

大敵當前，李無憂卻將無憂劍歸鞘，背負雙手，微笑道：「一。」

這一聲數罷，任冷已如鬼魅般掠過三丈虛空，只是見李無憂行徑詭異，氣劍在逼近李無憂的頭頂的刹那硬生生忽然變向，冷冷劈在附近的空地上，後者面上笑意卻不減一分，繼續道：「二。」

「耍我！」任冷冷哼一聲，氣劍再次如電劈向李無憂的頭頂。

「三！」李無憂輕輕吐出這個字的時候，任冷氣勢洶洶的氣劍忽然出現巨大的波動，霎時消失不見，而他本就面目不善的一張臉霎時變得更加猙獰可怖。李無憂的一頭長髮，卻一根也未斷。

「啊！」饒是以古圓和獨孤羽的定力，也被這忽然的變化驚呆了。

任冷一呆，再提氣聚劍，卻發現丹田一陣劇痛，那道真氣是無論如何也提不上來，不禁又驚又怒：「臭小子，你……你什麼時候在我身上做了手腳？」

「呵呵，小弟早說過自己是天下第一烹飪高手的，可厲大哥你偏不信，我又能有什麼辦法？」

李無憂臉上依舊是那人畜無害的笑容，但此時在任冷眼裏，這個翩翩美少年卻不啻人世間最醜陋的惡魔。

「原來你在魚裏下了毒？」任冷汎疾反應過來。

「呵呵，大腸誰先斷，這種絕世奇藥若不多找幾個人嘗嘗，怎麼能成爲天下第一奇毒呢？只是可惜我給你下的是慢性的，不然第一個體驗到此藥奇妙滋味的就是老哥你而非獨孤兄了。」李無憂言下不勝唏噓。

「李兄弟，你有什麼要求儘管提！」任冷不愧是當世梟雄，當即作出了決斷，「只要任某人能做到的，赴湯蹈火，在所不辭！只要你將解藥給我。」

李無憂望了望那隻雪衣孔雀，淡淡道：「小弟其實也沒什麼要求，只是怎麼看這隻禿毛鳥都不順眼，不知任大哥能否將牠給宰了？」

「啊！」場中其餘三人同時吃了一驚。

須知眾人此次北溟之行，各顯本事，用盡了陰謀手段，所求正是這隻雪衣孔雀。此時李無憂卻要讓任冷將牠殺死，那先前眾人所作所爲就全成了一個笑話。

「殺了好！李兄此舉正是爲天下除害，功德無量啊！」誰也沒料到第一個大聲贊同的竟是獨孤羽，彷彿此次北溟之行的始作俑者並非是他。

「李施主，此舉萬萬不……」古圓想說什麼，卻被獨孤羽一瞪，隨即住了口。這一切自然被李無憂看在了眼裏。

「好！」任冷果斷道，說時黑氣環繞，天魔劍再次出在他掌中。

雪衣孔雀這隻剛剛解封的魔獸，睜著一雙赤紅的眼睛，傻傻地看著周圍的人類，渾不知自己已大難臨頭。

「噗！」一蓬鮮血灑在地上，灑在雪衣孔雀潔白的雪羽之上。這一劍竟是如此的順利，甚至未遇到哪怕是一點點的阻礙。

李無憂在孔雀頭顱落地的刹那，驀然伸手虛抓，一顆雪白晶亮的珠子立時落到了他手中。

「孔雀內丹！」其餘三人雖然神色各異，卻都是微微一驚。

李無憂笑嘻嘻將那東西收入乾坤袋，笑道：「看各位的神情似乎這玩意很值錢一樣？

呵呵，不好意思，這東西現在歸我了。」

任冷道：「李兄弟，孔雀我也殺了！你現在可以將解藥給我了吧？」

「解藥？什麼解藥？」李無憂的神情並不似在開玩笑，「厲大哥，你真是太幽默了，難道你認爲服下一顆驅蛔藥的人還需要服什麼解藥嗎？」

「你……你說什麼？難道我剛才忽然肚子疼，是驅蛔藥作怪？」饒是以任冷的城府之深，聞此也不禁變了顏色。

「可不就是。大家好歹兄弟一場，『大腸誰先斷』又那麼寶貴，小弟怎麼忍心隨便給厲大哥您呢？」李無憂先是一臉的認真，隨即將聲音壓低在一個古圓和獨孤羽也能聽到的範圍內道，「呵呵，大哥，其實我剛才那堆廢話是用來騙那邊那兩個小子的！其實您的身分和剛才那些證據什麼的，我也是剛剛聽你們的對話後才想到的，怎麼會想著事先在魚裏下毒呢？這個大秘密，你千萬別告訴他們哦！」

「小王八蛋，老子要宰了你！」任冷想起剛才自己竟爲他所騙，殺了自己好不容易弄到手的雪衣孔雀，不禁大怒，手中天靡劍怒劈而出。

李無憂嘿嘿一笑，橫劍一架，龍鶴身法展動，人已借力後飄一丈，笑道：「要宰小弟，以後有的是機會，只是現在嘛，你可得先問問空中那位老人家答應不。」

空中一個閃光的金點漸漸變大，顯然是大鵬神到了。

「好！青山不改，綠水長流！李兄弟，我們後會有期！」任冷扔下這句話，轉身飛上天空，人在空中，足下忽然出現了一柄長劍的形狀，顯然是因爲不用再掩飾身分，開始使用御劍飛行之術。

李無憂望著他遠去的背影，若有所思，忽笑道：「呵呵，獨孤兄，看來任前輩畢竟是老了，交代場面的話，翻來覆去依然還是那麼幾句。」

「那是再說也沒有了。這天下，今後還不是任李兄縱橫？」獨孤羽強笑道。

「淫賊，看笛！」大鵬神的身影剛剛離地三丈，一個美麗倩影已是俯衝而下，同時一根玉笛也直指獨孤羽的面門。

「噹！」電光火石間，無憂劍的劍尖準確地對上了玉笛，朱盼盼嬌軀一震，被這一劍硬是逼退了一丈，身形凌空幾折才得以落地。

「你……你竟然會阻擋我殺這個淫賊？」朱盼盼只氣得朱顏失色，玉笛遙遙指向李無憂。

「就是，就是！老公這就是你不對了！這淫賊居然藏身在朱姐姐身上達十幾天，什麼秘密都被他看……」

慕容幽蘭邊從大鵬神身上飛下，邊憤憤不平地幫腔，但話還沒說完，卻被朱盼盼冷冷打斷道：「小蘭你別再說了！難道還嫌我難堪不夠嗎？」

李無憂笑道：「盼盼，事情不是你所想的那個樣子，獨孤羽這小畜生雖然不是什麼正人君子，但這樣齷齪的事還是不會做的！」

獨孤羽忙道：「是的，是的，朱姑娘，這裏邊有天大的誤會。」

大鵬神收斂金翅，降落在二女身後。

朱盼盼手中玉笛顫抖不止，冷笑連連道：「好，好，你竟然……竟然還幫著這個邪道妖人。無憂，今日你若不讓我殺他，從此後，我們就恩斷義絕！」

「盼盼……你……我……」

「別你啊我的，無憂，你讓是不讓開？」朱盼盼言語中充滿著一股出離生死的絕決。

李無憂忙道：「盼盼你別衝動……」

朱盼盼冷聲道：「你若再不讓開，我就死在你面前！」說時玉笛一擺，挽起一朵笛花，直刺獨孤羽胸膛。

「盼盼不要……」李無憂伸劍去擋，卻擋了個空——玉笛倏然消失，冷冷地，憑空消失。下一刻，那支笛已經插在她主人的胸口。

她出招的那一剎那，要傷的人並非敵人，而是她自己，只是她最心愛的人卻沒有明白她的心。哪怕是千分之一剎那的猶豫，哪怕是一個輕微的阻擋，這一笛在她心裏就再無猶豫。那女子像一朵嫣紅的花，忽然綻放在漫天冰雪裏，燦爛而哀婉。

「不！」持劍在手的少年想發一聲喊，但似乎有什麼東西堵住了他的咽喉，那一刻，似乎有什麼東西將他的心猛地撕裂。

他抱住了那女子婀娜的身姿，卻抱不住她凋謝的芳華。

「你知道朱姐姐爲什麼要殺他嗎？」身旁一個女子的聲音彷佛是一根針，狠狠地刺在他的心口。

「爲什麼？爲什麼？」他看著懷中那人美麗的睫毛，看著那依舊嫣然如菊的容顏，心頭空空蕩蕩，卻說不出的疼，已忘記了如何思考。

「因爲她喜歡你啊！這一生，她都是你的，再不會讓別人看見她的身子。」

「因爲她喜歡……喜歡你……喜歡你啊……」那個聲音在他耳邊迴盪，那些曾經的往事，那女子曾經的笑容，一一如在眼前，只是留得住的，留不住的也僅僅是眼前剎那芳華。

夜色濃了，淡了，濃了，又淡了。

冰冷的雪，掩蓋了天地，掩蓋了天地間所有的喜悅哀傷，也染白了那少年佇立風雪中的身影。

第三章　圍魏救趙

大荒三八六六五年六月二十五的清晨，天剛濛濛亮，柳隨風正摟著一個無憂歌舞團的歌女大唱《十八摸》的時候，軍機探子的頭目武衛國焦急的聲音在營外響起：

「報告軍師，西琦人剛剛發動了第五次大規模進攻，形勢十萬火急，秦將軍請您即刻前往城樓共商破敵大計。」

「這騷婆娘也真是的，三天兩頭的帶幾個人來搗亂，打又打不過，還硬是癮頭大得很！」柳隨風嘟囔著翻身坐起，伸手在那已經軟如爛泥的歌女的豐臀上拍了一巴掌，「就和你一樣！」

歌女嚶嚀一聲，煙視媚行地走出帳去，臨去時，高聳的胸部不小心擦到了武衛國的肩膀，後者骨頭立時一軟。

「媽的！看什麼看，只要你立了大功，以後這樣的娘們多得是！」柳隨風笑罵道，「快說軍情！」

武衛國吞下一堆口水，艱難道：「是……不是！這次那騷……賀蘭凝霜好像是卯足了勁，連西琦精銳的長弓鐵騎都派了出來，我軍守城的士兵損失慘重。」

「長弓鐵騎？」柳隨風忍不住微微皺眉，「早聽說這幫不開化的長毛人，智商雖然不高，但射箭倒確實很有一手。他們一共有多少人？」

「目前在城下走馬騎射的有五千人，另外那邊的隊伍中好像還有兩萬人左右，那兩萬人平均分成了四隊，依次輪換，目前這個已經是第三撥進攻了。」

「也就是說有兩萬五千人？」柳隨風眉頭緊鎖，「媽的！別說兩萬五千，就是一萬五千老子都吃不消啊！奇怪了，聽說長毛族向來人丁單薄，怎麼一下子居然能派出兩萬五千戰士？騷婆娘若是有這麼多人，為什麼不早點用出來？不然，勝負早就定了啊？」

長毛族是西琦一個非常厲害的種族，族中戰士擅使長弓，箭法驚人，常常能在千步之外命中目標，端的是一件超級利器，讓大荒諸國頭疼不已，可以說西琦以數州面積的國土能穩穩立足於亂世，這支由長毛族戰士組成的長弓鐵騎部隊居功至偉。

柳隨風忽似想起什麼：「他們輪換的頻率是多少？」

「大概是一頓飯的工夫。」

「一頓飯的時間啊！」柳隨風沉吟起來，忽然嘴角露出一絲得意的冷笑，「騷婆娘，居然給老子玩偷樑換柱的把戲，欺我柳隨風是三歲小孩嗎？」

但這絲得意並沒持續多久，立刻他的臉上又露出了凝重的神色：「這騷婆娘不是笨人，應該不會只有這點伎倆！那她是想幹什麼？」

武衛國見他神色數變，似乎猶豫難決，不禁擔心道：「軍師，這次事情很棘手嗎？」

柳隨風長吸了口氣，淡淡道：「若是昨天晚上蕭如故的二十五萬大軍也已經到了庫巢，你說事情會不會很棘手？」

「什麼！魔王蕭如故來了？他……他……不是該在潼關嗎？」武衛國張大的嘴足以塞進好幾個雞蛋，整張臉上都寫著惶恐。

自蕭如故殺死王天、盡滅憑欄關二十萬楚軍，並且將四萬投降的楚軍活活坑埋後，蕭如故就得到了一個「魔王」的美稱，他的名字在新楚甚至是整個大荒，都是止嬰啼的特效藥，屢試不爽。

「我想他是昨天晚上到的，那個時候正打旱雷！」柳隨風輕輕地解釋，他的眼睛裏似乎有一團火焰在燃燒，「天時都被你算到了！蕭如故，你可真是個有趣的對手啊！」

「可是軍師，若是蕭如故率軍離開，天威將軍怎麼沒有發閃靈信鴿給我們？」武衛國還存著一絲懷疑。

「他？他被蕭如故騙了！」柳隨風的眼神裏露出了一絲輕輕的嘆息，「唉！希望他別真的被騙了才好。」

這話沒頭沒腦，但武衛國卻忍不住打了個寒顫。

此時遠在百里之外的天威將軍王定卻忍不住舒了口氣。

早些時候，士兵來報說昨夜響了一個晚上的鼓聲依然沒有停止。敵人這招懸羊擊鼓並不新鮮，卻很實用。雖然自己一再給石枯榮講這是敵人的疲兵之計，並不是真的要發動進攻，但這個莽夫卻對他這個敗軍之將的「狗屁意見」並不如何認同，而是堅持認為敵人既然金鼓齊鳴，就應該是發動進攻的信號，並且在一再受騙後依然我行我素，癡心不改，將他的潼關軍折騰得一個個眼圈烏黑，配上黑白相間的軍服，活脫脫的四萬隻大熊貓。

「王將軍，也許你是對的。」石大熊貓期期艾艾地表達了他的悔意，卻是另藏奸詐，「哎呀！一個晚上都沒睡，我想去休息一會，城防的事情您就多費心了！」轉頭對手下人喝道：「老子要去睡覺，你們一切都聽天威將軍的，如果哪個孫子不聽話，小心老子回來把他的頭摘下來當球踢！」說完揚長而去，丟下連日征戰後剩下的四萬潼關軍可憐兮兮地望著他的背影直吐口水。

潼關軍士兵們滿腔鬱悶是有理由的，眼前的柳州軍由於昨天晚上根本沒有理會敵軍的金鼓聲，開心地大睡特睡，因此個個精神飽滿，日光堅定；相較之下，反是己軍個個無精打采、精神頹廢，更像是新敗之軍。

在石枯榮離去的剎那，潼關軍士兵們幾乎都暗白下了個決定：以後還是跟著王將軍混好了！

王定心思縝密，很快看到了這個變化，心頭高興，思路也前所未有的清晰。他忽然想起事情有些不對頭，既然昨天晚上鼓聲響了一夜，很明顯是個懸羊擊鼓之計，而現在正是我軍士氣和體力都是最差的時候，但爲何敵軍依然毫無動靜？

不好！蕭如故走了！原來昨天晚上他並不是要疲兵，而是要撤兵！

庫巢！

賀蘭凝霜久攻庫巢不下，實在出乎蕭如故的意料，所以他決定先回師合力解決後患，但又怕受到自己尾隨攻擊，這才使用了古人早就用過的懸羊擊鼓之計。

王定陷入了沉思，如果真是如此，那麼蕭如故爲了掩飾行跡，應該是昨天半夜才全軍撤走，即使輕裝上路，馬步二十五萬，現在也應該還在前往庫巢的路上，若是我此時追擊他……

一念至此，他的心臟不禁加速跳了一跳，手心微微冒汗。終於，他用力地揮了揮手，大聲道：「全體將士聽命，立即於城門下集合。」

在多年之後，作爲蕭如故生平的勁敵，李無憂這樣評價他的對手：奸狡如狐，陰險如狼，冷靜如豹，兇殘如虎。

另一個能與蕭如故抗衡的傑出人物柳隨風，卻是這樣說的：這個人最可怕的一點就是他的大局觀，甚至於他不經意間掉下的一根頭髮，都很有可能是爲不久後攻打某座城池留下的伏筆。

至於獨孤羽則說，如果這個亂世沒有他自己和李無憂，蕭如故統一天下其實只需要三年時間，推崇之高，由此可見一斑。

所以後世的兵家在論及王定的追擊失敗，誤中蕭如故的圍魏救趙之計時，連最苛刻的太史公都沒有半點責怪他的意思，因爲不是他不夠聰明，不夠冷靜，實在是蕭如故太會用兵，太懂得掌握一個新敗將軍的心理。

事實上，從攻下憑欄關開始，蕭如故兵分兩路的時候就已經布下了今日之局。他很瞭解王定是個不可多得的將才，若是由他固守潼關天險，自己即便是集中全軍六十萬兵力也必定無法在短期內拿下，所以他就讓賀蘭凝霜去攻庫巢，假裝攻不下來，然後自己領軍去援，於不經意間留下一點破綻，王定雖然以冷靜著稱，但上次輸得並不心甘願，自然是急於重新證明自己，多半會提兵來追，而他就在半路留下伏兵，一舉將其擊潰！

他唯一沒有想到的是，賀蘭凝霜居然是真的攻不下那支新建不久的流氓軍團，不過這在現階段看來，只是使他的計畫更加天衣無縫而已。

雪恨山在王定第三次到來以前，並不是叫這麼殺氣騰騰的名字，在這之前，這座無名的小山根本沒有在史冊上留名。

王定第一次到這的時候，是領著兩萬殘軍倉皇而過。他第二次來的時候，是帶著四萬鬥志昂揚的楚軍去偷襲蕭如故，滿懷忐忑和興奮，只是離去的時候他依然是倉皇竄逃——蕭如故親自在這座無名小山留下了十萬之巨的人馬，在此以逸待勞。

有心算無心，王定不陷入重重危機才怪，而他能做的也只是憑著過人的武功，帶領手下五百人一路殺出重圍，狼狽逃走。

這個時候，蕭如故的另外一路大軍也由蕭未率領到達了庫巢，與賀蘭凝霜會師之後，數量達到了三十三萬之眾，而他們的對手只有無憂軍團的十萬新丁，並且庫巢城人寡糧少，城低河淺，防禦工事又極差，這三比一實在是個要命的比例！

但最要命的還是蕭如故在擊敗王定軍後，直接又回師攻擊潼關，那裏只有一個石枯榮和碩果僅存的兩萬潼關軍。

蕭如故彷彿已經看到了潼關後面的千里沃土，還有這個天下！

而這個時候，柳隨風正爲西琦人的長弓鐵騎傷透了腦筋。

李無憂一直以爲朱盼盼是青天明月，高不可攀，自己對她也是敬多於愛，是以二人間的關係一直是一種君子之交，清如水、淡如茶。即便是她的死，也應該只是一陣淡淡的風，輕輕地拂過自己心湖，最多短暫地留下淺淺的漣漪。風過水無痕。

但抱著那女子凋謝的身子，看著她微閉的明眸，隨著慕容幽蘭那聲「她喜歡你啊」在他心頭婉轉迴盪，前塵種種，前所未有的清晰，一顰一笑，蹙眉宛爾，歷歷如在眼前，揮之不去。曾幾何時，自己竟已愛上她了？

東邊日出西邊雨啊！風雪漫天，他不眠不休，不餐不飲，靜靜地看了她三日夜，整個人彷彿都變作了一座冰雕。

迷迷糊糊之中，彷彿又見那女子橫吹玉笛的白衣倩影，他伸手去抓她衣襟，入手空空，唯有寒風繞指，幽香宛然，驀然驚醒，原是南柯一夢。

眼前大雪紛紛，天地一白，潔白的雪地上，只剩下他和朱盼盼，連慕容幽蘭也芳蹤渺渺，見此，他不禁仰天長笑：「哈哈，走吧，都走吧，天地間就剩老子一個又怎樣？」

他笑了一陣，又是傷心又是孤寂，只覺天下人盡皆騙我棄我，眼淚潸潸落下，寂天寞地，終於沉沉睡去。

迷迷糊糊間，忽聞身畔有女子幽幽哽咽之音，恍惚似又回到文殊洞中。

這一覺，不知過了幾許歲月。

醒來時雪已停了，又是陽光明媚，溫暖如春。

他只覺神清氣爽，丹田真靈二氣竟似比往常充盈倍許，他微微驚喜，卻不明所以，忙施展內視之術，默查身體，除開那顆玉鯨膽消失無蹤外，其餘再無異狀，不禁放聲大笑：「哈哈，獨孤小兒，你想害老子，不想卻讓老子白撿一個天大的便宜！」

笑了一陣，忽然愣住，原來朱盼盼尚靜靜躺在身側，極目四顧，慕容幽蘭卻依舊蹤影全無。

他猛地跳起，御劍狂奔，一日下來，除因高聳入雲而慕容幽蘭絕不能至的南峰外，幾已將整個九溟翻了個遍，卻終究並無慕容幽蘭痕跡。

頹然坐倒，猛地想起小蘭是不是見自己對盼盼傷心，負氣下已返回前幾溟呢，查看乾坤袋內，解印法寶猶在，不禁暗罵自己白癡，這乾坤袋普天之下除了四位兄姐之外，也僅自己能解開，旁人如何能夠拿走呢？

猛地想到一事，當即放聲大叫，呼喚當日那金衣大鵬神現身，但任他吼得喉嚨嘶啞，那人卻再未現身。

他並不死心，日間繼續仔細搜尋此地一草一木，晚上返回天池之畔，希冀能見小蘭回轉，如此又過了三日，伊人依舊芳蹤杳然。

這日晚上，他忽由夢中驚醒，一掌拍向九溟池中，掀起滔天巨浪。無視冰水及體，他猛地敲了敲自己的頭：「李無憂，枉你自稱天才，怎如此的笨？小蘭憑自己的御風術絕飛不上南峰，難道大鵬神就不能劫持她上去嗎？」

他一掃往日頹勢，當下大展神通，取出池心深處萬載玄冰，做了一副冰棺，把朱盼盼和她的笑容一起封印在天池之底，三拜之後，再不回顧，御劍朝南邊最高的山峰飛去。

自山腳上望，九溟南峰如一根天柱，直插雲霄。李無憂御劍上飛，才知這南峰方圓極廣，實是創世之神鬼斧神工作出的曠世傑作。

初上時，溫暖如春，古木參天，鬱鬱蔥蔥，飛禽怪獸，穿梭於奇花異卉間，一派平靜寧和，仿如人間仙境。

上得百丈之後，氣候轉寒，飛雪連天，草木染白，仿如玉樹瓊枝。再向上，漸漸再無植被，唯見山上怪石嶙峋，峰上山巒起伏，莽莽蒼蒼。漸漸向上，天柱漸漸變細，而越是向上，峰間暗流罡風也越是猛烈，他不得不放出浩然正氣護體。

又直上千丈，罡風更猛，浩然正氣光罩開始黯淡，並漸漸收縮成一層薄薄的光層，附在他身上。他知這是真氣漸衰，外界阻力漸大之故，不禁微微一怔。

須知御劍飛行術本身就極耗真氣，而向上飛行，更是疲累加倍，自己若是再朝上飛，怕連光層也將消散，到時就只剩自己血肉之軀獨抗這天地之威了，抬頭上望，見那天柱般的南峰依舊巍巍峨峨，不見盡頭，心下惴惴，暗想：「也許小蘭並不在此間吧，我不如先下去……」

忽見峰間白雲在霞光映照下，呈火紅之色，朵朵彷彿都是慕容幽蘭身上火衣霓裳，心頭猛地一顫，霎時狠狠給了自己兩個耳光，復御劍上衝。

再朝上三百丈，真氣終於漸漸不繼，飛行速度慢下，浩然正氣層也被壓得只剩一層紗似薄光，罡風刺面，雙頰生疼，向上望去，山間霧嵐縹緲，煙霞爛漫，依舊難見其高，眼前絕壁千仞，光滑如鏡，根本無立足之地，待會兒若自己真靈二氣衰竭，而又未飛上峰頂，唯一結果就是從半空落下，摔個粉身碎骨。

「也許大鵬神未必住在此間吧？」這個念頭剛剛閃過腦際，他忍不住又狠狠給了自己一個耳光，「李無憂啊李無憂，小蘭可是你未婚妻子！她從認識你那天起就從未離你一步，風雨相隨，不離不棄，如今她生死未卜，你竟然因爲一點危險便棄她不顧，你到底還是不是人？」

此念方息，一念又起：「女人如衣服，舊的去了換新的，你的性命卻終究是你的，今日竟爲了件衣服，白白葬送，値得嗎？」

「啊！」一時間他心頭天人交戰，實不知如何是好，全身真氣鼓蕩，飛行之速陡地加快，等他終於平靜下來時，人已又上升八百丈，而最後一道真氣也已從丹田抽走。

他輕嘆一聲，忙將無憂劍收回，默念咒語，體內靈氣轉動，放出一個火性護體結界，同時聚集山間霧嵐，使出御風術朝上飛去。

他御風術雖然高明，卻終究不能與御劍飛行相比，此時即便再回頭，剩下的靈氣也絕對不足以支撐他重新落下地面，唯有企盼在靈氣竭盡之前，能夠飛到山頂。不禁苦笑道：「嘿！李無憂，你可真是個白癡！」

也不知又向上飛出了幾千丈，體內靈氣也漸漸減少，聚集在足下的風也漸漸不穩，護體結界早已收起，冰寒罡風擠壓過來，他全身鬱悶疼痛，呼吸艱難，眼前依舊冰壁如鏡，鑑人眉髮，南峰依舊遙遙，遠在白雲縹緲間。

「媽的！真是天亡老子！」李無憂輕輕動了動已僵硬的臉頰，嘴角露出一絲苦笑，「想老子好歹也是大荒千年不遇的奇才，居然死得如此窩囊，也算賊老天沒睜眼吧！」

靈氣終於漸漸衰竭，他正自等死，忽覺丹田內一脈真氣漸漸凝聚，不禁一拍腦袋：「哎呀，李無憂，你可真是頭豬！靈氣用完，真氣正好也恢復完畢，而真氣用完，靈氣不也正好可用，如此循環，豈不是……」

這個念頭剛剛閃過，體內最後一道靈氣忽然分成五股，御風術立時失靈，身體猛然一沉，他不及細想，慌忙施出御劍術。

默查體內那五道細小靈氣，竟分別是金木水火土五行屬性，他不禁大吃一驚，自兩年前自己法術大成後，體內五行靈氣經過九次分合後早已經是五行歸一，再無屬性之分，此時竟忽然分成五行，莫非是靈氣崩潰之兆？

老子功力剛剛失而復得，難道又要得而復失嗎？

五道真氣分散之後，以比先前快數倍的速度瘋狂增長，到他真氣再次告竭時，光是他現在用於施展御風術的水性靈氣之充盈，就已達到平時五氣合一時全部靈氣的總和。

御風術乃是法術基礎，五行靈氣皆可施展，不過普通法師一次御風最多飛出三四丈，小仙法師憑一口靈氣可以飛出十丈外，但其速度都異常緩慢，如李無憂這般直上千丈，迅如疾風，那就非大仙位法師不可了，但此術也最耗靈氣，此時見體內竟然發生如此巨變，不禁大喜如狂：「哈哈！只要老子體力足夠，這天下又有什麼地方不能去的嗎？」忙收劍改用御風之術。

下次水性靈氣將盡未盡時，他正想改用其餘靈氣御風，忽覺體內金性靈氣驀然減少，而水性靈氣忽然暴增，大驚之下，立時又覺金性靈氣忽然增多，而土性靈氣又自減少，下一刻，五行真氣各自減少，忽然又自增加，好不混亂。

「這是怎麼回事？」李無憂從未遇到這種古怪，不禁又驚又喜，「明明已經合一的靈氣忽然又分五行，分開後激增更快，而一種少了後，另一種竟能及時補充？莫非……這就是傳說中的五行相生？」

他正自猶疑，忽然一件更古怪的事，差點讓他魂飛魄散——上丹田真氣竟如抽絲般像下丹田湧去！

自當日得自五彩龍鯉的氣息九分九合之後，分化爲真靈二氣，雖同存丹田，卻一上一下，向來都是涇渭分明，並無相擾，此時真氣竟然落到下丹田去，鬼才知道會發生什麼事！

完了！完了！天下大亂了！老子這次不走火入魔就沒天理了！嗚嗚！小蘭，再見了，

阿碧，永別了！盼盼，無憂這就來陪你了！天下的美女們，李無憂今生對不起你們啊，來世一定好好對你們，喂，隨風，他們我就交給你了，哎呀，屠夫你別瞪眼嘛，最多我把最漂亮的程素衣留給你嘛……

正自胡思亂想，那道真氣落入下丹田後，就彷彿是一鍋滾油中注入了一瓢冰水，江翻海沸。御風術立告失控。

他驚惶之下，忙提真氣欲使御劍術，不想下丹田的靈氣立時躥進上丹田，真靈二氣互相爭鬥，整個丹田立時都化作了一個亂糟糟的戰場，哪裡還能提出一絲真氣來？當即頭下足上，整個人如流星般朝下墜落。罡風激來，頭腦一沉，當即昏死過去。

又不知過了多久，再次醒來時，他奇蹟般的發現自己竟然懸浮在空中，盤膝而坐的身體正被一個巨人的無色透明光罩所籠罩著。眼前依然是南峰，查看景色，自己落下的距離不過百丈。

他默查丹田，不禁呆住，丹田內氣息充盈，但這股氣息，卻是熟悉而陌生的。似乎是真氣，又好像是靈氣，但卻又都不是，而包裹身體的光罩正是這種奇特的氣自然形成的。

「這到底是怎麼回事，這到底是什麼氣？真氣麼？靈氣麼？還是……試試吧？」

他心念才一動，丹田內兩道真氣就閃電般聚於左右手指，左手的食指已射出一道罡氣，正是禪林武學拈花指，右手食指卻飛出漫天火樣羽毛，卻是天巫法術朱雀火羽。

這是怎麼回事呢？

靈氣重新分成五行，又彼此循環，還可以理解爲五行相生。只是真靈二氣雖然都是人體內的一種奇特的氣息，可真氣的作用是可以直接造成殺傷或治療，但靈氣卻只是用來引導自身和天地間五行元素施展法術的一種媒介，現在這兩種氣息竟然能夠融合爲一，不分彼此。

莫非……莫非，這天地間所有的氣，無論五行陰陽，雖然它們的表象不一，但其實本源上都是一種氣呢？

天道歸一，萬氣歸元！

饒是素來膽大包天，但這個念頭仍然將李無憂嚇了一跳。

如果是這樣的話，那豈不是說五行法術其實可以相互轉換使用，比如一個水系法師其實也是可以使出火系法術的？再進一步，豈不是任何一個武者都能施展法術，而任何一個法師其實也可以使用武功嗎？這……這實在是荒天下之大謬啊！可是如果不是，又怎麼解釋自己現在的情形？

百思不解，最好的方法當然是實驗。他將生平所學法術武功都施展了一遍，無不運轉如意，並無半絲不爽，接著他嘗試同時施展二類不同的法術或武功，竟然也毫無困難！

他壓下心頭狂喜，默想一遍玄宗道詣九式的心法要訣，猛地一揚掌，一式「上善若水」擊出，「轟」的一聲，前方冰山猛地出現一個深達丈許方圓的巨洞，只是一掌擊出，他自己卻也忍不住凌空後退半步，吐出一口鮮血。

「天！」生平第一次施展出聖人級武功，李無憂不禁呻吟起來，「難道我現已進入聖人之境？反噬還真強！」

猛然記起當日收取倚天劍時，四奇曾用百川歸海之法運氣助己，當時還不覺得如何，現在想來，那氣豈非是非真非靈，亦真亦靈？不禁狂喜：「哈哈！難道老子已經同時達到聖人金仙級了嗎？」當即試著施展了個金仙法術，卻並無反應，顯是空歡喜一場。

他雖見過四奇出手，但卻不知聖人金仙級的心境究竟是怎麼回事，一時也搞不清楚自己到底是不是真的進入了聖人金仙級，也不再想，當下御劍朝峰頂飛去。

才一飛出，不禁又嚇了一跳，此次速度竟比方才快了三倍不止！

更奇異的是，隨著體內元氣的消耗，同時還不斷有氣息從天地間被吸入體內，他又狂飛了兩個時辰，體內氣息卻依舊充盈，彷彿永無窮盡一般。

他心念一動，心有千千結心法展動，御劍飛行同時祭起了御風之術，剎那間速度又快了三倍，疾如電奔，身形差點失控，面前罡風更猛，身周護身光罩猛然一漲，作七彩之色。他又驚又奇，猛然想起這不就是大哥說的浩然正氣練至第十重時的模樣嗎？

從今日之始，我李無憂終於在武學上也可與天下英雄一爭長短了！

日起日落，雲生雲滅。

李無憂同時施展御風御劍術，全速上衝。

此時他速度之快，已與初時不可同日而語，但那南峰卻似真的高入雲霄，又飛了半個時辰，依舊難見其頂，而他丹田元氣其實也並非永無窮盡，空蕩之感漸隨陣陣疲乏襲捲上來，他忙停止使用最耗真氣的御劍術，元氣的恢復速度才勉強與御風術消耗相平。

窮極無聊，他邊御風飛行，邊分心思索聖人級武功，往日種種不解的精妙處，此時終於豁然貫通，時間倒也並不如初時那般難以打發。

天柱越來越細，似一根鋼絲般，細細長長，直撥雲霄。

如此飛了半日。

翌日清晨，他正在考慮如何將道詣九式和禪意七劍同時施展，忽見鋼絲盡頭霞光萬道，瑞彩千條，山頂已在望了。

飛到近前，即見一片由不知名玉石鋪就的廣場，寬約甚大，方圓約莫千丈。廣場後方是一座金碧輝煌的巨大宮殿，中間一塊大匾，上書「鵬神殿」三個金光燦燦的古篆。

此殿建築也不如何精緻，但看來堂堂皇皇，氣勢恢弘，唯一不協調的是大殿左邊有一個滿布黑水的大池，池上有大片黑色的火焰正熊熊燃燒。

李無憂按劍落在廣場中央，見這廣場並無斧鑿痕跡，心中慨嘆一番造化的鬼斧神工，正要飛上前找那殿門下的兩個守衛搭話，忽聽一個童音大喝道：「何方妖孽，竟敢亂闖鵬神殿？」

循聲望去，一個金點飛了過來，近些才發現是一個肋生雙翼的金衣少年。

李無憂見那少年約莫十二三歲，生得粉雕玉琢，煞是可愛，雖然裝腔作勢的故作老成，但舉止之間，自有一股稚氣，忙笑道：「在下李無憂，是人不是妖！有要事求見大鵬神，麻煩小神仙通報一下。」

「嘻嘻，想見我爺爺可以，先打敗我再說吧！」金衣少年嘻嘻一笑，話音未落，已朝李無憂飛撲過來。

人未至，三道金光已是激射過來。

李無憂暗想，這些傢伙怎麼動手一來二去的就只會放金光，很是沒創意，表面卻淡淡一笑，足下龍鶴步法展動，人影一晃，那三道金光立時便落了個空。下一刻，他身體已化出六道虛影，每一道虛影的指尖都射出一道無形劍風朝飛來的少年劈去，後者識得厲害，扇動翅膀避開，六道劍風在他先前停身處聚集，發出驚天動地的一聲巨響。

六道劍風一擊不中，忽然分散，化作千萬道細小劍氣，朝少年追去，少年羽翅一合，化作一面金盾，擋在身前。「劈里啪啦」一陣連珠暴響，劍氣被擋得四處亂飛，而少年本人也被擊得凌空倒退三步。

三道金光落空之後也疾如閃電地分作六道，分別朝李無憂六個身影飛來，後者猝不及防下，霎時五道虛影散去，李無憂的真身被定在當場，分毫動彈不得。

少年並沒有獲勝後的喜悅，反而奇道：「你這是什麼法術？」

「這不是法術，是武功。」李無憂笑道。

「武功？什麼東西？似乎很厲害的樣子！」少年更奇。

知道北溟的神妖大多不懂武功爲何物，李無憂耐心解釋道：「這武功嘛，和法術差不多，都是修煉的法門，不過不同於法術使用靈氣，武功是用真氣發動……什麼是真氣？其實這個真氣啊，和靈氣差不多，不過呢……」

李無憂說到後來，連自己也不知該怎麼和他解釋才好，好在那少年並不在意，笑了笑，道：「算了，這武功雖然也是門厲害的本事，但你終究還是敗在我手上，想來也厲害

得有限……」

「傻小子，被人耍了，還在那得意揚揚，我這點老臉可都被你丟光了。」隨著一個冷冷的笑聲，大鵬神忽然現身在少年背後。

此刻他金冠皇袍，舉止之間氣度非凡，儼然一代王者風範。

少年不服氣道：「爺爺，我哪裡被人耍了？」

大鵬神指著李無憂笑道：「傻小子，你要菩提葉，舍利海那邊多得是，幹嘛用鎖神大法緊緊鎖著這一片？」

「爺爺，你是說這個人是片菩提葉化的？」少年更加不服氣，「可我的法眼明明告訴我這個人身上的血液流動、呼吸一切都是正常的啊？怎麼可能是假人？」

「哎呀，鵬神王老前輩，數日不見，真是想煞晚輩了。」另一個李無憂忽然從旁邊的虛空中閃出，邊熱情地朝大鵬神迎了過來，邊右手一招，原來那個「李無憂」化作一片菩提葉落到他手中。

阿俊不可置信地張大了口。

剛走到大鵬神身前一丈，一道無形結界牆立時封住了李無憂的去路，他尷尬道：「前輩你這是……」

大鵬神淡淡道：「你這傢伙是個危險分子，我還是離你遠些的好。對了，這是我孫子阿俊，剛才是怎麼回事，你給他解釋一下吧。」

「呵，前輩這是說哪裡話來，晚輩這點道行在你眼裏還不是螢火之光？」李無憂雖然覺得這老王八語氣不善，但能見到他，小蘭的事多半就有希望了，忙陪笑道：「其實這是我同時施展李代桃僵和感同身受這兩個暗法術的結果……什麼？你竟然不知道暗法術？法術自古以來就分明暗兩類，顧名思義，明法術是指可以看到的法術，譬如召喚閃電、釋放光球等等，而暗法術是表面看不出來，只在暗地裏發揮作用，譬如隱身術、幻術、空間轉移等……你笑什麼？哦，原來你知道明暗法術的區別，知道還問，小王（八）……嘿，小王子你果然是幽默風趣，在下佩服得很……剛說到哪裡了？哦，這個李代桃僵是借物代形術，小鵬神你想必是明白的吧……明白就好，其實這感同身受與之差不多，它能將自己的感覺轉移到其他人或物身上，我剛才就是用它將我的心脈和呼吸甚至是一部分靈氣都轉移到菩提葉上，所以你才覺得那是真人。」

「啊！原來是這樣！」阿俊佩服道：「大哥哥，你法術高我太多了，若你剛才趁機攻擊，我怕早就敗了。」

李無憂笑道：「這只是個幻術，只能起迷惑對手的作用。若是攻擊你，這兩個小把戲怕立刻就要露出馬腳了。」

「哦，就是和我鵬神殿的鏡花水月類似啊！」阿俊恍然大悟，「哥哥你學的也是佛門一脈嗎？」

李無憂笑道：「不是，這兩個都是小伎倆，比不得你們的佛門大法。」

「你倒謙虛得很。」大鵬神冷冷掠道，「我雖不知你這法術出自何門，但李代桃僵明顯是木系高級法術，感同身受是水系高級法術，除了能將自己的感覺轉移外，傷害也能轉嫁給別人吧？剛才阿俊若是趁機攻擊你，所有的攻擊怕都要反擊回他自己身上，是與不是？」說到後來他已是聲色俱厲。

李無憂雖然並不怕他，但為他威勢所懾，依然氣勢一滯，乾笑道：「前輩果然神眼如炬，明察秋毫，晚輩佩服！但晚輩也是知道小王子他心地仁慈，斷不會做這樣趁人之危的事，才敢如此做的……」

「行了，馬屁就別拍了！好生煩躁！」話雖然這樣說，大鵬神冰寒如雪的臉上卻終於露出了一絲暖意，「不過你竟然會使兩脈法術，而且還是同時使用，這可是相當了不起的一門本事，我所不及……對了，你來有什麼事嗎？」

李無憂取出雪衣孔雀的內丹，道：「因為晚輩的緣故，魔鳥雪衣孔雀才得以破印而出，晚輩甚感不安，如今魔鳥雖死，但晚輩恐這內丹為害人間，特送來請大神定奪。」

大鵬神接了過來，細細把玩，似笑非笑道：「就為了這，你連性命都不要也要飛上峰頂？」

「嘿，還有點別的小事。」李無憂道：「與我同來的那個紅衣女子，是晚輩未過門的妻子，前幾天不小心迷了路，也不知是不是走到這……」

「啊！原來你就是她的丈夫啊，她現在……」阿俊剛說了半句，卻忽然被大鵬神冷冷打斷道：「她確實在我這，不過不想見你，你請回吧！」

李無憂一愣，隨即陪笑道：「前輩你別說笑了，小蘭和我有白首之約，晚輩怎能棄之不顧？還請前輩將她交還給我。」

阿俊剛要說什麼，大鵬神冷冷瞪了他一眼，立時再不敢言語，轉頭對李無憂道：「都說她不願見你了！你請回吧！」

李無憂收起笑容，正色道：「晚輩既然來了，今天就沒打算一個人回去。」說時，大步朝殿門走去。

「站住！」大鵬神冷冷道，「你若再向前一步，休怪老夫不客氣！」

李無憂見老傢伙一臉殺氣，看樣子果然就是要翻臉動手，不禁有些惴惴，當下便要陪著笑臉求饒，猛然想起自己已經萬氣歸元，功力暴增，怕這老賊做甚，當即凜然道：「今日之事，神擋殺神，佛阻殺佛！」說時穩穩前跨一步。

他語氣極淡，這一步跨出也只如閒庭信步，但也不知為何，阿俊卻明顯地感到這尋常的舉動中竟透著一種百折不撓也永不回頭的堅韌不拔，忍不住後退一步。

「找死！」大鵬神怒斥一聲，一座金色的小山忽然自他掌心射出，朝李無憂頭頂壓去。

那山剛出手時不過三寸高，在空中飛行時，迅疾變大，飛出一丈後已是十丈之高，等飛到李無憂面前時已是巨大如山。

李無憂大喝一聲，無憂劍夾著浩然正氣，自山頂劈下，無憂劍撞到山上，濺起一片火花，他心知不好，忙借那反震之力向後如電閃出，方才落足之處，巍巍峨峨的巨山壓下，發出驚天動地的一聲巨響。

「這玩意是真山！」李無憂大駭，初時他只以為這座金山是由法術虛幻出來，不想破盡天下法術的浩然正氣竟然不能動其分毫，剛才若是被它擊中，自己還不立時成了肉餅！

大鵬雖然稱神，不過是修煉多年的金翅鳥而已，難道真有移山塡海之能？如果是這樣，還打個屁啊？老子回家抱孩子得了！

「呵呵，這是爺爺最得意的絕技，三千須彌山！」阿俊笑道，「他現在才出了一山，若是將三千座須彌山同時給你扔過來，看你怎麼抵擋！」

李無憂更驚：「小王子，你別唬我！大神雖然神通廣大，也不能經常帶著三千座重逾萬斤的大山到處亂跑吧？」

「哥哥你錯了，須彌山不是重萬斤，而是九千九百九十九斤！」阿俊笑道，「而這三千須彌山平時都是全在摩天峰上的，爺爺隨身攜帶的只有一座，你在此地和他交手，原是要吃大虧的！」

「乖乖！」李無憂咋舌，罵道：「老禿毛，你的前身難道是移山的愚公？不然怎麼能背著那麼重的山到處亂跑？」心下卻是惴惴，若是將三千座須彌山都朝自己砸來，即便是有十萬個李無憂也要被砸成肉餅了，得想想別的法子。

大鵬神不見喜怒道：「小子！趁本神還沒發怒，趕快滾下山去吧！」

李無憂臉上一紅一白，忽然雙膝跪地，恭恭敬敬地磕了三個頭，再抬起頭來時，已是如喪考妣，眼淚鼻涕滿臉都是：

「英明神武睿智無雙世人傳頌千秋的大鵬神王前輩，你就可憐可憐我這個無父無母的孤兒吧。小子李無憂，自幼父母雙亡，鄉親們一把屎一泡尿的把我養大，受盡欺凌，長大成人後，因爲家裏窮，托了九百九十九個媒婆，費盡家裏最後一顆糧，才終於說動小蘭答應嫁給我，小子爲了聘禮，不辭辛勞，遠赴北溟求藥賣錢，嗚嗚，前輩，我成一次親也不容易，您老就大發慈悲，將小蘭還給我吧！來世晚輩做牛做馬，也要報答你老人家的大恩大德……」

「嗚嗚，爺爺，哥哥那麼可憐，你就讓他見見他夫人吧！」阿俊已被感動得淚如雨下。

「閉嘴！」大鵬神呵斥一聲，復對李無憂道：「你們人族有句話叫『男兒膝下有黃金』，是個男人就該靠自己的雙手堂堂正正地去完成自己的目標，像你這樣動不動見人就跪，除了徒惹人恥笑外，又有何益？」

阿俊也道：「哥哥，實話和你說吧，你們解開七魔封印，已經犯下彌天大罪！尊夫人甘願將一身罪責領罰，已被鎮在舍利海的無間地獄中。爺爺執法向來嚴苛，你求他也是無用的。」

「啊！」李無憂如遭雷擊，他怎也想不到那個似乎只知道嘻嘻哈哈亂闖禍的天真少女，竟然會爲了自己而甘願領受一切罪責，用情之深，一至於斯。

一念至此，所有猥瑣齷齪念頭剎那消失了個乾淨，他驀然站起，怒髮衝冠，戟指大鵬神恨聲道：「老禿毛，老子是看你一把老骨頭，懶得和你較真而已！你識相的趕快把人放了，若再不識抬舉，把老子惹火了，直接把你這鳥窩給拆了！」

大鵬神冷笑連連，也不答話，兩座金山又朝李無憂飛壓過來。

「你年紀也老大不小了，非要學人家把山搬來移去的，閃了腰可不大好吧！」李無憂恨恨道，同時御風術配合龍鶴步法使出，整個人立時化作一條遊龍，從兩座山峰之間游了過去。

「哈哈！老禿毛！我看你……」他得意未畢，上下左右忽然各有一座巨山擠壓過來，躲避已是不及，暗掐一個靈訣，身形一晃，玄宗法術「滴水穿石」使出，整個人化作一片流水，從四山間僅可容髮的空隙中穿過。

李無憂身體剛剛重新凝聚成形，十二座巨峰以更快的速度從上下四維十二個方向激射過來，躲避不及，「轟隆隆」、「啊」驚天動地的巨響夾雜著一聲慘叫，血光暴射，然後再無動靜。

「啊！爺爺你不是真把他壓成肉餅了吧？」阿俊大急，扇動翅膀，飛過去欲看看究竟。

「不要！」大鵬神忙拍出一蓬金絲，想將他拉回，但哪裡來得及，阿俊剛近那山峰一丈，身體立時被捲進了一個螺旋氣勁場中。

他剛想掙扎，一道絢麗的藍光已環繞在他身上，剎那間再也動彈不得，身不由己地被吸了過去，緊接著，一股冰寒之意緊挨著他的脖上，耳畔傳來一個低低的冷喝：「小子，要命的就給我閉嘴！」

正自遲疑，那聲音已變成嬉笑：「大鵬神王，不如咱們談筆交易吧？」

「你竟然還會巫門秘技化朱成碧！看不出你竟是個五行齊備之人！不過，你怎麼會有捆仙藍條？」大鵬神又是驚訝又是好奇，卻隨即怒喝道：「快放了阿俊！」說時收回那二十八座正在繼續變大的須彌山。

化朱成碧是巫門中古老相傳的一門奇特法術，施法的人可以將自己的身形化作與周圍環境的物體完全一致，來躲避傷害的護身之法，不過維持時間極短。

方才李無憂就是將自己的身體化作須彌山的一部分，這才躲過了被十二座須彌山壓得粉身碎骨的厄運。

至於鮮血飛濺，慘叫連連，不過是他在施展化朱成碧的同時施展的一些障眼法。

李無憂握著無憂劍的手指輕輕一抖，阿俊的脖子上立時就有了一道紅痕：「哎呀，真不好意思，前輩你聲音太大了，嚇得我劍差點拿不穩，麻煩你說話小聲一點，好嗎？」

大鵬神冷笑道：「你以爲這樣就可以威脅我了嗎？」

李無憂一臉佩服之色道：「晚輩素知前輩乃是公而忘私、無情無義之輩，向來佩服！斷不敢有威脅前輩之意，只不過……」

說到這裏，他持劍的手微微顫抖，鮮血立時從阿俊的脖子上慢慢流了出來，伸指蘸了一點過來，放到唇邊舔了舔，一臉貪婪的樣子道，「晚輩聽說鳥血最是壯陽，也不知道是不是真的，想取一大碗來試試而已！」說時四處顧盼，儼然是一副尋碗的樣子。

阿俊哭道：「好疼啊！爺爺救我！」

大鵬神沉聲道：「阿俊別怕，他不敢傷害你的！小輩，你有種就和我單打獨鬥，暗箭傷人，挾持小孩，算什麼英雄好漢？你們人族的臉都被你丟光了！」

李無憂嘻嘻笑道：「老子從來就不是什麼英雄好漢，人族的臉皮向來都厚得很，哪那麼容易丟光？」

說到這裏，他左掌一揚，身周忽然幻出十八個持劍的李無憂，才繼續道，「老禿毛，我勸你還是別趁我說話的當兒來分神偷襲我，不然你孫子就真的沒命了！」

「好小子！竟然能用靈氣凝形，真氣鑄骨，再以身外化身之法，形成十八個真人，組成羅漢陣！」大鵬神目瞪口呆之餘，將剛剛暗自埋入地下的金光雷悉數收回，嘆道，「果然英雄出少年！算你贏了！人我給你！」

李無憂順著他手指的方向，隨著煙花綻放式的燦爛火光，慕容幽蘭從鵬神殿左那個黑火池中慢慢升將出來。

紅衣如火，嫋嫋婷婷。此刻的她真是人如其名的空谷幽蘭，沒有了往昔的浮躁，就那麼站在那裏，已有絕代的風華。剎那間，什麼十八羅漢陣，三千須彌山，所有法術武功早已拋進東海，李無憂長劍擲地，一把推開阿俊，狂奔過去，將她攬入懷裏。

入手空空蕩蕩，慕容幽蘭巧笑嫣然的倩影如水紋波動，李無憂剛道不好，池中忽然有千萬根帶著黑光的纖絲纏上身來，根根蘊涵無匹大力將他朝池中拉墜，他情急下奮起生平功力沖霄上飛，不想頭頂一股巨力壓來，避無可避，整個人已被壓入黑火池中。

大鵬神冷笑道：「你會李代桃僵，我難道就不能用鏡花水月嗎？」

「不！」一個聲音響起，無奈而絕望。

一黑一白兩道光華閃過，池邊現出北溟二老的身形。

大鵬神強振精神，厲聲道：「阿黑阿白，未經我傳喚，你們擅離職守跑到這來做什麼？」

黑石嘆道：「大神，我們收一個徒弟不容易！你明明答應我們放他一條生路……現在卻將他禁到溟火中，這一來豈非形神俱滅……唉……唉……」

大鵬神眼中閃過一絲愧疚之色，隨即冷哼道：「我本已放過了他！但他擅闖鵬神殿，已是多了一條死罪！更可惡的是，還敢拿阿俊的命威脅本神，那便該死上千百次，即便是你們徒弟也不例外！」

白石冷冷道：「但他若是那人轉世，那又如何？」

「什麼！」大鵬神大驚，移步池邊，雙目金光暴射，朝黑火池中望去。

不想他靠得太近，一道溟火燎來，忙瞬移後退半步，半邊眉髮卻已被燒去。

白石冷笑道：「溟火可盡焚五行之物，便是你這狗屁大神也抵擋不住，他不過肉體凡胎，早已形神俱滅，你又何必惺惺作態？」

大鵬神冷眼如電，狠狠瞪了過來。

白石夷然不懼，冷笑道：「哼！你自號大神，洞徹天地人情，其實也不過是隻自私自利的扁毛畜生而已。你若肯在動手前用輪迴之眼看一看他的過往，何至於此？」

大鵬神雙拳緊握，目中金光湛然，額上青筋凸出，顯然已是怒到極處。

「大神息怒！」黑石忙勸道，「白石你也少說幾句吧，大神當時也是情非得已。」

白石卻彷彿沒聽見他的話，依舊冷聲道：「要麼你就讓我也形神俱滅，否則終究難以

堵住天下悠悠之口！嘿嘿，千年前你就能將承諾當做放屁，千年之後，想必已經駕輕就熟了吧？」

聽到「承諾」二字，大鵬神勃然怒氣立時萎靡下來，看了白石一眼，嘆道：「你說得對，我雖然自號為神，但終究也不過是隻自私自利的扁毛畜生。」終於沒有動手，長長嘆息一聲，大步朝殿內走去。

陽光明媚，天地清明，但這金衣大神曾經挺拔的背影，在黑白二人的眼裏忽然變得蒼老寂寥，說不出的蕭瑟。

剛剛止住眼淚的阿俊又抽泣著跟了上去。

李無憂醒來的時候，除了隱隱覺得熱氣炙面之外，並無黑色的火焰，但也並非全是漆黑一片，有些綠瑩瑩、亮晶晶的小星星在黑暗中飛舞。

那些慘綠的小星星，一觸到他身周的黑絲立時煙消雲散。只是也不知為何，那剩餘的雖對此甚為恐懼，但遲疑片刻，又自撲上，如飛蛾撲火，無怨無悔。

緊束李無憂身周的黑絲彷彿是無根之物，細如花針，卻千絲萬縷，隨著綠光的減少，開始瘋狂滋長，顏色也漸漸變綠，等綠色的小星星消失一空的時候，外界變成一片漆黑，但黑絲卻已綠如翡翠，如蠶繭一般欲將李無憂包裹起來。

他掙扎著想脫離綠絲的控制，但陣陣冰寒之感自絲中順勢鑽入丹田，全身元氣卻如死水般無法暢通，方知這黑絲竟有封印之效，他狠狠罵了聲娘，卻無可奈何，好在身體並無異狀，一時懶得掙扎，透過綠絲縫隙，想打量周遭環境。

外面漆黑一片，在綠繭的微光映照下，僅見一片混沌，唯一可知的就是蠶繭一直在加速下沉。

隨著下墜之速增遽，先前的熱氣炙面之感也漸漸消失，而身周空氣流動緩慢，密不透風，顯是蠶繭已快結成之故。

身周無氣息流動，體內元氣也如死水般無法循環，他漸漸迷糊，昏沉過去。

不知過了多久，迷迷糊糊中，身體重重觸到實地，先是粉身碎骨的一陣劇痛，接著似有千萬根細針自痛處插入體內，陣陣說不出的歡悅感覺立時自傷處傳來，讓他舒服地呻吟了一聲，只盼這陣快感能持久不衰。

但他旋即發現不妥，丹田四肢內本是死氣沉沉的元氣，竟向傷處慢慢流逝，他潛意識中想阻止這種情形，但那歡悅之感實是生平所未嘗，讓他提不起半絲抵抗之念，雖然明知元氣若被繭絲吸盡，自己從此就是廢人，永遠無法出得此地，但卻覺若是能一直享受這片

刻歡娛，即使立時死了，也是心甘情願。

「媽的！這樣不行！」李無憂心底忽然大吼一聲，以絕大毅力將自己心神堅定下來，集中所有意志去控制體內元氣，想阻止其外流。

說也奇怪，元氣本已不受其控制，但此時他意念一到，那元氣外流之速立時大減，並有漸漸變小趨勢，而那歡悅快感也立時降至冰點。

「李無憂啊李無憂，你生於世，已受了那許多苦楚，何不將那世間七情六欲之苦全數拋下，投入這極樂境界中來？」

一個念頭像火焰一般忽然自他心頭燃起，「你多活一日，便多受一日的苦，這朝露曇花一般的無趣人生，要來何益？」

「對啊！老子早受夠了！」他癡癡地想，「人生不如意者十之八九。求之不得，已是大苦，更何況那賊老天還安排那許多磨難？」

一念方起，元氣如決堤之水，霎時滔滔不絕朝藺絲內流了出去。

「妖孽，找死！」李無憂猛地想到什麼，心頭「大喝」一聲，精神力發動，心靈立時進入玄心大法第一重的天心地心，剎那間，他整個人彷彿立時與天地融爲一體，凜然不可抗，精神再無半點破綻。

「你太慢了！」一個妖媚的笑聲在李無憂心頭「響起」，綠繭絲先是如遭雷擊，但迅疾收縮，射入李無憂經脈之中，剎那間，全身的元氣和血液都隨著那千絲萬縷朝體外流去。

李無憂魂飛魄散，天心地心立告失守，一個念頭剛剛自心間閃過，那妖媚笑聲已接道：「不錯，這就是吸星大法！此時才知道，不嫌太遲了嗎？」

「卻也未必！」另一個溫暖的聲音接道。

李無憂剛覺乾坤袋裏微微一動，眼前忽然五彩光華暴射，隨即慘叫連連。光華收斂，那千萬根繭絲已全數被斬斷。

凝目望去，黑暗中佇立著兩個發光的人影。一人白衣如雪，長髮挽了個古怪的髮髻，微微散亂披肩，看不清他容貌，那道五彩光華正在他手裏閃爍顫動。另一人卻是個一襲綠裙的妖嬈女子，千萬根絲帶正在她身周繚繞飛翔，這使得她整個人看來飄然欲舉，只如神仙中人。

第四章　絕世情緣

「倚天劍！」那女子端詳良久，終於失聲叫了起來。

「什麼！」李無憂大一驚，意念探進乾坤袋，那柄絕世神兵倚天劍果然已消失不見！難道那白衣人手上吞吐不定的光華就是我的倚天劍嗎？只是……普天之下，除了我之外，即便是三位哥哥與四姐之能，也斷斷不能使動此劍，此人莫非是神人，才可以在我不知覺間取走我的倚天劍，並解開其潛藏封印？

白衣人輕輕咦了一聲，聲音不帶一絲煙火氣地道：「你這蝶妖竟然識得此劍，倒也難得。」指了指李無憂，又道，「這樣吧，你將吸取的元氣還給他，用蝶香傳神之法將他身體修復，再給他磕九個頭，此事就此算了。」

他這話固然狂妄之極，但他說來，卻平淡異常，渾無一絲霸氣，好似本該如此一般。

「還他元氣精血，也還好說，只是這磕頭……」綠衣女子昔年也是縱橫天下的風雲人物，要她向一個乳臭未乾的後輩小子磕頭，實是奇恥大辱，是以語聲遲疑，邊說邊神情悽楚地望了李無憂一眼。

她眼神中似乎有種說不出的哀傷淒婉，李無憂爲她一望，沒來由地心中一熱，大聲道：「不行，不行，此事萬萬不妥！」

那女子大喜，心道在溟火池中待了這麼多年，我的絕代風華和魅術比往昔竟都是有增無減，風情萬種地道：「這少年所言甚是，如此大大不妥的。」

白衣人微微皺眉道：「這妖女昔年也不知傷了多少人命，剛剛更是差點將你元氣精血全部吸乾，我如此處罰她已是從輕發落了，又哪裡不妥了？」

卻聽李無憂大聲道：「我說不妥，那就是不妥。奶奶的，這妖女差點要了老子的性命，讓她磕幾個頭實在是太便宜她了。依我看，不如以後這生生世世，都讓給我爲奴爲婢，神人前輩，你看這主意如何？」

「你……」綠衣女子大怒，身周絲帶化作千萬翠綠的細絲朝李無憂激射而來，但她剛一出手，一道七彩光華如矯天神龍飛射過來，幾閃間，那千萬細絲已粉碎成沫，落到地上。

綠衣女子吐了口血，臉色慘白，終於證實自己的實力果然與面前這白衣人相去不啻霄壤，心頭再無半絲僥倖，一時間不敢蠢動。

白衣人收回倚天劍，淡淡道：「你若傷了他一根毫毛，休怪我讓你魂飛魄散！」這一句輕輕的話，落在綠衣女子身上，彷彿有千萬斤的重量。她肩膀巨震，艱難而恭敬地說了個「是」。

「哈哈，打得好，打得妙，打得呱呱叫！神人前輩，你的神功還真不是唬人的！」見那綠衣女子被嚇得噤若寒蟬，李無憂開心得撫掌大笑，「前輩你趕快施個法術，讓這妖女生生世世都做我奴婢吧。」

白衣人笑道：「我不是神人，也沒那般本事。其實生死輪迴終究是虛無縹緲之事，想那許多做甚。她如今生肯做你的婢女，已是不世奇緣，你又何必再強求？」

「算了，給前輩你個面子，馬馬虎虎就這樣吧。」李無憂本是漫天要價，得了便宜自不好再賣乖，而這白衣人淡淡語氣落在他耳中雖然有種似曾相識的溫暖，但其中透露出的威嚴，卻使他不敢違抗，只好草草了事。

白衣人笑道：「知足就好。小蝶妖，你還不拜見你的新主人？」

綠衣女子雖是千般不願，但依然對著李無憂盈盈一福，柔聲道：「小婢若蝶，拜見主人。」

若蝶？李無憂覺得這個名字依稀有點耳熟，卻不知道在哪裡聽過，只是笑道：「別叫我主人，不知道的還以爲老子是古蘭那邊的奴隸販子呢！以後你叫我公子吧！」語罷卻忽地想到：「這稱呼聽來怎麼有點像妓院裏的嫖客？」

「是的，公子。」若蝶柔聲道。

半個時辰後。

李無憂在若蝶蝶香傳神之法治療下，本來就不是很重的傷已盡數復原，而先前爲她吸取的元氣在她歸還後，比先前又充盈了不少，這讓某人不禁感慨：「看來以後老子都不用練功了，每天就讓若蝶吸我幾次，功力一樣突飛猛進。」

這話讓剛才傳功時不小心將本身精元送了一些過去的若蝶只恨得牙癢癢，卻見白衣人在旁，一時敢怒不敢言。

白衣人不禁宛爾：「你這小子，這幾年中已不知道吃了多少天材地寶，現在又加上玉鯨膽的功效，本身不用修煉，武功進入聖人之境，法術已成大仙之功，這份修爲，放眼當今天下，堪與你爲敵者，已是屈指可數。此時還說這些風涼話，不是想叫天下英雄都妒忌死嗎？」

李無憂聽他將自己狀況說得分毫不差，更是佩服，長鞠到底，誠摯道：「前輩神人，請指點小子迷津！」

黑漆漆的空間裏，白衣人負手而立，神態說不出的瀟灑，聞言笑道：「都說我不是神了。今日我來救你，乃是我們的前緣，你不必記在心上。你智慧武功已無一不是人中翹楚，所缺者不過是濟世之心，若能少些自私，多些公義。你先人若是有靈，已可含笑九泉了。」

李無憂對白衣人彷彿有種天然的親近之感，像極神交已久的知己，又像是一個慈祥的長輩，是以初見倚天劍在他手裏，他竟無半分奪劍之意。最後那句教訓之語若是換了四奇之外的旁人，必定會遭來他一頓狠批，但此時這白衣人說來卻極是入耳，不禁暗生了幾絲慚愧之心，又聞他言下有離別之意，不禁依依不捨，笑道：「多承指教，晚輩定當銘記於心。前輩走好。」

白衣人微微驚奇：「見我要走，你似乎很高興的樣子？」

李無憂道：「晚輩與前輩一見如故，本想多盤桓片刻，好向前輩請益。但前輩既然要走，自然有要走的理由。所謂『無爲在歧路，兒女共沾巾』，聚散隨緣，我輩江湖兒女，更不該惺惺作態，理應瀟脫一些才是。不如前輩以爲如何？」

「哈哈，好句『無爲在歧路，兒女共沾巾』。」白衣人放聲大笑，「大丈夫本該如此。好，就憑這句詩，就値得我傳你一招劍法。」說時也不待李無憂同意，掌中倚天劍已脫手飛出。

一時間，這漆黑的空間裏虹影如龍，劍氣縱橫，李無憂的心頭同時閃過無數字跡，他知這是絕世奇緣，忙用心記憶。

倚天劍舞了一陣，最後凌空幾折，落到李無憂手裏，而那白衣人卻已消失無蹤，如非若蝶綠幽幽的身子依然閃閃發光，倚天劍柄中有三道熱流鑽入體內，他幾疑方才做了一場夢。

「你是說你已經在這裏待了一千多年？」

李無憂與其說是驚訝，不如說是悲傷，因爲他發現自己剛才竟然忘了問那白衣人如何出池去。如果這個新收的婢女存心搗亂，那自己就很可能出不去了。

「是的，公子。」若蝶恭敬道。

李無憂沒有聽出她語氣中的幸災樂禍，因爲他現在正被另一個問題所困擾：「你既然不是此池的守護妖魔，剛才怎麼會把我吸下來的？」

「公子你弄錯了。吸你下來的是溟火。我見它不能煉化你，起了貪念，想將你吸引過來增加我的力量，只是沒想到……」

若蝶顯然還在爲剛才沒吸到他的元氣而耿耿於懷，這個時候，李無憂有意無意地抖了抖倚天劍，劍身爲之一顫，五彩光華立時映得這少年的臉光怪陸離，看來很有些面目猙獰，她慌忙壓下這個念頭，繼續道：

「天地本是陰陽互生，是故陽極陰生，陰極陽生。若說天池底乃縹緲至寒之地，那麼鵬神殿前這一池溟火就是這至寒之地所生的陽。此火能煉化天地間所有五行之物，是以此池又被稱爲天地洪爐。這天地洪爐對天地間一切物體都有吸引之力，謂之萬有引力！此力因距離的增大而減小，以靠近池邊之時最大。」

「夫天地爲爐兮，造化爲工，陰陽爲炭兮，五行其中……我原來一直以爲這天地洪爐只存在於傳說中，倒沒想到真有此爐。」李無憂點了點頭，很快想到另外一個問題：「你爲什麼沒被煉化？」

「小婢之所以沒有被煉化，是因爲小婢雖然是蝶妖，但我成妖之前，一直在一個人的夢中修煉，是以並無五行屬性。天地洪爐能煉盡天地間一切事物，但它卻也煉不透我這不在五行中的化外妖物。」

說到後來，若蝶言語中漸漸去了恭敬，多了幾分驕傲。

李無憂點頭：「原來如此。那我爲什麼沒被煉化？」

「呵呵，公子，你可見過世上有能煉化自己的爐子嗎？」若蝶笑著反問，語氣中卻有一種誠摯的佩服：「公子你本身乃是五行屬性均衡的五德之身，而你更是將五行陰陽之氣早修得渾然一體，達到了萬氣歸元境界，早已和天地一體，自也是和洪爐一體。所以你也是煉不化的。」

「原來果有萬氣歸元一說？」李無憂大訝，當下細細問了一些關於萬氣歸元的事。這才知道原來萬氣歸元是明荒時候一個不世出的絕代奇人所提出的學說，但便是他自己也未曾達到這一境界，後世人也並無人可達此境，大家便以為不切實際，此學說漸漸衰落失傳，傳說中，這位奇人百年之後，李太白和藍破天曾練成此境界，但無人知其真假。李無憂卻知道四奇肯定是練成了的，卻不知為何這些傢伙就是不肯教自己。

「老子現在也練成了，不過除了氣息更加充盈外，好像沒什麼別的優勢嘛，古怪！」李無憂嘟囔了一句，繼續道：「最後一個問題，你知不知道那個白衣人是誰？」

若蝶微微遲疑，卻終於還是道：「他也是此爐中的一個可憐人。不過他吩咐過，他的身分，小婢萬萬不敢洩漏。」

李無憂皺眉：「我是你的主人，難道你連我的話也不聽嗎？」

「請主人賜小婢一死。」

李無憂訝道：「你寧願死，也不願回答我的問題？」

「情非得已，公子見諒。」

李無憂看她認真神情，眼神中卻透著一絲狡黠，忽地明白，她定是以為自己要靠她出爐，斷不會殺死她，當即嘻嘻笑了一聲，眼光落到了她修長的雙腿，露出一個邪邪的眼神，假意嘆道：「唉，好久沒嘗過女人的味道了。」

若蝶的雙腿果然顫了一顫，但隨即柔聲道：「公子若不嫌棄，小婢雖是蒲柳之姿，也願意伺候主人休息。」說時羅帶雙分，蓮裙輕解。

「停！」李無憂艱難地咽了一下口水，心念電轉間，又將害得自己暫時無法和女人燕好的寒山碧狠狠地罵了數次，「算了，你能代人守信，也是美德。主人剛才不過試探你一下。我現在沒那心思，你先把衣服穿起來吧！」

若蝶微微失望，但也暗自佩服這少年定力非凡，依言重新穿起衣服，笑道：「謝公子誇獎。以後公子若是有什麼難題不能解決，儘管找小婢就是。」

李無憂輕笑道：「一定會找你的，放心吧。我現在想出去了，沒有什麼問題吧？」

若蝶道：「公子，天地洪爐的出口有一個封印力量，異常強大，以往小婢就是被其困住，才無法出爐。」

李無憂笑道：「我剛學了一招劍法，也不知道靈不靈，正好試試。」

兩人御風上飛。

李無憂見周遭依舊漆黑一片，問道：「若蝶，怎麼不見我下來時那些亮晶晶的綠色星星呢？很漂亮啊！」

「漂亮？」若蝶似笑非笑道，「那些是死在天地洪爐內冤魂的餘魄。天地洪爐能煉化所有五行之物，能讓天地間所有的人鬼神魔都形神俱滅，只是總有些妖神因爲怨孽太深，元神寂滅後就留下了這些沒有意識的餘魄。小婢處此間千年，閒來無事，也就以逗弄他們爲樂。先前小婢對公子使用吸星大法時，不小心已全部過繼到公子你體內了。」

「不是吧！」李無憂嚇了一跳，「你是說，我體內有無數冤魂餘魄？難怪我丹田內怎麼有一道怪異的冷勁，和我的元氣格格不入。」

「不是無數，一共是三千六百個。不過公子你不用擔心，他們都是沒有意識之物，現在既然被你收了，此後就將奉你爲主，任你驅馳。」若蝶咯咯笑道。

李無憂雖然將信將疑，一時倒也沒覺得什麼不妥，只好暫時接受了這個說法。

近得出口，溟火漸盛，若蝶放出情絲（繭絲）護住全身，李無憂雖然不怕溟火，但被火燒終究不是一件愉快事，當即放出浩然正氣護體。

正氣方一放出，身周溟火立時大減，而正氣大成時的七彩光芒也一閃即消失無蹤，若蝶見此只道他出了什麼狀況，忙將情絲射來護他，不想剛一觸及他身周三尺，先是撞到一層無形有質的巨大壓力，接著壓力反彈，「乓」地一聲將她摔出丈許外。

李無憂張手虛虛一抓，將她拉了回來，心裏卻已是天翻地覆，記起文載道當年傳授浩然正氣時說的一番話來：

「此功之所以敢號稱破盡天下法術，就是因爲此氣練到極處，已非人本身真力，而是以真氣導引天地間無處不在的浩然正氣。法術能調動的五行之力，根源自五行之神，但五行之神的力量也是來自天地，法師所能聚的力量只是極小的一部分，姑且名之爲小天地，但我浩然止氣根源之力就是大天地，以彼之小天地對我之大天地，如蟻撼象，能有勝乎？」

轉念又想，「此時天地洪爐也正是天地間正氣聚集最多之地，浩然正氣之力才是最大之力。看來，我的浩然正氣雖已邁入聖人之境，但要真的破盡天下法術，怕還要繼續修煉才行。」

正自沉吟，忽聽若蝶道：「公子，封印已可見了。」

李無憂回過神來，果見上方黑火熊熊中，隱隱現出一個金光燦燦的「卍」字，雖是隔了十餘丈，但依然能感到一股強大的阻力震懾四周，當即拔出倚天劍，笑道：「你退遠些，此劍威力太大，我怕傷了你。」

若蝶對倚天劍之利仍心有餘悸，聞言忙退出十丈之外。

李無憂手持倚天劍，默默回憶方才白衣人所傳法訣半晌，方才將從倚天劍中射入體內的那三道熱氣中的一道注入劍中，霎時紅色劍芒大漲，一劍刺出。

隨著一道刺眼到了極處的紅光射出，全身元氣卻不受使喚地在瞬間被抽了個空，李無憂甚至連維持御風術的少許元氣都已沒有，整個人朝下掉去。

忽地落到一個綿軟所在，鼻間幽香陣陣，卻聽若蝶歡呼道：「公子，封印被你劈開了！我們可以出去了！」

隨即，她露出一種複雜的眼神，「呵，大鵬，你還好嗎?老朋友我又來找你了。」

破爐而出的那道紅光並未消失，而是矯如神龍，直沖霄漢，射入雲端，整個天地爲之一顫。

軟玉溫香在抱，李無憂幾乎不能把持，迷糊之間，他忽地想到一事，失聲道：「糟了！」

古蘭，某地。

一個少年樵夫望著面前的薩姆拉長河，眼淚滔滔不絕。

哭了一陣，他忽地一跺腳，指手問天：「王侯將相，寧有種乎？」

閃電劃破長空，轟隆隆的雷聲砸了下來。

大雨傾盆，黃豆大的雨滴打在他稚嫩的臉上，滴滴如箭射；秋風如刀，刀刀割在少年的臉上，一直疼到心裏。

少年淚眼問天天不語，不禁大怒，狠狠道：「賤老天，狗老天，連你也是欺貧愛富的嗎?老子總有一日，要將你踏在腳下！」

雨停風住，一柄黑漆漆的大刀插在了他的面前。

握著刀柄，一股暖流漸漸湧入他的身體，那刀身上的黑光似乎也在跳舞，他開始喜歡上了這把奇異的刀，緩慢而堅定地說：「你也是被人遺棄的嗎？那好吧，就讓我們一起開始屬於我們自己的人生吧！」

一道閃電照亮了那少年的臉，眉間一道刺眼的紅痕，彷彿是修羅的魔眼。眼角水珠殘留，卻不知是淚是雨。

彼時，東海某處無名島的一處石洞。

「撲！」渾天儀上，九龍中的西南方向的石龍吐出了玉珠。

「啊！師父，龍吐珠了！」一個年約十六歲的少女開心叫了起來。

「西南……那該是大荒了！」與她的歡呼雀躍不同，她對面那慈眉善目的老太太面上卻露出了一絲惆悵，「看來又是一場大亂。」

「師父，等了這麼多年，終於可以再見到那個人的傳人了，或者就能因此找到他的下落，你怎麼不開心呢？」少女不解道。

「見不到怎樣，見到又能怎樣呢？」老人輕輕嘆了一聲。

大荒。

同一刹那，禪林寺的觀音瓶，玄宗門的老子遺書《道德經》，正氣盟的正義之劍，天巫的黑巫權杖，同時放大光明，鳴響不絕。

禪林寺內。

雲海驀然被觀音瓶的鳴響從禪定中驚醒過來，他剛抬起頭，雲淺和尚已推門進來。

二人互望一眼，同時宣了一聲佛號。

雲淺合十道：「師兄，觀音瓶已是百年不鳴，此次非但鳴響不絕，瓶內竟然破天荒地

流出三滴觀音淚，可謂千年來之怪事。」

雲海淡淡道：「劫數難逃，該來的始終會來。我輩所作所爲，若能以蒼生爲念，那便無愧於心。」

雲淺點頭。

龍吟霄緩步而入，合十道：「兩位師祖，弟子閉關月餘，悟到兩言，請指教：心懷天下，憂樂入懷，縱鐵馬馳疲，也能成佛；胸無蒼生，興亡不管，便木魚敲破，亦難登仙。」

「阿彌陀佛！你終於悟了。」雲海二人同時合十道。

「是。」龍吟霄大笑，轉身推門，揚長而去。

翌日，江湖傳聞，天下即將有大的浩劫，四大宗門年輕一代最傑出的四名弟子：龍吟霄、諸葛小嫣、文治以及傳說中從未露面的天外陸可人，均同時放下俗務，踏足江湖。唯有一直隱爲江湖聖地的菊齋卻並無動靜，有人傳淡如菊弟子程素衣其實早已人在江湖，只是難知其真假。

封狼山，文殊洞中。

古圓施法重新將封印通道關上，輕輕呼出一口氣，道：「我們終於回來了。」

獨孤羽也是神情一鬆，但似乎依舊心有餘悸：「說起來，這次我們倒是全靠那小丫頭求情才得以保全性命，沒想到那扁毛畜生這麼了得。」

「是小僧失算了，按說聖獸的年紀最大也不過五百歲，力量雖然比大仙位法師略強，但李無憂應該是有一拚之力的，沒想到這次這個大鵬竟然如此恐怖……」

「算了。我不是也沒有算到任冷這傢伙居然也能跟著來嗎。雖然我們沒有拿到孔雀內丹，但畢竟第二封印已經打開，我們的目的也算達到了。」

古圓點頭，正想說什麼，懷中的仙器文殊舍利忽然跳了兩跳，閃閃發光。

「怎麼？」獨孤羽見他臉色有異，不禁有些狐疑。

「不知道。」古圓搖頭，「仙器鳴響，應該是有另一件仙器出世了吧！」

「呵呵，仙器之力，說來強大，其實在你這樣的有道高人眼裏，也是不值一哂，隨他去吧。」獨孤羽笑道，「大師，這次我們都是身受重傷，怕非朝夕之功可以恢復，爲今之計，不如我們就在此地療傷，其餘的事，以後再說吧。」

古圓點頭應了，心頭卻隱隱覺得有些不安。

倚天劍氣沖霄而起的刹那，李無憂被若蝶帶著飛出天地洪爐，斂去全身一切氣息流動，隱身到殿旁一座假山後恢復元氣。劍氣之威，震懾天地，雖然一閃即逝，卻已引得鵬神殿一陣巨震，殿中諸人多有注意，次第御風飛來。

殿門口的兩個守衛自然答不出個所以然，只說是看到溟火池中忽然飛出一條紅色巨龍，直上雲霄云云。

大鵬神細細查問一陣，難知端倪，只說是溟火太旺之故，不必驚惶，吩咐眾人散去。

眾人去後，守衛甲忐忑對同伴道：「兄弟，你有沒有看到那紅光之後，還有一道淡淡的綠光飛出來？」

守衛乙臉色發白道：「你也看到了？我還以為是我眼花呢！」

守衛甲道：「該不會是洪爐中沒有化盡的冤魂出爐來尋仇吧？」

守衛乙道：「別自己嚇自己。被投進洪爐中的人早就形神俱滅了，即使死了變成鬼也都被煉化了。再說了，大鵬神處世公正嚴明，投入爐中的人個個都是罪大惡極之輩，哪有什麼冤屈？」

守衛甲不同意道：「也不全是這樣吧。聽老人們說，當年莊……」

「噓！」守衛乙按住了他的嘴，看了看四周，斥道，「你不要命了！難道忘了在這裏絕對不能提到那個人的名字嗎？」

守衛甲縮了縮脖子，乖乖閉上了嘴。

若蝶聽到這裏，眼珠一轉，對李無憂道：「公子，鵬神殿正殿裏面分兩道大門，左邊就是去舍利海的，平時沒什麼人看守，憑你的法術武功應該很快就可以救出主母，小婢先去右邊找幾個故人，一會兒我們還在這裏會合，一起找大鵬那老兒的麻煩！」

李無憂本想讓她隨自己先一起去救人，但這樣一來難免爲她看輕，覺得自己無膽獨闖龍潭，笑道：「那好。不過你要小心些，那老禿毛年老體衰，早就有心無力，你若被他逮住，不是脫幾件衣服就能出來的哦！」說完也不看她的臉，笑嘻嘻地朝殿門潛去。

若蝶見他身形化風撲進門時，順便在兩個守衛的臉上畫了兩隻烏龜，不禁好笑，心想這少年玩世不恭的姿態，倒與當年那人很有幾分神似。不經意間，前塵往事隨著那個千年來從未遺忘的笑臉，一一浮現眼前，以至於她自藏身處走向大門而不自覺。

兩個守衛見憑空冒出一個美麗女子，大喝道：「什麼人，站住！」

若蝶一福，道：「兩位門衛大哥，敢問莊夢蝶可還在此地？」

「他早在千年前就被大鵬神殺了！」守衛甲脫口而出，卻似想起什麼，立時臉色慘白。

「什麼！」若蝶雙手一抓，那兩個人立時身不由己地被吸了過來，兩根翠綠細絲刹那間深入腦門，下一刻，兩具乾屍被重重拋到廣場上。

吸得二人記憶的若蝶飛上鵬神殿之巔，大呼道：「大鵬，你給我出來！給我出來！」語聲淒厲，迴旋於整個神殿，彷彿是冤魂索命的呼喊。

已隱身在舍利海某個角落的李無憂，聽到了這聲呼喊，微微皺眉：「這丫頭還真不是一般的能找麻煩，算了，這樣我救人也方便些！」

他閉上眼睛，將精神力無限延展，方圓五丈內草木枯榮，蟲魚呼吸，全數收入心來，雖然不睜眼，但比睜眼看得更加清晰。這是自練成萬氣歸元後，精神力暴增後所獲得的新技能——天眼。以天視物，再無被幻象所迷之慮。

用此奇技，他很快在一處密林邊找到一個行走匆匆的持盤侍者，使用玄心大法問清楚去舍利海的路途後，隨手用化石大法將其化成一塊頑石扔到旁邊樹林中，也不隱身，換上那侍者衣飾，大搖大擺地朝樹林深處的舍利海走去。

月色溶溶，清風繞指。

路上守衛雖然嚴密，卻似乎都為若蝶的呼喊聲擾得心神不定，而李無憂天眼既開，他們便形同虛設，無一例外地被石化扔進草叢陰溝廁所之類的地方。

繞過一溪潺潺碧水，有竹成林。漸行漸遠，竹溪深處，依稀露出一角飛簷。

月光自窗戶爬進屋去，落在梳粧檯上，有人正臨鏡鑑影，鏡中女子長髮如雲，冰肌雪膚，只是黛眉微蹙。

竹扉輕啓，擠進一個人來，她慵懶地展了展眉，囑咐道：「放在桌上吧。」

來人依言放下，只是靜立不動。

「有事嗎？」她微微詫異。

「想自己的老婆，算不算有事？」那人接道。

她驀然轉身，入眼一個笑容——便是那個魂牽夢縈的笑容啊！

「老公！我就知道你會來的！」她歡喜叫了一聲，撲入那人懷裏。

這一刻，兩個人都已等了太久。相擁無語，一任溫馨靜靜流淌。

歲月無聲，誰也不知過了多久。

「哎喲！」李無憂忽地發出一聲極不和諧的慘叫，「小蘭，你幹嘛咬我耳朵？」

慕容幽蘭纏著他的脖子，理直氣壯道：「誰叫你過了這麼久才來找人家？你都不知道人家想你有多苦！」

看著她笑靨帶雨，明眸盈珠，李無憂的心裏一片平和。經歷了朱盼盼的生離死別、天地洪爐中的險死還生，從未有一刻，他如此眷戀眼前人，本到嘴邊的調笑之語立時換做了柔聲細語：「小蘭，老公答應你，從今之後，無論有多苦多難，我們再不分開。」

慕容幽蘭聞言亦喜亦嗔，道：「真的嗎？」

李無憂立時翻動三寸不爛之舌，或自出機杼，或引經據典，說了一大堆肉麻當有趣的情話，末了用雙唇堵住了已經軟成一團爛泥的慕容幽蘭的嘴。

纏綿一陣，說起過往，李無憂這才知道當日玉鯨被殺，孔雀封印被破，自己追逐任冷三人而去後，大鵬神怒火沖天，扔下惡語要將始作俑者的四人一一誅殺，慕容幽蘭和朱盼盼苦求，願以身相代，大鵬神初時不許，最後不敵二女的眼淚攻勢，終於答應下來，這才有後來大鵬神帶著二女飛到場中一幕出現。

李無憂想起當日自己爲朱盼盼之死傷心欲絕，竟沒注意到她是何時被大鵬神帶走，不禁愧疚難當，柔聲道：「小蘭，以後別這樣傻了，你萬一有什麼事，叫我如何心安。」

「怎麼叫傻啊？」慕容幽蘭不依，「你是人家老公嘛，我不幫你幫誰啊？異地而處，若我有危難，你難道就會棄我不顧嗎？」

李無憂微微一怔：「若真是異地而處，我會不會棄她不顧？」又是感激，又是慚愧，用力將她緊緊抱住，生怕下一刻她會離自己而去。

慕容幽蘭只道他兀自未能釋懷，勸道：「其實大鵬神待我有如上賓，我住在這除了寂寞一些之外，也沒什麼。如果你肯留在這陪我，住一輩子其實也沒甚大不了的。」見他臉色稍微平復，笑道，「好了，最多下次我不自作主張就是。對了老公，你說的那個天地洪爐好玩不？有空帶我進去看看啊！」

李無憂回過神來，輕輕敲了一下她的頭，斥道：「別胡鬧，我可不想沒了老婆。」忽聽外面打鬥之聲激烈，苦笑道，「這丫頭惹麻煩的能力可真是一流，這麼快就動上手了……別愣了，走！和老公出去看好戲！」

救人既然成功，自不必偷偷摸摸，出了舍利海，他一手抱住慕容幽蘭，一手持倚天劍，大搖大擺朝鵬神殿闖去，一副「長劍在手，問天下英雄誰可與我爭鋒」的豪情萬丈模樣，只等有不長眼的倒楣鬼撞到劍上，便可展現李無憂大俠的不世神威。

只是太可惜，先前守殿那些護殿法師和侍衛眨眼間溜了個精光，別說是人，連跳蚤都沒有一隻。

沒有能夠在美女面前威風一把，李無憂鬱悶非常，走出鵬神殿，見前面廣場中齊刷刷

地站了一大排人，除了侍衛法師，什麼廚子園丁，伙夫樵夫，赤腳醫生的一類罕物也是應有盡有，人人如臨大敵，嚴陣以待，千萬道惶恐眼光，正朝自己這方射來，當先一人正是大鵬神。

李無憂洋洋得意，對慕容幽蘭道：「小蘭，你看見了吧，大鵬這老兒知道單打獨鬥不是你老公的對手，竟然將所有下人都叫來幫忙，真是太孬種了！」

「不是的了，你看他們好幾人都已受了重傷……」慕容幽蘭語聲未落，人群忽然同時發出一聲驚呼。

「嘩啦！」一陣巨響，正自小人得志模樣的某人還沒搞清楚是怎麼回事，已被慕容幽蘭拉著飛了出去。回頭過去，剛才還是雄偉壯觀的鵬神正殿已經牆倒屋塌，在寫著「鵬神殿」三個大字的那面金匾上，嫋嫋婷婷的若蝶正左右晃悠，彷彿一隻美麗的蝴蝶。

斷瓦殘壁間，散布著些斷手殘肢什麼的。

他們躲得雖快，但依舊被撲了一臉的石灰，立時成了兩個白面人。

對此，李無憂不禁恨恨：「我靠！這殿他媽是誰造的，怎麼盡是豆腐渣工程！」

「哈哈，好徒弟，爲師就知道你不是那麼容易死的！」隨著一個爽朗的笑聲，一個黑影自人群中飛了過來。

「黑石師父！你怎麼在這？」李無憂又驚又喜，「咦，您老怎麼鼻青臉腫眼睛像熊貓，哈哈，不是偷窺哪家的媳婦被人家老公狠揍了一頓吧？」

「小子，找死啊！」黑石沒好氣道：「別胡說，你白石師父也來了，小心他打你屁股！」

一道白光閃過，白石現出身形。

李無憂慌忙行禮：「徒兒拜見師父。」

「嗯，好。」白石淡淡點頭，他的目光也不再如上次相見時那麼寒冷，隱隱有幾分暖意。

阿俊似乎也想飛過來，但看了看身旁的爺爺，終於還是沒有過來。

其餘眾人眼光本是一直在看屋頂的若蝶，只道李無憂二人是新修成人形的妖精，瞟了幾眼又回到若蝶身上。

倒是大鵬神看了一眼過來，李無憂奇怪地發現那眼神除了驚奇之外，竟隱隱有幾分愧疚，不禁恨恨：「裝可憐也沒用，一會兒老子一定打得你老娘都不認識你！」

若蝶朝那金匾狠狠吐了一口唾沫，手指大鵬神，恨聲道：「大鵬，當日有人摘了天池一朵雪蓮，你就要將他形神俱滅，現在本姑娘拆了你的鳥巢，你怎麼反而一句話也不說了？」

「若是因此能讓姑娘消氣，區區一座鵬神殿又算得什麼。」大鵬神苦笑道，「不過本神也知這是奢望，只望一會兒動手的時候，姑娘莫要殃及無辜。」

半日不見，他臉上的皺紋似乎又深了。

「呸！」若蝶啐了一口，「這會兒又在那裏惺惺作態了，你這沒有信義的畜生！你敢不敢告訴大家，當日你答應過我什麼？」

聽她當眾辱罵大鵬神，人群譁然，有幾人按捺不住，各展神通殺將上來。

若蝶嬌笑一聲，眾人只見一片綠光亂舞，「劈里啪啦」之聲大作，接著就見那幾人如倒栽蔥般落到地上，各自腦漿迸裂，現出原形，已是斃命。

那幾人都是大鵬神座下護法，法力高強，不想眨眼間就被她打回原形，眾人一陣驚駭，場中霎時鴉雀無聲。

慕容幽蘭雀躍道：「老公，這就是你新收的婢女啊？法力好強哦！」

李無憂搖頭苦笑，心知今日之事，怕是再難善了，問黑石道：「師父，這丫頭你認識不？她怎麼好像和大鵬神有深仇大恨一樣！」

「豈止是認識，我這臉就是剛剛被她打的！過了千多年，竟然還是打不過她！」黑石恨恨道。

不知為何，李無憂卻覺得他語聲雖冷，但其中卻並無恨意，正自奇怪，黑石已繼續道：「她和大鵬神深仇雖然說不上，卻有頃盡九溟之水也洗不盡的大恨！」

李無憂恍然：「瞭解！原來她和大鵬神曾有一腿啊！」

黑石失笑道：「你若知道她是誰，就不會這樣說了。」

李無憂一奇，卻聽若蝶冷笑道：「大鵬神，當日我自投天地洪爐時，你答應過我什麼？」

大鵬神苦笑道：「我答應你用須彌神丹救莊夢蝶的性命。」

「莊夢蝶？」李無憂心中一動，霎時明悟，「媽的！老子真是頭豬！紫溟的玄女明明說過，當日莊夢蝶帶到北溟求藥的那個蝶妖的名字就叫若蝶，怎麼先前一直沒想起來呢！哈哈，想不到老子竟然收了莊夢蝶的老婆做婢女，說出去怕也沒人信！」

「哦，原來大鵬神白活了這麼大一把年紀，居然還沒老糊塗，可真是難得！」若蝶微笑道：「那如今莊公子人呢？」

大鵬神道：「死了。」

「喲！居然死了？」若蝶似乎很詫異，「難道神藥須彌丹居然沒用？」

大鵬神還是苦笑：「不是，是我沒有給他用藥。」

若蝶奇道：「沒有用藥？難道是小女子沒有履行諾言，惹得信譽卓著的大鵬神閣下不快了？」

二人一問一答，若蝶咄咄逼人，極盡冷嘲熱諷，而大鵬神似乎內疚極深，神情頹然，早無昔日的凜然剛毅。

李無憂忽然發現她無論嬉笑怒罵，整個人都有種說不出的動人風情。這是一種不同於慕容幽蘭的火辣，朱盼盼的恬靜，唐思的幽怨，甚至也與寒山碧的風情萬種完全不同的風致，是一種妖媚凝聚著楚楚可憐。

他忽地想起一事，問黑石道：「師父，當年來北溟求藥的不是莊夢蝶嗎？這到底是怎麼一回事？」

黑石悠悠道：「若蝶這丫頭，年輕時極是氣盛，又膽大包天，常常得罪人，闖下了一個幻蝶妖姬的名頭，卻終於惹出當時江湖中極負盛名的九位高手琴劍九仙的圍攻。莊夢蝶湊巧路過，不忿眾人行徑，仗義出劍，嘿嘿，這一出劍不要緊，卻由此開始了一段驚天動地的人妖孽緣。」

「驚天動地的人妖孽緣？」慕容幽蘭的好奇心也被調動了起來。

黑石道：「當然是驚天動地的。當時莊夢蝶在江湖中身分超然，近乎於神的存在，卻爲一個妖女自甘墮落，嘿嘿，自然爲名門正派所不容，魔道中人也早對他恨之入骨，哪裡還會對他客氣？最後終於成了黑白兩道三千餘人在天柱山圍攻二人的局面。聽說那一戰雖不如李太白和藍破天一戰破壞力之巨，但其凶險卻是有過之而無不及。三千名黑白兩道的精英，幾乎全被莊夢蝶屠戮乾淨，大荒武林因此靜寂了五十年才恢復元氣，而他本人除斷了七柄劍外，卻是毫髮無傷！」

李無憂聽到此處，想起當日莊夢蝶一人獨對三千高手，折劍而還，毫髮無損，不禁悠然神往，喃喃道：「男兒須如此！」

慕容幽蘭卻是呆住，說不出話來。

場中若蝶對大鵬神已不是冷嘲熱諷，而是放聲痛罵。大鵬神手下眾人終於氣憤不過，撲了上來，若蝶邊罵邊與之戰到一處，以寡敵眾卻穩占上風，其中似乎戲耍的成分更多一些。

大鵬神不知怎麼想的，只是靜靜地站在原地，既不動手也不還口。

黑石又道：「若蝶當時卻不幸身負重傷，莊夢蝶帶她來北溟求藥，一路披荊斬棘，取得玉鯨膽，採得池旁的千年雪蓮，終於將她救活。只是他們卻因此放出了雪衣孔雀，雖

然最後莊夢蝶將其重新封印，但這一路行來，馬不停蹄，早已筋疲力盡，力鬥之下，他本人也終於受了重傷。本來他們啓開封印，已是獲罪於天，大鵬神依律要將他們投入天地洪爐，讓其形神俱滅，傷與不傷已不重要。但若蝶這丫頭確實厲害，趁大鵬神不備，將其制住，反威脅他用神藥須彌丹將莊夢蝶治好。大鵬神極是剛強，寧死不應。最後若蝶說，只要大神肯救莊夢蝶，自己甘願自焚於天地洪爐，以洩大神之恨。大神為其癡情所感，終於應允。」

李無憂知他還有下文，慕容幽蘭卻已搶道：「莊前輩後來不是被治好了嗎？回到大荒後還寫下了北溟遊記《逍遙遊》呢！還有，若蝶姐姐也沒有死啊？大鵬神對她應該是有恩，怎麼又有什麼大恨了？」

一直默不作聲的白石接道：「巧的是若蝶投入洪爐後，大鵬神的兒子與人鬥法也同時受了重傷，須彌丹當時卻僅剩一粒了，哼哼，信譽比起兒子的性命來，當然不值一提，食言而肥那是再天經地義不過！至於找個槍手撰寫一部《逍遙遊》，再散發到大荒，更是順理成章。只是天理昭彰，他怎麼也沒想到本該於天地洪爐中形神俱滅的冤魂隔了千年後會回來找他算賬。佛說因果循環，報應不爽，果然十分不假！」

黑石乾咳一聲，道：「小莊當時其實五臟已碎，真靈二氣渙散，須彌丹給他用了，多半也是浪費。」

白石冷笑道：「沒試過，怎麼知道？」

見黑石欲待爭辯，李無憂忙圓場道：「往者已矣，二位師父不必爲此傷了和氣。其實說起來，若蝶在天地洪爐中受了千年的溟火和寂寞煎熬，雖然難熬，卻知道心上人平安，內心其實很幸福；大鵬神雖然救了兒子，但千年來也定是飽受良心譴責，卻未必好受。」

黑白二人聞言都是一呆，並不作聲，顯是深思他話中之意。

「去！」隨著一聲輕斥，綠光亂舞，圍在若蝶身邊的諸「人」慘叫一聲，似慢實快地朝四面八方飛去。

一縷翠綠長絲同時射向大鵬神，後者一側身，長絲陡然一折，朝他身旁的阿俊射去，只是臨體三尺，金光一蕩，綠絲如中無形牆壁，沿原路返回。

千萬根翠綠的長絲在身邊環繞飛舞，雙眼皆赤的若蝶冷笑道：「你終於肯撕下僞君子的假面具，和我動手了嗎？」

大鵬神嘆息道：「萬千罪孽，盡歸本神。你要妄傷無辜，卻萬萬不可。」

「果然是大仁大義啊！只是當日你出爾反爾，累我在天地洪爐中白白煎熬千年時，你的仁義又去哪裡了？」

若蝶冷笑連連，身周的長絲根根變得筆直。

大鵬神似乎終於有了決斷，又亮出了背上的金翅，九座三尺高、金光閃閃的須彌山如日月一般在他身周以固定軌跡旋轉不休。顯是決心一戰了！

風止雲停，人人屏息。

黑石嘆道：「神仙打仗，凡人遭殃。千年之前，二人只是象徵性地交了一次手，波及方圓就達十里，犧牲了千萬生靈性命！這一次，卻不知又有多少無辜要爲他們殉葬！」

李無憂也嘆：「若蝶雖然是修煉了千年的妖精，但對上老傢伙，多半要香消玉殞了，簡直就是暴殄天物，不然放到我床上……小蘭你別這樣看我嘛，其實我的意思是說，她一千多年沒睡覺了，應該好好休息……」

李無憂正自和慕容幽蘭糾纏不清，白石忽道：「老黑，你敢不敢和我打賭，我過去說一句話，他們兩個立時就打不起來。」

黑石不信道：「若蝶對大鵬恨之入骨，大鵬神雖然內疚，但也絕不會任人宰割！好，你說賭什麼？」

「我用『掩耳盜鈴』賭你的劍豬骨！」

「哈哈，早知道你這老小子賊心不死！好！賭了！」白石也不多說，一把拉過李無憂，將一柄短刀逼到他脖子，飛到場中，大聲道：「若蝶，你若再不住手，我就將這個莊夢蝶轉世的小子殺了！」

「什麼？」白石一句話彷彿憑空扔下一個霹靂，人群轟地一聲炸開，議論紛紛。唯有大鵬神收斂翅膀，微微苦笑，向後退一丈。

李無憂用玄心大法直接傳音到白石意念中，苦笑道：「師父，這個玩笑開大了吧？」

白石傳音回道：「你要不想那丫頭有什麼事，就給我好好演完這場戲。」

「其實弟子剛剛已經練成絕世劍法，即便是硬拚，弟子也未必會輸給那老不死的！」李無憂道。

「閉嘴。年輕人不知天高地厚！」白石冷冷斥道，李無憂乖乖地閉上了嘴，開始很配合地做人質這份很有前途的職業。

「你說……李公子就是夢蝶轉世？」若蝶身周的殺氣立時被抽了個乾淨，但隨即那殺氣比方才更強百倍，臉色轉冷，「白石，你以爲若蝶還是當年那個無知少女嗎？你隨便找個人就說他是夢蝶轉世，我還說自己是秦乾轉世呢！」

白石冷冷道：「信不信在你，不過我提醒你，莊夢蝶此生已是第十次轉世，我現在一劍下去，天上地下，永遠不會再有他的任何痕跡了！」

縹緲大陸古老相傳，一個修道人第一世未能修煉成功，只能轉世十次重修，若此世再不成功，死後就徹底魂飛魄散。

「等等！」若蝶聞言終於氣勢一滯，殺氣消散乾淨，身邊千萬翠綠情絲迅疾消失一空，「好！只要能證明李公子就是夢蝶轉世，我今日就放了那食言而肥的金毛畜生一命！」

「你說什麼！死蝶妖，你嘴巴放乾淨一點！」

「賤人，不准侮辱大鵬神！」

「我要宰了你這不分尊卑的妖精！」

群情憤慨，其中最激動的當然是阿俊，他漲紅了小臉，一對金色的小翅膀呼呼生風，已是不顧一切地朝若蝶衝了上來。

大鵬神在前方揮手布下一道結界，阻住了眾人的去路：「是我對不起她，她要罵就讓她去吧！」

黑石上前道：「大鵬神和紫溟的玄女都有輪迴眼，可以看到人的前生，你若信不過大鵬神，我可去找玄女來作證。」

李無憂聞言苦笑，終於明白白石之所以那麼有把握，原來是因爲聽了紫溟玄女那個神經丫頭的瘋話，心頭湧起一種荒謬絕倫的感覺。

若蝶冷哼一聲道：「玄女那丫頭對夢蝶一往情深，誰又能保證她不會騙我，而自己去找真的夢蝶！」

「信也在你，不信也在你！」白石淡淡道，「姑娘也是個爽快人，今日之事，罷不罷手，一言可決！」

「只是在你決斷之前，請你想清楚一件事：天下可只有一個莊夢蝶！若是你依舊一意孤行，人間仙界，他將永遠消失。」黑石幫腔道。

「若蝶姐姐，李公子真的是莊前輩轉世，你一定要救救他啊！」不知何時，慕容幽蘭也已上前。

若蝶忽然覺得心亂如麻，剪水明眸望向了李無憂：「你是嗎？公子！」

千萬道目光，霎時全集中到這少年身上。

眾目睽睽。知道自己一言即可決定這裏是血流成河還是干戈止息，也知道自己若承認是莊夢蝶轉世，從此就會多一個強大的幫手，但是，就要脫口而出的刹那，天地洪爐中那白衣人的絕世丰采，忽然在李無憂的眼前閃了閃：大丈夫，當頂天立地，坦坦蕩蕩，爲何總要一輩子都做個小人呢？

白石心念傳音道：「還猶豫什麼？快說是！」

李無憂清澈的眼光環視一周，也不知爲何，場中眾人被他不帶絲毫雜質的眼光掃過，紛紛自慚形穢，低下了頭，他輕輕撥開白石的短刃，淡淡一笑，道：「若蝶，雖然我也很討厭這隻金毛鳥，也想讓你幫我一起對付牠，不過我不想騙你，前世的事，我早已不知道。動手不動手，隨你自己。」

「啊！」顯然誰也沒有料到他會這樣說，即便是大鵬神也是微微一怔，與眾人一樣，眼裏都露出佩服神情。

「這個笨蛋！」只有白石和慕容幽蘭同時低低罵了一聲，但罵聲中卻都不無驕傲。

若蝶也是一怔，隨即卻展顏微笑，盈盈拜倒：「若蝶果然沒有看錯人！公子，若蝶現在相信你就是夢蝶轉世了，因爲你們有一樣的高風亮節。從此後，生生世世，你都將是若蝶的主人，永不言棄。」

第五章　初試神鋒

「暈！這樣也行！」李無憂實不知當哭還是當笑，「賊老天，老子不過偶爾老實一回，不用如此厚待我吧？」

若蝶又道：「大鵬這老兒殺與不殺，請公子示下！」言下之意，大鵬的性命彷彿是在她掌握之間。

大鵬神冷笑不語，顯然是被她這句狂言所激怒。

白石忙意念傳音道：「無憂，見好就收。君子報仇，十年不晚！不要莽撞！」

黑石也道：「乖徒弟，你們聯手也暫時打不過他，以後再說吧！」

慕容幽蘭雖然沒有說話，但焦急眼神卻顯示了她也不願意見到李無憂二人與大鵬神硬拚。

阿俊道：「大哥哥，爺爺的三千須彌山，你們是擋不住的，還是別打了，好嗎？」

沉吟半晌，李無憂笑道：「殺了牠反而是便宜了牠！」

眾人幾乎同時鬆了一口氣，一場惡鬥終於消於無形。

卻聽李無憂續道：「我要在一招間就擊敗牠，讓牠這狗屁大神，從此在失敗的陰影中度過風燭殘年吧！」

語不驚人死不休！

眾人先是呆若木雞，隨即哄堂大笑。

有人高呼道：「小毛孩，你沒睡醒嗎？」

雖然動物草木精靈的修爲與人類的修行方式相去甚遠，有時甚至會出現一個只修煉了十年的道士和尙，就可以剷除千年妖魔的情形，但是大鵬畢竟是四大聖獸之獸，且已修煉了兩千多年，修爲雖然並不是真的如神，但也最少也相當於人族的大仙位末期，甚至已有可能進入金仙位，便是聖人級武者天魔仁冷對他，也只能落荒而逃，而李無憂不過是個初晉大仙級的法師、賢人級武者，要與之爭鋒，已無異於以卵擊石，想一招敗敵，更是癡人說夢。

北溟二老也各自搖頭苦笑。唯有慕容幽蘭對李無憂從來就有一種近乎崇拜的信任，鼓掌叫好。

若蝶先是一驚，隨即想到什麼，又是感激又是擔憂地看了李無憂一眼，退到一旁。

大鵬神最是剛烈，他本對若蝶心存愧疚，處處容忍，此時聽李無憂如此狂言，終於大怒，冷笑道：「好！好！果然是英雄出少年！我今日倒要看看人族的英雄，憑什麼一招擊敗我！」

說時羽翅展動，面泛金光，無數大小各異的須彌金山在身周各循軌跡如日月輪轉。

「相信我老公（公子）！」黑白二人還想說什麼，卻被慕容幽蘭和若蝶同時出言勸住，話一出口，二人都是一愣，隨即相視而笑。

「不仁者，天誅之！」李無憂抽出倚天劍，淡淡道：「所謂替天行道，大神請記住，今日擊敗你的不是我，而是天！」

大鵬神麾下眾人看他方才信誓旦旦，只道他有何奇珍異寶足以彌補二人實力差距，卻拔出一柄滿是鐵銹的破劍，還偏偏神情凝重，不禁大愕，隨即或是譏笑，或是嘆息，或是咒罵，種種情狀不一而足。

「好！好！我倒要看看你如何憑天之力來擊敗我！」被人戲耍，大鵬神怒極反笑，身邊三千須彌山一座接一座，鋪天蓋地一般朝李無憂壓來，後者彷彿立時置身十萬大山之中。

黑石眼見每一座須彌山非但迎風變巨，而且上面金光燦爛，不禁驚呼道：「無憂小心，山上金光可壓制一切法術效果！」

人群朝四面八方飛退，慕容幽蘭剛想衝上前去幫忙，人已被黑石拖走，而白石卻迎了上去幫忙。同一時間，若蝶也看出此招風險，長絲舞動，飛撲而上。

李無憂龍吟一聲，倚天劍脫手飛出，一道紅光剎那間走遍三千須彌山。摩天峰頂，忽然風起雲湧。滿天浮雲，遍野清風，剎那間竟被割成兩半。場中諸人大多已退到數十丈外，卻依然被劍氣震得口吐鮮血。

一劍之威，竟至於斯！

首當其鋒的大鵬神只覺一道足以開天闢地的強力劍氣迎面撲來，三千須彌山忽然全數碎成粉末，面前金光亂飛，護身結界瞬間被強行攻破，紅色劍氣已是迎面砍到……

全力發出這招學自白衣人的「天誅」的李無憂，再次感覺到體內所有元氣瞬息間就被抽得一滴不勝，七竅和全身經脈一陣劇痛，「這次玩完了！」

這個念頭剛剛閃過，就此人事不省。

李無憂當然沒有玩完，卻也因這一劍而在床上躺了近半年。

倚天劍果然不是目前的他所能使動的，想起那白衣人傳劍時只輸了三道熱氣過來，也是很有先見之明了。

這一日，舍利海竹屋「嘎吱」一聲輕響，門被推開。

阿俊走了進來，笑道：「李大哥，聽蘭姐姐說你身體終於大好了，真是可喜可賀。爺爺讓我來傳話，他和蘭姐姐在神殿裏等你，希望你能抽空過去一趟。」

「奶奶的！他怎麼不自己過來找我？」床上的李無憂舒服地伸了個懶腰，一口吞下床邊若蝶餵來的去皮葡萄，抱怨道。

「爺爺說他本該親自過來，只是之前你那一劍之威實在是震古鑠今，雖然最後你及時收劍，但他依然傷得很重，是以到現在都還沒有怎麼好……」阿俊說到這裏，露出崇拜的眼神，顯然是對當日李無憂那一劍之威記憶猶新。

「我知道了！」李無憂當然知道這是個藉口，主要還是大鵬神因爲怕見到若蝶，但對此他也無可奈何，雖然多次勸解，但若蝶對大鵬神已經恨了千年，實在不是朝夕可以化解的，肯住在摩天峰，已經是看在自己的面子上了，嘴裏嘟囔著：「這老傢伙幾天沒挨揍，又開始偷懶了」，人卻已翻身坐了起來。

出了竹屋，阿俊笑道：「李大哥，看樣子，若蝶姐姐現在已經對你千依百順了，和蘭姐姐也已情同姐妹，看來好事已近，打算什麼時候娶她過門啊？」

「這事不急。」李無憂隨口應了一聲，忽然反應過來，「你一個小毛孩，一天沒事瞎打聽大人的事做什麼？」

阿俊不服氣道：「人家今年都十三了，才不是小孩子。」

「好，好，我們的阿俊是個大孩子了。」李無憂摸了摸他的頭，心裏充滿感慨，「我像你這麼大的時候，在江湖上也浪跡好幾年了。」

「啊！大哥你可真厲害！」阿俊讚了一聲，忽道：「大哥！你們回大荒的時候，可不可以也帶我去見見世面啊？」

「大荒……都大半年了，也不知道發生了什麼事，隨風這臭小子不知道把我的軍隊搞成什麼樣子了！」李無憂面上露出一絲悵然，當初上封狼山看風景本只是一時心血來潮，卻不知道一下子搞出這麼多事。

「哥哥，你究竟答應不答應啊？」

「這個啊……」李無憂回過神來，本想立即拒絕，但見阿俊眼神熾熱，又自不忍，「要經過你爺爺同意才成。」

「那是沒什麼指望了！」阿俊滿臉失望道，「我求過他好幾次了，他就是不答應。」

「沒關係，我和他好好說說，也許能成。」李無憂笑道。

「啊！大哥你可真是小弟再生父母！你就是小弟心中的太陽，你就是我的唯一，沒有天沒有地，不能沒有大哥你……」阿俊大喜，諂媚之語當即有如滔滔江水，連綿不絕，典型地將肉麻當有趣。

李無憂想起這些話多數還是自己無聊時教他的，不禁苦笑自作孽不可活。

鵬神殿重建之後，亭臺樓閣更加美輪美奐，富麗堂皇。侍衛和法師也應李無憂的建議，全換成了美麗的女妖精，看上去果然更加相得益彰，賞心悅目了不少。

慕容幽蘭正和大鵬神聊著什麼，不時傳來一陣咯咯的嬌笑，氣氛顯然很融洽。

阿俊退下後，李無憂大咧咧地搬了把椅子坐下，大鵬神見他一臉疑惑，因笑道：「大神，有什麼問題嗎？」

當日一戰，李無憂明明只是初窺聖人境，那一劍卻幾乎沒要了相當於金仙級法師的大鵬神的命，後者百思不得其解，疑他爲天神轉世，反堅持要叫他爲大神，多加孝敬。後者本是無恥之輩，見有好處，哪裡會和他客氣，堂而皇之地受了不說，而且面無愧色地稱呼大鵬神爲小金。

這每每讓慕容幽蘭氣結，因爲她雖然膽大包天，但自幼家教良好，懂得尊老敬賢，稱呼大鵬神是叫前輩的。

李無憂正望著他身邊的兩個美麗婢女發呆，聞言道：「小金啊，難道你的婢女們都是瞎子嗎？」

「爲什麼這麼問？」

大鵬神不解。

「如果不是瞎子，爲什麼見到我這天下第一人帥哥現身，竟然連一點點歡迎的掌聲都沒有？」李無憂若有所思道。

「切！」眾人齊聲道。

慕容幽蘭笑道：「老公，你還真不是一般的臉皮厚哦！」

場中氣氛霎時輕鬆起來，連不苟言笑的大鵬神也笑了起來：「呵呵，大神真是愛說笑。對了，聽我女兒說，你們這就要回大荒了，可是真的麼？」

早聽說大鵬神除阿俊這一個獨孫，並無其他親人，李無憂不禁大奇：「小金，你什麼時候又添了位千金了？嘿嘿，什麼時候娶的新媳婦，居然也不叫我來鬧洞房，老小子你可真是不夠意思！」

「別瞎說！」慕容幽蘭一臉喜氣道：「老公，大神和我一見投緣，經我哀求，終於答應收我做義女了。」

李無憂心道：「認了隻大鳥當老爹，你很得意麼？老子和你成了親，難道也要管這老鳥叫爹嘛？輩分亂成什麼了！」卻笑道：「恭喜，恭喜！小金你收了小蘭做你女兒，可真是獨具慧眼啊！」

大鵬神聽出他話裏隱隱有刺，忙陪笑道：「小蘭既是大神的妻子，小神原本是不敢高攀的，只是她一番誠意，小神卻不能不識抬舉啊！」

李無憂心道：「老傢伙受我教訓一次，說話也圓滑了許多，脾氣也終於不像當時那麼衝了。可見無論是人還是畜生，都是賤的，你對他越狠，他才越怕你！」面上淡淡一笑，算是接受了這個說法。

大鵬神見他不惱，才又道：「小神本想多留大神您幾日，多多請教。只是天下無不散之筵席，緣來緣去，聚散浮雲，小神也不敢強求。」

李無憂心道：「上次那一劍雖然沒震散你全身功力，但也將你從金仙打回大仙，老子現在要走，你不放鞭炮來慶祝已很給面子了，強求就不必了吧。」

大鵬神自然不知他心裏的齷齪想法，頓了頓，續道：「不過有件事，必須讓大神知道。雖然雪衣孔雀已死，但七大封魔印的第二印也已解除，因此影鳥畢方和沙獸赤蟒的封印也都可以解封了。這兩大魔獸的力量都是非同小可，若是由任冷和獨孤羽這兩個魔道中

人任何一人得到……」

「什麼？您竟然已將獨孤羽放了？」李無憂失聲道。

慕容幽蘭一愕道：「不是你的意思嗎？當日朱姐姐要殺他的時候，你不是拚死維護他嗎？我還以爲他是你朋友呢，就求義父放了他們。」

「靠！」李無憂哭笑不得，心想自己和獨孤羽都中了對方的慢性毒藥，這筆賬不知道該怎麼算，但他只是很經典地罵了一聲，輕輕擺了擺手。

大鵬神嘆了口氣，道：「我也以爲他們和大神你交情很深呢……這兩大凶獸雖然兇狠，但以大神的神劍，想必還制得住，只是剩下的三大終極封印裏封印的三大終結魔獸……」

李無憂輕描淡寫道：「小金你就別杞人憂天了。據我所知，這七大封印每一封印的解開都需要特別的條件，而要找到他們本身就不是一件容易的事情。就說這第三和第四封印，一個在古蘭魔地，一個在人畜難近的齊斯沙漠！他們進得去嗎？終結魔獸？嘿嘿，他們自己不被終結就不錯了！」

「大神所言甚是！」大鵬神點頭，「不過這些魔道中人，非可用常理推斷的！其實這三大終極魔獸厲害還在其次，最重要的是，這七大封印一旦全數解開，傳說中的一個預言將變成現實。」

「什麼預言？」李無憂興致盎然。

「不知你們有沒有聽過《大荒賦》？」大鵬神淡淡一句話，落到李無憂耳內卻不啻一個炸雷，塵封在崑崙山那段記憶前所未有的鮮活起來。

「《大荒賦》？」文殊洞裏，獨孤羽露出疑惑的神情，握著酒杯的手不禁微微一頓。

古圓緩緩吟道：「巍我大荒，雄雄兮崑崙！東海木兮西閣雨，北溟冰兮南山雲，築我脊兮鍛我魂。天行健，古風存，五行之神佑群倫。一朝風起大江畔，江山嫋嫋入九輪……七印絕，五聖滅，天地蒼茫舊時別。」

獨孤羽雙目放光：「這賦聽上去似是而非，其中隱諱極多，但你既說和七大封印有關，那想來這裏面定藏著一個驚天的秘密了？」

古圓搖頭：「當然有秘密。只是小僧門中雖然古老相傳這首歌賦，但其中的意義，歷代高僧卻無一人能解。唯一的猜測是，這七大封印一旦解除，佛陀將重臨人間。」說到這裏，他平靜的眼眸中忽然多了一種狂熱，「那樣的話，眾生就有望脫離苦海了。」

「這就是當日大師答應與在下合作的原因所在了？難得大師肯開誠布公。不過，我魔

門中也一直秘密流傳著一個說法。不知道大師有沒有興趣聽聽？」獨孤羽笑道。

古圓神色凝重道：「正要請教。」

「不敢！」獨孤羽淡淡一笑，「據說這七大封印全部解除之後，魔神將會重新君臨人間，延續創世之初的神魔大戰。根據這已解開的兩大封印來看，裏面所封印的都是魔獸，孰真孰假，已是不問可知，大師不惜成爲文殊洞千古罪人，也要揭開這七大封印之秘，難道真不怕這是在爲他人做嫁衣裳嗎？」

古圓將杯中酒潑到那封印的出口，於那閉合的石牆上虛畫了個佛印，微笑反問道：「空即是色，色即是空，獨孤施主難道連如此粗淺佛理也當真不懂嗎？」

另一邊，「風起？創世神的相好？太離譜了吧！」李無憂誇張地叫了起來。

「什麼哦，義父明明說的是創世神的妻子，你怎麼說得那麼難聽！」慕容幽蘭撅嘴，不依道。

「相好也好，妻子也罷，不過是個稱呼嘛。」大鵬神卻不敢介意，「我們四大聖獸家族古老相傳，這段歌賦的意思就是說七大封印一旦解開，創世神的妻子風起就會重臨人間，到時五行之神將會被她一一消滅，天下大亂。」

李無憂心想：「當初楚誠那麼鄭重，想必按景河那敗家子的意思，《大荒賦》和白龍居應該是關乎江山主宰的，怎麼現在又和見鬼的創世神的相好扯上關係了？」卻裝作滿不在乎道：「天下大亂就天下大亂好了，關老子屁事？」

「當然有關係！你的天命就是去阻止他們，因爲你就是救世主！」大鵬神一字一頓道。

「救世主？哈哈，小金，你雖然很會開玩笑，但這種情節會不會太老套了些？」李無憂幾乎沒將眼淚笑出來。

「大神，在下並無虛言。」大鵬神見他不信，不禁大急，「我後山般若洞的石壁上有一個創世之初創世神留下的預言：若有一個人類能在弱冠之年就擊敗四大聖獸，那麼天下必定大亂，而這少年就是救世主。如今你一劍就擊敗了我，而七大封印也漸漸解開，天下正要大亂，這一切不正說明大神你就是救世之主嗎？」

李無憂聽得瞠目結舌：「小金，我發現跟我沒幾天，你阿諛奉承的本事長了不說，連牽強附會也很有幾分功力了！嗯，有前途！好好幹！」

「大神說笑了！」大鵬神尷尬道，「在下說得是事實！」

「義父說得都是真的。」見李無憂立時就要反駁，他身後的慕容幽蘭狠狠敲了一下他的頭，附和道：「那個石壁我也見過，老公你卻不當一回事，是不是連我也不信啊？」

「信，信，小蘭說的話，老公我哪敢不信啊？」見小丫頭又要發威，李無憂忙口不對心道：「好吧！就當是這樣好了，不過我只是個小人物，我也不想當什麼救世主。這些什麼拯救蒼生的大事，還是留給那些大英雄去做吧。嗯，我給你們推薦一個人，禪林寺的龍吟霄很有潛力……哎呀，行了，小蘭你別那樣的眼神看我，最多將來真的天下大亂了，老子就站出來當救世主好了……其實想起來也是很過癮的吧！」

李無憂覺得很無聊，敷衍了幾句，打算結束這場無聊的談話，「小金，我想回大荒了。我用冰棺將盼盼封印在天池下，麻煩你將她放在北溟最高的雪峰神女第三峰之巔……也許有一天我會回來看她。」

「放心吧，我會辦好的。」大鵬神神色古怪地點了點頭。

李無憂看他欲言又止，因道：「有屁就放，憋著不難受嗎你？」

大鵬神尷尬一笑，道：「大神，情最傷人，你以後肩負天下興亡，對此還是少沾染，專心對小蘭一人吧！」

見李無憂神色尷尬，忙岔開話題道，「從這裏到封印傳輸點，還有好幾千里路。就讓小神現出本相送你們一程吧。」

李無憂點頭，他也很想看看這金翅大鵬是不是真的如傳說中的可以「扶搖直上九萬里」，忽聽乾坤袋裏一聲細細的「咯吱」聲傳來，他和慕容幽蘭對望一眼，又驚又喜：「小白！」

在尚未到達潼關前，有一日，小白在酒足飯飽後忽然睡下，初時慕容幽蘭尚未在意，卻不料一直到第二日這傢伙依然沒醒，小丫頭這才慌了，忙來找李無憂，飽受這一人一畜蹂躪的後者心頭竊喜，卻裝出一副愁眉苦臉的模樣嘆道：

「真是不巧啊！牠進了百年一輪迴的聖獸休眠期。什麼時候醒？也不太久！根據典籍上說，好像就一年半載吧！」

小丫頭聞此，自然少不得很是惆悵了一陣，李無憂雖然表面也作哀傷狀，但內心卻和無憂軍團其他將士一樣開心之極。只是在前來北溟這段日子，他功力全失，這才想起聖獸小白的好來，只是可惜那該死的傢伙卻根本連一絲反應都欠奉，每日裏只是躲在乾坤袋裏大睡特睡——不料今日竟忽然醒來。只是今日才不過過了十餘日，怎麼竟給醒了？

小白顯得非常興奮，一出袋就遍地亂跑，上躥下跳，連帶著將經過地方的茶杯酒壺擺設等物撞得雞飛蛋打，乒乒乓乓亂響，好好一個大鵬神殿立時被搞得一團糟。

慕容幽蘭嬌斥道：「小白，乖乖的！到姐姐這邊來。」

小白委屈地叫了一聲，終於乖乖地竄到她懷裏，卻依然不老實，轉著一雙和牠主人一樣水汪汪的眼睛，四處亂看。

「天！這……這……這不是白虎嗎？」大鵬神眼珠瞪得老大，霎時對李無憂的崇拜又加深了一層，「大神你果然是福緣深厚，連這一代的白虎都做了你的跟班。可惜牠轉世好像才一百多年，只能化作獸形，要幻化人形的話，還要再過幾年。」

李無憂趁機問道：「這四大聖獸到底是怎麼回事，不是說你們代代單傳嗎？那阿俊……」

大鵬神嘆了口氣，良久方道：「此事本是我生平憾事，不過大神你不是外人，說說那也無妨。不錯，按創世神最初的規定，四大聖獸每代都只能有一隻，上一代死前以本命真元結下元胎，憑此一脈相傳。我向來心性剛烈，不甘宿命，自出世以來，精修佛法千餘年，奪天地造化，自認神通廣大，足以改天換地，於是尋了一人間女子成親，婚後誕下一子，我欣喜若狂。只是不想他十八歲那年，莊夢蝶來求藥，他當時竟與人鬥法受了重傷……我猶豫三天，最後終於食言，以須彌丹將兒子救活，但這也不過讓他多活了兩年而已！唉！也許這就是報應吧！」

李無憂聽他說到此處，雖然對莊夢蝶頗爲歉疚，其間卻並無悔意，暗想：「其實老子也沒有資格怪他。若是異地而處，老子肯定是想也不想就去救自己的兒子了，狗屁的諾言又算得什麼？他居然還猶豫了三天，飽受良心折磨，雖然難得，卻也太迂腐了些。」

慕容幽蘭安慰道：「義父，一切都是天意，你別傷心了。」

大鵬神點點頭，又道：「所幸他臨死前留下遺腹子俊兒。但媳婦生下俊兒後，還未滿月便染病死去。其後，家中餘人次第去世，緊接著，阿俊竟也陷入昏迷。我哀慟異常，此時方知天命如此，人徒奈何，即便我號稱大神，原來終究不過一獸，不該逆天行事，於是向天乞求，願以千年功力換取阿俊百年之命，終於在十三年前，蒙上天憐憫，阿俊得以復生。是以當日被大神一劍打回大仙境。大鵬非但不恨，反而歡喜居多，就是因爲我的乞求終於被上天所接受。不過百年光陰在我們聖獸來說，算是早夭了。唉，百年之後，卻終究要我白髮人送黑髮人，當真情何以堪？」

多年心懷憂傷，今日終於得吐人前，他素來剛強，卻是雙目含珠，隱然欲淚。慕容幽蘭則早已抱著李無憂泣不成聲。

李無憂輕輕拍了拍她的背，似乎想到什麼，忽然放聲大笑。

慕容幽蘭見此，狠狠在他背上掐了一下，恨恨道：「義父正在傷心，你發什麼癲？」

大鵬神果然惱怒：「小神自知此事是我癡心妄想，但其行雖愚，其情可憫，大神，難

道這有何可笑之處嗎？」

李無憂不答反問：「小金，你可知創世神有多久性命？」

「他一萬年創世，誅妖伏魔三千年，後一千歲後分成五神，那應該是一萬四千歲。」

「那你們四聖獸有多少壽命？」

「平均五百年。」

「人呢？」

「平均七十年。」

「不錯，那你可知天有多久的壽命？」

「天地無生，故無死，所以天地的壽命應該是無窮盡吧。」

「這不就對了。」李無憂的聲音聽來空洞如禪鳴，「與天地之無窮盡壽命相比，即便連創世神的一萬四千歲也不過是滴水之於滄海，聖獸五百，人匆匆數十年，更是渺小得幾可不計。不過這比之朝露曇花轉瞬即逝，那又如何？阿俊有百年之壽，比之我等人類已是多出良多，我尚未擔憂，你又憂什麼？他既然未先憂，你又何必先憂，徒惹傷悲？」

大鵬神聽得癡住，一時間竟作聲不得。

李無憂又道：「你壽齡之高，於聖獸而言也是異數，只是這兩千餘年，真正開懷的日子，又有多少？人也好，獸也好，一生一世，求的不過是快意兩字，開心一刻已是地久天長，不開心，千年萬年，也不過是多增歲齒，徒然多受一些折磨而已，你可明白了？」

大鵬神聽罷良久不語，李無憂見此不免惴惴，心下狐疑莫非自己是否說得太過快意，觸到這老傢伙的逆鱗，正自戒備，卻見他忽然朝自己躬身誠摯拜了三拜，大聲道：「大神你果然是智慧通天，小神聽君一席話，勝讀十年，不，是百年千年的書，由此可知，救世主一職也非您莫屬！」

李無憂狂暈：「老子一番金石良言竟又能讓你引出救世主來，真有你的！」說了一陣，提起阿俊下山的事，大鵬神剛被李無憂教訓了一頓，當即爽快應允，慕容幽蘭大喜，一溜煙跑去通知阿俊了。

大鵬神忽似想起一事，自懷中掏出一卷竹簡道：「對了大神，當日你那一劍雖然奪天地造化，已是傳說中的神級武功，但是威力太大，非你目前所能控制。這一劍讓您躺了半年，下次若再強行催動，只怕就要長眠不醒了。這本是當年莊夢蝶留下的《夢蝶心法》，有助於固本培元，增強功力，留在我這也沒什麼意義，不如大神你拿去參研一下，也許稍有助益。」說時遞過一卷竹簡。

李無憂想起自己當日之所以能發出那近乎於神的一劍，全仗白衣人通過倚天劍傳給自

己那三道熱氣，雖然如今還剩下一道熱氣，但那一劍之威，其實已經超越了自身肉體的極限，功力不夠前，今生今世，若不想與人同歸於盡，那招劍法是再不能使了！

他一向不拿白不拿，當仁不讓地接過竹簡，看了幾行，果然是道家密典，立覺其妙，又看幾行，忽地想起一事，道：「小金，當日若蝶這丫頭大鬧鵬神殿，黑白二位師父說我是莊夢蝶轉世，之前在紫溟，玄女也說是，你是有輪迴眼的，你倒說說，我究竟是不是？」

大鵬神沉吟半晌，終於道：「世間其實並無輪迴眼這門法術。我的輪迴眼其實不過是個以訛傳訛的謬傳而已。這裏面的典故說來太長太悶，大神你想必也沒興趣聽。至於玄女她對莊夢蝶一見鍾情，情深四海，千年來日日相思，見到俊俏年輕的人類就認做莊夢蝶轉世，香吻亂送，大神不必在意。我般若洞前有一輪迴井，每年除夕之夜，月圓如鏡時候，可以看到前世，大神若是想知道自己的前世，大可再多留一年……」

「算了！」李無憂聽他竟然扯到除夕夜看圓月，越說越荒唐，慌忙打斷，「前世終究是過去的事，知道了其實也不過是徒增困擾，最重要的其實是今後活得開心，你說是嗎？」

「大神果然是智慧通天，句句都蘊涵深刻禪理，大鵬對大神的敬仰有如滔滔江水，連綿不絕，又如黃河氾濫，一發不可收拾……」

「停！」李無憂忽然面目猙獰，「你剛才說得可有作假？」

「是……這個……那個……雖然敬仰之情略有誇張，但句句出自肺腑……」

「老子不是說這個！」

「大神你果然明察秋毫，竟然連這都看出來了，不錯，黃河在那裏其實我是不知道的，這句話我是看電影向周星星學的……」

「媽的！我不是說這個，我是問你，玄女真的是遇到人類都亂送香吻嗎？」

「啊，這個……不錯啊！這幾年闖到北溟來的人雖然不多，但好歹也有個千兒八百的，所以……」

「完了！聽說大荒最近正流行一種叫禽流感的病毒，老子說怎麼最近身體老起雞皮疙瘩……」

「啊！」大鵬神一愣，恐懼地看了李無憂一眼，落荒而逃。

由於有阿俊這個小鵬神開道，回程的時候，李無憂刻意選了一條不再需要經過九大溟池的路。因爲他發現自己對《夢蝶心法》的領悟，已不可用一日千里來形容，而是根本沒有任何阻礙，一些金仙級的法術，他雖然不會使，卻也明白是怎麼回事，再加上來時，九大溟池的景物自己竟然依稀相識，隱隱覺得自己說不定真是莊夢蝶轉世。

但對於千年前的舊事，他非但沒有興趣，反而隱隱有些排斥，因為那個人過往的傳奇實在是太過輝煌，任何人背負著這樣一個過往，都不是一件好事。若蝶也明白這個道理，所以她現在已經很少提過去的事，甚至連髮髻都讓慕容幽蘭給她換了一個合時的雙飛雲，這讓李無憂對她的喜愛又多了幾分。

由於慕容幽蘭堅持要試試小白的飛行速度，大鵬神就未現出真身相送，李無憂因此無法領略什麼叫「鵬之翼，不知其幾千里也」，但因為可以不用自己飛，而小白平穩迅捷，背上溫暖如春，比起來時背著小丫頭走雪地的慘狀，實是有天淵之別。

過了三日，一行人終於飛到封印傳送點。

看著傳送陣光芒如舊，李無憂不禁有些感慨。自己從去年的六月十五上封狼山散心，原本以為是眨眼即回，現在卻已是三八六六年的一月十五，中間足有半年時光，原本定在去年除夕的自己和小蘭的婚禮也因故不能舉行，中間寒山碧如曇花一現，之後音訊全無，而同來的朱盼盼卻已香消玉殞，可謂好夢多成空。

想起朱盼盼，眼前似乎又見她橫吹玉笛的白衣倩影，李無憂心頭不禁又是一痛，只道自己和她是萍花水影，卻不想彼此用情早已很深，這女子平素溫柔如水，誰知她竟那麼剛強？

正自傷懷，卻聽慕容幽蘭喊道：「老公，發什麼愣啊，大家都在等你呢！」

李無憂彈了彈額際長髮，灑然一笑，飛身掠向傳送陣中石台。臨上臺時，他故意裝作失足，撞到若蝶懷裏，引得後者咯咯嬌笑和慕容幽蘭在一旁大罵色狼，阿俊也乘勢幫腔，他一腔傷感情緒經這麼一鬧，終於消散了個乾淨。

鬧了一陣，阿俊囑咐眾人注意，正要發動傳送陣，卻見石台邊沿竟被剛才李無憂登臨時不小心踩碎了一塊，不禁皺眉道：「李大哥，這怕有些不妥。」

李無憂笑了笑，道：「這個傳送陣的具體構造我雖然不知道，但其原理卻是相通的。在傳送陣裏，石台只是作裝載之用，與陣法本身並沒有什麼關係，你放心發動吧。」

「大哥英明，呵，是小弟太多心了。」阿俊應了，念動咒文，一片白光立時籠罩了整座大陣，灑在眾人身上，聖潔而莊嚴。

「斗轉星移！」阿俊一聲斷喝，白光大盛，眾人消失不見。

與上次瞬間就天地轉移不同，這次李無憂明顯地感覺到，籠罩在一片白光裏的自己等人在一片黑色的狹窄通道裏穿行，他甚至清晰地「看」到在通道的四壁上，隱隱有一些什麼東西在閃爍，那冷峻的光芒讓他忽然有種不好的預感。

彈指之後，面前一亮，再睜眼時已在文殊洞中。

洞中景物如舊，便連當日任冷用來煮龍肉湯的那口大鍋也在，幾塊石坯支起的土灶下

灰燼依然，鍋中幾塊龍肋骨突出水面，初春的陽光從洞口透射進來，正巧落在其上，骨頭散發出一種類似金屬的光澤。

景物依然，卻已物是兩非。想起當日自己功力全失，心境平和，與任冷在此大碗喝酒，小蘭輕舞，盼盼橫笛相和，宛然猶在眼前，李無憂心竟是一痛。但他隨即甩了甩頭，暗自苦笑：曾幾何時，我李無憂竟已變得如此多愁善感了？

阿俊和若蝶好奇地打量面前的古洞，李無憂對滿臉興奮的慕容幽蘭道：「小蘭，你覺得封印通道裏面的情形和上次有什麼不同沒有？」

「通道？」慕容幽蘭明顯一愣。

李無憂望向若蝶，見後者也神情古怪地搖了搖頭，不禁苦笑：「我剛才似乎看到了一條狹窄的通道，也許是我眼花了！」

自從進入萬氣歸元之境後，自己除了功力開始一日千里的突飛猛進外，另一個巨大的收穫就是自然地領悟了天眼。

雖然悟得大仙位之秘後，精神力也能掃描感應周遭環境，甚至深入物體內部觀測分析，但比起如今的天眼來，實在是小巫見大巫。

有一次慕容幽蘭練法的時候，對著一塊鐵板使了一個叫「滴水穿石」的暗法術，自己竟然看見空氣中的微小水珠從四面八方彙聚，呈現如一條斷裂的珠線朝鐵板奔去，前仆後繼，百折不撓，厚厚的鐵板竟然在彈指間被數以億萬計的小水珠穿了一個大洞。

以天眼視物，萬象皆歸本源，即便是光奔電走，在自己看來卻只如蟻爬蟲移。草木生長、魚蟲呼吸這些微小到了極處的細節也全無遺漏。從某種意義上來說，天眼其實是高層次的精神力。也有可能這才是慕容老泰山說的精神力吧。

小蘭和若蝶都沒有天眼，無法看到封印通道裏的情形，自己是問道於盲了。

「大哥你竟然看到封印通道了？」阿俊卻驚呼起來，「聽爺爺說，連接各大封印傳送點之間的正是封印通道，不過我們在裏面穿行的時間僅有一剎那，根本不可能看得到的！」

「一剎那？很短的嗎？」慕容幽蘭不解道。

「嗯！非常地短！」阿俊答道，「佛家《探玄記》說『剎那者，此云念頃，於一彈指間，有六十剎那』。也就是你彈指的六十分之一的時間就是一剎那。《婆娑論》也說『一晝夜間，有六十四億九萬九千九百八十剎那。』在如此短的時間內，李大哥竟然能夠看清楚封印通道，真是……」

李無憂笑道：「你爺爺唬你，你也信？真要是只有一剎那那麼短的時間，根本沒人能看到的！」

「對啊！所以大哥你根本不是人！」阿俊滿臉崇拜道，「你是神啊！說不定您還真是創世神的選擇的救世主！」

「別扯淡！他自己都早早就掛了，哪能管到這幾萬年後的事？神？老子看你和你爺爺一樣，神經病還差不多！沒事一邊涼快去！」李無憂笑罵道。

有了一劍砍翻大鵬神的經歷後，原本就對神仙鬼怪缺乏敬意的他，現在對那些傳說中的神仙更是半點興趣都欠奉。

「老公不好了，你快出來！」趁二人說話的時候，走出洞外的慕容幽蘭忽然叫了起來。

李無憂聽她說話竟然一點停頓都沒有，其中驚惶之意實已是表露無遺，心念方動，小虛空挪移已然使出，下一瞬，人憑空消失，再看時人已瞬移到洞外。

阿俊和若蝶緊步相隨。

洞外豔陽高照，風行草偃，鳥走禪鳴，一派寧和景象，別說是想像中的凶獸惡徒，滿眼血腥，便是連尋常的大灰狼都見不到一隻，李無憂不禁沒好氣地對一臉驚疑的慕容幽蘭道：「小蘭，你再這樣亂叫會死人的！你聽過狼來了的故事嗎？以前有個放羊的小孩很喜歡撒謊，有一次……」

「這個故事土死了，人家早聽過了……哎呀，人家不是說這個！老公，難道你還沒有發現這裏有什麼不對嗎？」

「山是山，水是水，沒什麼不對啊？」李無憂沒心沒肺道。

「難道你沒發現周圍的樹都有葉子嗎？」

「樹當然都有葉子了，這有什麼好奇怪的？」

「豬啊你！現在是什麼季節？」慕容幽蘭罵了一聲，李無憂才一愣，她自己又已道：「我們離開大荒的時候，是天和二十二年的六月十九，在北溟待了半年，走的時候是天和二十三年的一月十五，那麼今天該是元宵節，樹葉都還沒有發芽，可是你看……」

若蝶奇道：「現在明明是盛夏啊？」

禪聲聒噪，湖裏的荷花正豔，草木瘋狂，果然正是盛夏景象！

自古以來，封狼山就並非一個四季皆夏的地方，這究竟是怎麼回事？

「小蘭，我看……我看我們一定是在做夢，哈哈，對，一定是在做夢！唉，老子看來真的是太想大荒了，不過這也難怪，大荒的民眾正處於水深火熱當中，我李無憂大俠以天下為己任，時時不忘拯救他們是正常的，還有那麼多美女、財富等我……哎喲，小蘭你幹嘛又打我頭，別以為老子不打女人……哎喲……停，我真的不打女人還不行嗎……什麼？

你問我對此事有什麼看法？老子充滿大智慧的金頭都快被你打破了，能有什麼看法……停！我已經想到了。」

李無憂正要繼續胡言亂語，卻看見慕容幽蘭提著粉拳又要朝自己頭上砸下，慌忙叫了個暫停，收斂起嬉皮笑臉，露出一副深沉的表情認真道，「經過我大膽假設，小心求證，深思熟慮，熟慮深思之後，終於得出一個重要結論！結論就是……」

若蝶和阿俊見他說得很是鄭重，神情凝重，眼中閃動著智慧的光芒，顯然是胸有成竹，不禁大喜，充滿了期待，只有深知他脾性的慕容幽蘭卻立時有了不好的預感。

果然，李無憂接下來的話，讓三人同時舉著拳頭，惡狠狠地撲了上去：

「結論就是沒有結論！」

經李無憂這麼一鬧，本是詭異的氣氛立時輕鬆了不少。但此事處處透著古怪，四人當即就查看了一下周圍環境，希望能找出什麼線索來。但除了李無憂和慕容幽蘭二人驚奇地發現周遭環境與當日離開時相差無幾外，並無他獲。

接著，眾人又開始猜測。

慕容幽蘭道：「啊！老公，我知道了！這應該是周圍有人布下了一個類似於北溟的大悲幻境的陣法，所以我們看到的都是假象！」

李無憂二話不說，撿起地上一根木棍打了過去，小丫頭慘叫：「哎呀，好疼！」會疼當然就不是假棍子了。但為了驗證這個真理，李先知很不幸地接受了小丫頭一頓「溫柔」的暴打。

阿俊：「大哥，我終於相信你說我們這是在做夢了！」

李無憂沒說什麼，搬來洞裏的一個大水缸，就給他灌了下去。

片刻後，迷惑不解的小鵬神忽然臉一紅，一個人跑到遠方的草叢裏去，接著傳來一陣雨打芭蕉的美妙聲音——既然喝下水很快就要尿尿，很顯然做夢這個假設是不能成立的。

要說還是若蝶這千年蝶妖經驗最豐富，最有智慧：

「根據我的經驗，這應該是由於近年來溫室效應顯著，全大陸開始變暖，嚴重加速地球季節變化進程所致！還有可能就是東海的『雲娜』颱風不正常登陸大荒造成的季節倒轉。自然，我也不排除這是著名的蝴蝶效應，即異大陸的一隻蝴蝶的震動，引起了我們這邊一場大的風暴，從而嚴重影響了封狼山周圍的環境變異，歷史上這樣的例子不勝枚舉。當然了，我想這和有人最近在北溟搞人造衛星也不無關係，至於齊斯的沙漠化加劇對大陸氣候的影響有沒有可能影響到這裏，我也正在研究，不過，我們可以先說說太空船對臭氧層的破壞……喂，你們怎麼都睡著了？」

最後所有的猜想都被一一否定，唯一肯定的是，現在的封狼山確實是在一個炎熱的夏季。

一籌莫展中，李無憂心頭隱隱閃過一個念頭，但這個想法實在是太過匪夷所思，太過可怕，是以剛剛萌芽，他立刻將其扼殺於搖籃之中，使勁搖了搖頭，到嘴邊的話卻已變了調：「事有反常則爲妖！我看附近一定是有什麼極厲害的妖物作怪，我們下山去問問，也許就有答案了。」

順利下山來，已是黃昏時分。

一路卻並未發現任何妖怪，只是山下依然炎熱異常，周遭也全是夏令植物。路上行人不多，卻個個背著包裹，行色匆匆，有的人還拖家帶口。四人大奇，攔住一個老者打聽情況。

老者見四人衣著華麗，雖然不耐，卻依舊恭敬道：「我們這是逃難呢！」

「逃難？都半年了，前線的戰爭還沒結束嗎？」李無憂大奇。

老者古怪地看了他一眼，憤怒道：「公子你看來氣質高貴，怎麼淨說胡話呢？蕭狗聯合西琦豬、陳國強盜侵我國土明明是五月初一，現在不過是六月二十五，還不到兩個月，怎麼是半年？難道你真的盼著那些豬狗強盜永遠占著我們的國土不走嗎？」

「什麼？你說今天是什麼日子？」雖然早有心裏準備，但李無憂聞言還是大驚失色。

「對啊！就是我新楚天和二十二年的六月二十五。」老者不想四人有如此激烈反應，神色越發古怪，「不是你們蕭國的天寶十六年，也不是你們陳國的長治三十九年，更不是西琦的霜降九年。」

「啊！」其餘三人終於反應過來，同時失聲叫了起來。

見四人神情古怪，那老者越發肯定了自己的猜測，看他們的眼光立時由冷漠變成冰寒。

彈指一揮間，斗轉星移，乾坤竟倒轉！

李無憂想起當初楚誠從神秘之地空間轉移崑崙的時候，竟然被拋到了兩百年後，自己等人不過是回到半年之前，算起來還算是幸運的了，心頭不禁自嘲地苦笑了一下，見慕容幽蘭三人依舊在那裏驚疑不定，而老者言下隱然已將自己四人當做了三國的奸細，只待稍有不對，怕就要張口大叫，不禁失笑道：

「老人家，你別誤會，我們都是新楚的大好兒女。在波哥達那邊迷路很久了，剛剛脫困出來，搞不清楚狀況，讓你見笑了。」

封狼山本身雖然不大，但其西邊連接的波哥達峰中卻有大荒知名的原始森林，經常有人在其中迷路後，經年累月無法出山的也是常有發生的事。

「我想也沒有這麼笨的奸細。」老者這才釋然。

李無憂塞給那老者一錠重銀，道：「老丈，山中無甲子，我很想知道最近發生在前線的大事，不知老丈能否一一告知？」

老者將銀子推回，淡淡道：「大家既同是楚人，老漢自當一一相告，這銀子卻不必了。」

見他衣衫破舊，形貌猥瑣，不想竟有如此風骨，李無憂不禁吃了一驚，慌忙躬身謝罪。

老者也答禮謝過，才道：「要說最近發生的大事，莫過於憑欄關破、軍神戰死和青州的馬大刀之亂了！」

「什麼？軍神他老人家竟戰死了？」李無憂大驚，細細詢問，這才知道本月十七所發生的憑欄事變。路上行人正是憑欄關與潼關城中的百姓，擔心潼關城破，正前往內地。至於青州的馬大刀之亂，更是有燎原之勢，不過短短半月，卻已連下十餘城，佔據了青、揚二州，大軍號稱三十萬，聲勢之盛，一時無兩。

李無憂想不到不過短短十餘日，天下竟發生了如此巨變，新楚已是內憂外患，而自己與幼時的偶像傳奇王天竟然緣慳一面，不禁長長嘆了口氣。

老者察言觀色，安慰道：「公子不必擔心，軍神雖中詭計而死，但我們還有雷神！聽說雷神大人已親率百萬大軍到達庫巢，他老人家神通廣大，只需要動動手指，那幫賊子就都要被天雷劈死。我要是也像公子這麼年輕，早去大人帳下效力，救國救民，興許還能成為名垂青史的大英雄呢！」

「百萬大軍？」百感交集間，李無憂聽他說得自己打敗蕭如故七十萬大軍比吃豆腐還容易，不禁失笑，故意道：「連軍神都不行，他一個毛頭小夥子能行嗎？」

老者瞪眼道：「不懂就別亂說話！軍神他老人家之所以被稱做神，是因為他用兵如神，但他還是人，所以敵人用卑鄙手段還是能害死他。但雷神卻是上天派來輔助天子的真神下凡！他老人家只要動一動指頭，就能降下成千上萬的閃電，他打個噴嚏，就會有一萬個炸雷落下來，有他在，蕭如故那個妖魔小丑早晚會被他劈死！」

慕容幽蘭此時已從震驚中緩過神來，聞言咯咯笑道：「他有那麼厲害嗎？我看你多半是吹牛吧？」

「姑娘，王爺爺這可不是胡說！」老者尚未說話，旁邊一個十五六歲的少年插嘴道：「不瞞四位，上次雷神單人大破一萬蕭騎的時候，王爺爺他可是親眼目睹的！雷神他老人家當時不過只是動了動指頭，你猜怎麼著？嘿，整整方圓三里地都被照白了，那些蕭狗全像得了癲癇一樣，口吐白沫，栽下馬來！要不是他老人家仁義胸懷，當時連蕭如故那狗賊都被雷劈成灰了，哪裡還輪到今天來耍威風？王爺爺，你說是不是？」

「夢書，你平時最好浮誇，這次倒還合乎事實。」老者拍了拍那少年的頭，拈鬚微笑道。

若蝶和阿俊早聽慕容幽蘭說過當日的大事，聞言亦是同時大笑，唯有李無憂苦笑著摸了摸鼻子，心道：「原來自己有這樣厲害啊，老子怎麼不知道呢？」

那少年只道四人不信，乾脆將背上一個小包袱放到地上，坐下狂吹起來，一時間天花亂墜，地湧金蓮，只將李無憂吹得真如天神降世，對於李無憂種種事蹟都誇大了百倍不止，但一切卻又都是他親眼見到，甚至迚李無憂本人都沒他知道的真切。

看他那咬牙切齒信誓旦旦的架勢，便是李無憂，也終於忍不住放聲大笑，二女更是早笑得花枝亂顫，唯有阿俊童心未泯，這半年跟李無憂學了不少縱橫辯駁之術，立時插科打諢地和他辯論起來，引得路人紛紛駐足圍觀。

末了，李無憂笑道：「既然那個雷神這麼厲害，那你們還逃什麼難？」

王老者嘆道：「唉！這還不是因爲雷神去了庫巢，沒人守潼關啊，潼關早晚會破。嘿，今天中午的時候，潼關的王定將軍才吃了敗仗，潼關岌岌可危！老漢等人都是無用之身，在那邊也是消耗軍糧，想先到內地去保一條命，等到雷神收復此地，我再回來重建家園。」

李無憂四顧一遍，果然發現逃難的多是些老幼病殘，這才釋然。正要說話，忽然神情一凜，高呼道：「東邊有土匪來了，大家不要亂，都站到我身後來。」

他這一聲大呼由內力送出，方圓二十丈內的人全都聽得清清楚楚。雖然雲朗風輕，四周並未見什麼土匪蹤跡，但這少年的聲音中自有一種說不出的信服力，周圍的難民在微微遲疑之後，全聚到了他四人的身後。

下一刻，若蝶的臉色由狐疑變成佩服，對李無憂輕聲道：「他們來了，有三百二十六人，六百匹馬。」

李無憂點點頭，道：「這馬賊首領懂得虛張聲勢，且以一人當先，餘眾呈利於衝擊的錐形分散兩側，倒也不可小覷。」心頭卻是暗忖：若蝶的靈覺雖不如已開了天眼的自己，但其功力卻勝出自己太多，若無倚天劍在手，多半會死得很難看，千年的妖精，果然是有些道行的。

慕容幽蘭撇嘴道：「我說他是狂妄才對，若有人將他一刀砍下，奪其鋒銳，豈非是整個隊形都散了？」

「大哥，讓我上去打敗那頭領！」阿俊立時興奮道。

「不了！好久沒動手，我也有些手癢了！」李無憂淡淡道。

第六章　雷擊天下

不多時，東南天際馬蹄聲如雷，殺聲震天，煙塵滾滾，一隊手持長刀的馬賊飛撲過來。

李無憂天眼看去，前面的是二百騎，中間三百匹空馬，後面有一百騎，竟然也井然有序，遠遠看去很是浩浩蕩蕩，彷彿有千軍萬馬一般。

「是波哥達的袍哥！」忽然有人失聲叫道，人群立時騷動起來，亂成一團，就要四散奔逃。

李無憂大喝道：「各位莫要慌亂，無論他來了多少強盜，有我在此片刻，管叫他有來無回！」

這一喝，只若天雷怒吼，人群立時安靜下來。夢書和王老者遠遠看去，忽然覺得這少年剎那間似換了個人，單薄的藍衫背影剎那間竟變得偉岸不群，彷彿即便是天塌下來，只要有他在，那就一切無憂。

馬賊隊行進如風，眨眼間離眾人已不足十丈，當先一人手持長刀，虯髯蓬髮，極是兇悍，見眾人竟然沒有四散奔逃，眼中驚異之色一閃而逝，近到三丈，狂笑一聲，一提馬韁，連人帶馬凌空躍起，手中長刀化作一道白虹向李無憂砍來。

「啊！」李無憂身後人群發出一聲呼喊。

李無憂淡淡一笑，不避反進，右手以肉眼難見的高速，狠狠一拳正擊打在奔馬頭上，左手做拈花之態，朝那道刀光迎去。

眾百姓只覺眼前一藍影一閃，接著便聽一聲巨響，再看時，李無憂左手拈著刀鋒，那虯髯馬賊雙手握刀，整個人卻彷彿被定在空中一般一動不動，那匹疾如奔雷的駿馬忽然倒飛後退，落在五丈之後，壓死跟進的數名馬賊後其勢不止，砸在馬賊隊伍之中，泥塵激濺。

下一刻，「乒」地一聲脆響，那馬賊首領手中百煉長刀竟已折為兩段，面前指影亂顫，剎那間全身十八大穴全被拂中同時，人已被甩到眾百姓身後，紋絲動彈不得。

一個人能將勢如奔雷剛猛至極的禪林韋陀神拳和至柔至弱的拈花指同時施出，若有禪林寺的高手在此，少不得要嘆為觀止，驚為神人。但很是可惜，落在一干愚人眼裏，只是一連串虛影而已。

馬賊群見首領眨眼被擒，雖驚不亂，繞過前方那數名倒地的馬賊，鋪天蓋地一般殺將過來。

李無憂微微一笑，陡然騰空而起，下一刻，他十指怒張虛抱成月，隨即向前方一抖，一蓬藍色勁氣暴射而出。

殘陽如血，火紅的天空彷彿突然下了一場帶著疾風的絢爛藍雨。

一時間，風雨如晦，人喊馬嘶，充塞了整個天地。

雨過天晴，首當其衝的一百馬賊全都翻倒在地，命喪當場。群馬齊喑，剩餘的馬賊卻停止了呼喊，人人呆若木雞。

「國難當頭，內憂外患！爾等皆是我大楚男兒，當以報國爲先，怎可在此屠殺同胞，做那豬狗不如的畜生？」李無憂睥睨當場，迎風喝道。

眾馬賊受方才一擊，本已是心膽欲裂，爲他一喝，紛紛墜下馬來，隨即拜服於地。群馬也爲其威勢所懾，全都安靜立於當場，卻無一匹亂奔。眾百姓這才懂得歡呼，掌聲如雷。

李無憂大聲道：「你們既已知錯，那從今之後就不要再做山賊了。現在就回去將山寨給我燒了，到潼關投軍報國吧！」

說這話時，殘陽的餘暉正落在他的身上、臉上，這翩翩少年一時有如天神，他每一句話中似乎都有一種不可抗拒的力量，普天之下，彷彿無人可與之爭鋒。

眾馬賊噤若寒蟬，只覺得自己唯一該做的就是服從這少年的指令，紛紛站起，再不敢看那馬賊首領一眼，上馬回轉。

唯有一文士模樣的中年馬賊留下道：「大俠神功蓋世，我等欽服。只是以我等身分，怕官軍未必肯收留！」

李無憂道：「這個好辦。你就對石枯榮說是我叫你去的。」

文士先是一怔，隨即露出震驚神色，但隨即一閃而逝，道：「多謝大俠！寒士倫定會儘快前來潼關報導。」頓了頓，瞥了盜賊首領一眼，又道，「唐頭領向來劫富濟貧，也算是一條好漢，還請大俠也一併放過他！」

李無憂暗將五成的玄心大法運於雙眼，冷冷道：「劫富濟貧？此人竟然連無辜的逃難百姓也不放過，你還敢說他劫富濟貧，你是當自己是弱智，還是當李某是三歲小孩？」

「大俠誤會了。我們這次是收到消息說有奸商歸京從此路過……平時我們見到平民都是救濟而不是劫掠的。」寒士倫直視李無憂的眼睛，不卑不亢道。

「好膽識！」李無憂深知自己玄心大法雖然只用了一半的功力，但已足以讓烈女變蕩婦、壯士變懦夫，這文士竟敢直視自己而意志紋絲不見動搖，不禁了暗讚一聲，笑道：「好吧，今日我就給你一個面子，姑且饒他一命。」說時，張手朝眾百姓身後虛虛一抓，一甩，隔了五丈之遙，竟將那首領抓起扔到了寒士倫身邊。

那首領落地之後，立時覺得穴道一鬆，全身真氣又自開始流動，明白李無憂這隔空虛虛一抓，竟同時將勁力透入自己體內，直待自己落地後才讓穴道解開，這份功力實在是驚世駭俗，當即拜倒在地道：「大俠，請允許我唐袍哥永遠跟隨你身邊！」

「呵呵！你先回去山上，將山寨收拾一下，之後再和寒士倫到潼關來找我吧！」李無憂對於這些性子憨直的大漢是非常喜歡的。

唐袍哥大喜，拜了一拜，和寒士倫上馬飛去。

李無憂轉過頭來，見眾百姓爲自己神威所懾，人人拜倒於地，暗自滿意玄心大法的效果，笑道：「諸位不必如此，這就起來吧！」

說這話時，他暗將玄心大法的天心地心提至極限，眾人情不自禁站立起來，各自倒退數步，讓出一條道來。

眾人回過神來時，四人已去得遠了。

良久，忽有一人大聲道：「啊！我想起來了，他就是雷神李無憂！上次我在京城的時候遠遠看到過他！」

眾人譁然，再也想不到自己竟然能在此地遇到傳說中的大荒雷神，紛紛朝李無憂遠去的方向又自跪下磕頭。

那叫夢書的少年怔怔望著四人遠去的背影，想起方才李無憂「迎風一喝，百人墜地」的風采，心馳神往，喃喃道：「男兒須如此！」

忽然對場中唯一一位與自己同樣佇立的王老者連磕了三個頭，道：「王爺爺，夢書終於找到此生所求，請原諒我不能跟您去聖台。」語畢轉身朝李無憂四人遠去的方向追去。

「夜夢書，你終於還是選了這條路！」老者這樣想時，也不知是喜是悲。

一干愚人還跪伏於地，回味方才李無憂的絕世英姿，卻誰也不知，另一個日後名動天下的大人物正自他們中間走出，並將沿著李無憂的足跡，走向輝煌。

大荒三八六五年，六月二十六，大雨。

黃曆上說這一天「煞星偏南，利喪葬，宜婚娶，忌遠行、征伐。」事後德高望重的老天文官，指點著黃曆，剛對蕭如故隱諱地說了幾句類似「不聽老人言，吃虧在眼前」的逆耳忠言，這個已經一百三十二歲的老處女就被拖下去凌遲處死。而在明亮的水晶燈下，聽

著帳外淒厲的慘叫聲和永遠翻新的惡毒咒罵，從不相信天命的大蕭帝國的少年帝君卻望著那古舊黃曆上的斑斑血跡，頹然長嘆，良久無語。

一方是由一代用兵大家蕭如故指揮的十萬士氣如虹的精兵，另一方是剛剛得知主力追擊失敗的兩萬狀態低迷的孱弱之眾，而他們的主帥還是以脾氣火爆、有勇無謀著稱的石枯榮，一方是冒雨突襲，一方是倉促應戰，守方雖有潼關之險，強弱如何，還是不言可知。

在蕭軍攻城後不過三個時辰，固若金湯的潼關就已是搖搖欲墜，石枯榮的百煉鋼刀都已砍得開始捲刃，城頭也已經擺滿了楚軍的屍體，蕭國士兵卻如蝗蟲一般鋪天蓋地而來，無休無止。

潼關眼看是守不住了，這個時候，令楚軍大感意外的是，已經大占上風的蕭軍忽然撤到了城門一千五百步外，接著，蕭如故略帶譏諷的聲音響徹全場：「石枯榮，可敢與我陣前一決勝負？若我蕭某輸了，今日即刻退兵！」

這一招相當狠辣，此時楚軍士氣已非常低靡，已無餘勇可鼓，若是石枯榮不敢應戰，對士氣的打擊可謂是致命的，估計再不出幾刻鐘，潼關必破。若是石枯榮應戰而敗，楚軍自然更是必敗無疑。

當然，如果石枯榮能夠獲勝，潼關便可解圍，若是能殺死或者生擒蕭如故，這次三國聯軍寇楚必然可解。

這是另一個巨大的誘餌，石枯榮不可拒絕的巨大誘餌——雖然他的副將一再規勸說蕭如故一定有陰謀，我們應該死守等待皇上的援軍到來，但他根本沒有半點拒絕的意思：「丈夫死生尋常事，何使清名埋黃沙？」

吟完這句戰神孫武的名句，石枯榮飛身躍下，人附牆疾走，十五丈高的城牆剎那間已走完，落足於地。

雙方的士兵都被這一招壁虎遊牆功給驚呆了，以至於誰也沒有注意到這個時候天空已經開始下起了毛毛細雨。

雙方互相說了些譬如「姓蕭的你侵我國土，必定會生兒子沒屁眼，嫖妓得愛滋，死了被狗吃」和「楚問嫖妓不給錢，吃霸王飯，與嫂子通姦，實在是人神共憤，天理不容，此次朕與陳西二國同時出兵，正是要弔民伐罪，替天行道」的場面話，正式開始動手。

雖然石枯榮已經很看得起蕭如故這個斯斯文文的小白臉，但他還是沒有想到自己才一出招竟然就立刻處處受制。

大海狂瀾刀法，任何一刀劈出，都有大海奔流之力，沛然不可擋。

這種刀法於戰場上施展自是氣吞天下，勢如滄海橫流，萬夫難擋，而於一對一決鬥時，更是如大海天上來，對手心神爲之奪，甚至連抵抗之心都難以生出，就會敗下陣來。是以這種刀法極重氣勢，氣勢越足，刀法的威力越大。

這次，蕭如故卻直接讓石枯榮將氣勢蓄至巔峰，全力劈出了一刀。

刀氣如濤，刀勢如海，這一刀似乎足挾大海之力，從天而降，雙方觀戰的戰士都被這一刀的氣勢又逼出了數丈之外。

留下一串幻影，蕭如故彷彿是大海橫流裏的一葉小舟，逆流而上，卻輕盈而瀟灑。人至刀氣核心處，衣袂如鼓，一張俊美的臉卻帶著淡淡的笑意，眉髮紋絲不動。再向前三步，整個人忽然如一尾游魚，靈巧避過刀勢，欲與錯過刀鋒。

石枯榮暗自冷笑，大海狂瀾，一刀之出，就如大海生瀾，刀氣隨著刀勢傳向四面八方，即便是看來平靜處，其實也是處處波瀾潛伏，處處不平，蕭如故以爲避過刀鋒就避過了這一刀，那可就全錯了！如波如瀾的刀氣順著刀勢從四面八方壓向蕭如故，彷彿是一尾陷入漁網的大魚，欲脫不能。

就在石枯榮大喜時，千萬道似欲劃破蒼穹的光華忽然自蕭如故的身上射出，天下爲之一靜。

刀氣一空，光華斂去，一柄古色古香的長劍，靜靜地黏在石枯榮的刀上，劍的彼端蕭如故瀟灑如故。

長劍分，立時一合，再分，再合，如是數次，劍劍都擊在鋼刀的氣勢最薄弱處。

「叮、叮、噹」數聲連珠脆響，卻如數聲重錘重重地擊打在石枯榮的胸口，他難過地吐出一口血，身形一個倒趕千層浪，傾退如風。

蕭如故如影隨形，長劍招招不離石枯榮要害，後者舉刀擋格，雖然守得如銅牆鐵壁，無懈可擊，但蕭如故的長劍卻如水銀瀉地，無孔不入，刀和劍就好像是矛和盾，一個欲尋隙而進，一個想擋住一切。

雖然暫時沒有結果，但明顯的蕭如故占了上風，石枯榮就好像是一隻兇猛的獅子，卻只能在馴獸師的鞭下團團亂轉。

蕭軍呼聲如雷，楚軍卻也大聲地為主將加油。排山倒海地響，直傳雲霄，將大如黃豆的密雨震得顫巍巍地亂濺，天似乎立刻就要塌了。

事實上，在蕭如故破掉石枯榮蓄滿氣勢的大海狂瀾刀的那一刻起，石枯榮就知道自己已經輸了，只是個人的榮辱與國土的存亡比起來又算得了什麼，這個時候，他只有死死地撐下去，絕不能認輸！

蕭如故自然是看出了這一點，依舊出劍如風，口中卻大聲道：「石枯榮，若你肯認輸，說聲『楚將石枯榮認輸』，蕭某今日立刻退兵，明日再戰，如何？」

石枯榮此時已被他密如雨點的劍勢逼得喘不過氣來，聞此卻怒嘯一聲，全不顧蕭如故刺向自己胸膛的長劍，長刀後拖，反手狠狠一刀斬向蕭如故的脖子。

滿天的雨點似乎都被這一刀憑空斬斷，絕了痕跡，蕭如故的劍無奈一偏，在石枯榮的臉上劃過一道血痕後，無奈撤身讓過。

一道閃電照亮了整個天地，電光下，暴雨中，一臉血跡的石枯榮披頭散髮，面目猙獰，大喝道：「殺了老子可以，要老子丟大楚的臉，蕭狗你休想！」

豪雨狂雷中，那個血性漢子狀若天神。場中竟寂寂無語，一任雷聲隆隆。

「如此頑固，怪不得蕭某了！」

「好漢子，果然是我大楚男兒！」

「石頭！有你的啊！」

兩個叫好聲與蕭如故滿布殺氣的話同時響起，一道沛然無可抗的掌力也在蕭如故的劍刺入石枯榮胸膛的那一刻，無聲無息地擊向前者的側肋。同一時間，石枯榮被一道柔和卻強大的掌力拉扯出了蕭如故的劍的必殺範圍。

「啊！」「乒！」兩個聲音同時響起，石枯榮終於還是被蕭如故的劍切中大腿，受到重創而發出了一聲怒吼，而蕭如故也讓不過那道掌力，被其偏鋒掃中軟肋，摔倒在五丈之外的地上。

一掌之力，其威如斯！

何人竟然有如此掌力？蕭如故凝眼看去，雨色朦朧中，三人一虎若隱若現。

蕭軍將士見蕭如故受傷，明顯是遭了暗算，齊齊大怒，煙雲十八騎的雲騎將軍莫若和大聲一呼，人群發一聲喊，怒擁而上。

「找死！」阿俊大吼一聲，雙翅撲動，霎時狂風大作，首先撲上來的莫若和與數十人像狂風掃落葉一般被吹得四處亂飛。

「嗚」一聲怒吼，三道丈許高的龍捲風忽然出現在蕭兵前方，並越旋越大，化作虎形的小白撲閃著翅膀，抬腿掃了掃臉，一副不屑神情似乎在說「很了不起嗎？玩風我也會！」

「雷擊天下！」同一時刻，一個清脆的女聲響起，巨大的連環雷聲從天落下，只將方圓十丈內震得嗡嗡亂響。

「水龍吟！」隨著一聲龍吟般的大叫，一條巨大的白龍從李無憂手心射出，飛速地竄入蕭軍的陣營，所過之處，人仰馬翻，慘叫不絕。

光龍游出五丈之遙，終於光華一陣顫抖，分散出數百道細光，四散射去，觸到之人，無論人馬，全數倒地，再也未能爬起。

一時間，場中狂風怒吼，電閃雷鳴，光雨傾瀉，蕭軍將士只如處在修羅地獄，心膽俱寒。數息之間，已有千人橫屍當場。

蕭軍被震懾住，傻傻待在原地，寸步不敢前。

「大荒雷神李無憂在此！何人膽敢放肆！」李無憂運足玄心大法的聲音有如龍吟虎嘯，響徹全場！

無數蕭軍齊齊跪倒在地，如拜神祇！其餘蕭軍癡癡傻傻，呆立當地，仿若木雞。

「雷神與我們同在！你們還等什麼？衝上去殺了敵人！」已經重傷的石枯榮用力揮了揮刀，大聲道。

同樣傻傻呆呆的楚軍如夢初醒，向餓虎一樣撲向蕭軍。

雷聲轟隆不絕，大雨傾盆而下。

李無憂又放出一條水龍，在大雷雨的加成效果之下，這條龍的威力更勝先前，霎時間，天空雷聲隆隆，閃電的光芒幾乎照亮了整個戰場。蕭軍魂爲之奪，只記得逃跑，楚軍士氣如虹，戰鬥呈現一邊倒。

十萬精銳蕭軍竟被兩萬殘兵殺得丟盔棄甲，潰不成軍。

這一場屠殺！血流成河，十里流赤。

蕭軍心膽已寒，一觸即潰，楚軍直追殺出十里之外，才因大雷雨不得不返回潼關。是役，蕭軍死傷六萬，其中近三萬人是混亂中爲自己人的馬所踐踏而死。楚軍大獲全勝，損失五千，其中近四千人是先前蕭軍攻城時所損失。

雨住雷止，蕭如故望著滿地屍體，臉色鐵青。但心中長久以來擔憂的一個隱患，終於浮出水面，讓他卻又長長地出了口氣。

殺掉身邊如蒼蠅一般嗡嗡亂叫的老天文官後，這位蕭國歷史上最年輕的帝君似乎終於像下定了什麼決心一樣，對身邊第一護衛高手獨孤人道：「告訴你們宗主，我答應他的條件。」

是役李無憂幾乎是憑一己之力，挽狂瀾於既倒，大挫蕭如故，聲勢之隆，如日中天，鋒芒直逼天下第一高手劍神謝驚鴻，但李無憂自己卻爲自己的一時衝動而懊悔不已——那一式「水龍吟」正是玄宗三大至高法術之一，而他一個弱冠少年竟然身兼禪林、正氣、玄宗三大宗門至高武功法術，豈能不引起天下側目？此外，聖獸白虎和金翅神人的現世，也引得江湖中人人心蠢動不已。

翌日江湖傳言，龍吟霄、諸葛小嫣、陸可人和文治這四大宗門的新一輩中最傑出的四大高手正連袂前來潼關，隨行的還有四門中諸多老一輩的長老護法。

另有傳言，無情門主妖蝶柳青青和天魔任冷之徒劍魔任獨行也率領門眾趕來。

至於三山五嶽的牛鬼蛇神，妖魔鬼怪，更是不請自來。

江湖中的精英，竟都同時齊聚兩軍前線，爲這一場四國大戰，平添了更多變數，而這個時候，遠在百里之外的庫巢楚軍卻迎來了更大的危機。

「庫巢之戰，固然讓所有人都大跌眼鏡，但其成敗之理，其實早有定數。」很多年後，已經白髮如雪的柳隨風說起庫巢一戰，依舊意氣風發，「西埼雖號稱弓馬天下之冠，但攻城戰，非比平原爭鋒，騎兵機動靈活之利全無，此其地利先失也。西琦人世居草原，與我江南之地氣候迥異，久處此地，自然水土不適，惡疾流行，久攻不下後，士氣低落，此其天時人和之失也。反觀我軍，雖是初創，敵眾我寡，但訓練得法，已有法度，更兼國恨在前，將士用命，百姓襄助，正天時地利人和三得也！以我之三得對彼之三失，寧有敗乎？」

後世小輩們明顯被他的之乎者也搞得不明真相，一人當即問道：「那柳老你當時究竟是以何奇計打敗西琦人的呢？」

柳隨風當即狠狠賞了他一個大栗，恨聲道：「老子現在給你一萬鄉勇，你去將白虎軍給我擊敗看看？」

其時白虎軍團已有無憂第一軍之譽，傳聞人人可以一擋百，別說是一萬，就是百萬千萬鄉勇，也未必能動那三萬大軍分毫。柳隨風言下之意，自是說當時的無憂軍比之聯軍，不過是鄉勇之於白虎軍而已。

小輩們大驚，紛紛追問當時詳情，卻聽柳隨風望著蒼穹良久，方淡淡道：「那一仗……我未勝，她未敗而已。」

大荒三八六五年六月二十五日黃昏。庫巢。

細風微微，城頭的無憂軍飛虎白旗卻獵獵作響，彷彿有無數道暗流在細風中湧動，隨時都能將那面染血的旗幟撕成粉碎。

「那婆娘看來這次真是發騷了。」無憂軍近衛團團長吳明鏡揚刀格開面前密如細雨的數十支長箭，喘了口氣，對不遠處的柳隨風喊道：「軍師，敵軍就快攻上城來了，我們怎麼辦？」

長弓鐵騎的箭當然不能真的射到千步之外，但三四百步總是有的，而且這五千人個個箭法如神。雖然居高臨下，但平均箭程只有兩百步的楚軍射手只能龜縮在箭垛裏，而在長弓鐵騎的掩護下，西琦軍甚至連護城河都不用填，直接搭著雲梯，如潮水般撲了上來。

刀光劍影、風雨飄搖中，柳隨風佇立城頭，白衣如雪，彷彿遺世獨立的神仙中人。聽到吳明鏡的話，他似乎早已胸有成竹，淡淡一笑，優雅地喝了杯酒，輕吟道：「癲狂柳絮隨風舞，輕薄桃花逐水流。」

「乓！」吳明鏡這個屠大正沒頭沒腦，一個巨大的冰球已在柳隨風身前炸開，碎冰落了一地。

「啊！」一聲慘叫。

「軍師！」眾人失聲大叫。

冰塵散去，白衣被炸得支離破碎的柳隨風臉色鐵青，右拳緊握，怒髮衝冠，一雙俊美的眸子中幾乎要透出火：「賀蘭凝霜！臭婆娘，毀我形象，十惡不赦，老子總有一日要你後悔！」

吳明鏡同情道：「大人，早告訴過你城頭很危險，耍帥也不一定要選這個地方的嘛！」

躲在牆角縮成一團的萬騎長朱富深以為然地點頭。

「耍你個大西瓜啊？本軍師是在觀察敵情。」柳隨風大是鬱悶，「這幫長毛人的鳥弓果然厲害……」

「要是元帥在就好了，以他變態的大仙法力，賀蘭凝霜這個小仙法師根本不放在眼裏，而他老人家隨便放個閃電陣什麼的，這五千長毛賊還不立刻給灰飛煙滅啊？」每當賀蘭凝霜和長弓鐵騎肆虐的時候，朱富總是無限懷念李無憂。

這個時候，李無憂力挽狂瀾、大敗蕭如故十萬大軍的消息還沒有傳來。

「切！你真以爲他是閃電發射器啊？再放那樣大規模殺傷性法術陣，別人還沒掛，他自己肯定就先灰飛煙滅了！」柳隨風不屑道。

吳明鏡忽道：「元帥，早上燕兒又來問，是不是該出西門向柳州那邊求援。你看這事，拖下去也不是辦法。」

庫巢雖是處於憑欄和潼關之間的彈丸之地，卻實是新楚十大糧倉之一，屯糧本豐，只是最近先是平添了無憂軍團十餘萬人的消耗，接著憑欄關破，四圍城池一一淪陷，蕭如故兵指潼關，數十萬百姓們蜂擁逃至此間，糧草消耗激增，按此估算，怕最多只能支撐兩個月了。

聯軍圍城之初，賀蘭凝霜讓手下二將賀蘭淨、賀蘭聞達分攻南北二門，自己帶西琦兵攻打東門，卻獨留西門不圍。柳隨風當然不會以爲那是條生路，與眾人說那邊定有厲害埋伏，只等我軍跳進陷阱，無憂眾將也深以爲然。

只是隨著局勢危難，眾人對柳隨風這白面書生漸漸信任感降低，將士中開始有人要求從西門撤退前往潼關，或者向斷州、柳州求援。別人也還罷了，偏偏其中喊得最兇的就是與準夫人劉冰蓮一見交好的庫巢守將玉燕子秦江月。

柳隨風被纏得頭疼不已，索性將她交給吳明鏡這個近衛團長去敷衍，自己蒙頭大睡。只是萬不料這竟白白便宜了吳屠夫。

二人朝夕相處，竟日久生情，見面之時，秦江月多呼以鏡哥而不名，吳明鏡則暱稱其爲燕兒。落在柳隨風眼裏，儼然一對狗男女。

聽柳隨風說，蕭國大將蕭未可能領大軍來，要求儘快從庫巢撤軍到潼關的人一時多了起來，而秦江月自是其中鬧得最厲害的人。

柳隨風嘴角浮現一絲淺笑，淡淡道：「既然大家都等不急了，那不妨玩玩。」忽地提高聲音，大聲道：「傳我將令，打開東門，放敵軍入城！」

「什麼？」眾人目瞪口呆。

「轟隆隆」一聲巨響，吊橋落下，城門大開。西琦士兵們大吃一驚，一時反而愣在原地不敢上前，楚軍士兵乘勢一陣掩殺，爬上城頭和正在城牆上的西琦兵霎時被殺了個乾淨。

衣衫襤褸的柳隨風在城頭囂張地喊道：「凝霜娘子，你不是早想嫁進來了嗎？老公我現在大開城門，你怎麼反而不來了！哈哈！該不會是怯床吧？」

他內功深厚，這一喝，兩軍將士人人聽得清清楚楚，楚軍哈哈大笑，西琦眾軍人人怒形於色。

賀蘭凝霜策馬出列，戟指城上，怒道：「柳隨風，你再胡言亂語，城破之後，本王一定讓你求生不得，求死不能！」

「嗯，乖乖做老公的俘虜，老公我也會讓你『求生不得，求死不能』的。」柳隨風這句話以一個極其曖昧的腔調說出，立時又引起楚軍一陣哄笑，西琦軍更是惱怒，人人雙眼圓睜，似欲擇人而噬。

「三軍將士聽令……」賀蘭凝霜朱顏變色，舉起了手中的令旗。

「女王陛下，柳隨風未敗而開大門，必定有詐，我看還是小心為上。」哈赤小心勸道。

「哈赤將軍多心了，我沒有中他的激將法。」賀蘭凝霜淡淡道，「隨風小兒以為玩個空城計就能將我唬住，未免也太小覷我了。本王今天就要讓他玩火自焚。」

說到這裏，她陡然提高了聲音，「三軍聽令，楚軍已被我軍殺得喪膽，現城門大開，正是千載良機，兒郎們，給我殺進去。」

犀角吹響，蹄聲雷動。西琦鐵騎如一陣颶風，毫不猶豫地撲進城去。

西琦前鋒極是謹慎小心，但城上埋伏的楚軍箭手顯然沒有料到他們進城速度如此之快，手忙腳亂，被他們一陣迅射，瞬息之間已是倒下一大片。

眼見楚軍埋伏被破，城外西琦軍歡聲雷動，不等女王令下，全軍直撲城門。

城破可待，但不知是否太順利的緣故，賀蘭凝霜卻莫名地感到一陣寒意，忍不住輕輕蹙了蹙眉。

前鋒隊剛進一半，忽然箭如雨下，從四面八方射來，彷彿有數萬神箭手同時射箭一般，箭過之處，馬仰人翻，正自驚惶，前方忽然火焰滔天，全軍大亂。前鋒騎兵立時亂成一團，後續部隊爲之一阻，再也不能前進分毫，被左右湧上的楚軍一陣好殺。

三千鐵騎前鋒，霎時全成了刺蝟。

後續部隊感覺前方一鬆，又如潮水般湧上，卻過了不久，立時又遇奇大阻力，再次阻住了後面隊伍的前進，接著一鬆，於是又前進。

如此反覆五次，西琦軍已是死傷無數，屍塞門檻，大部軍隊只能在城門口亂撞，難再進一寸。

賀蘭凝霜大驚失色，一時不知城內究竟有何兇悍怪物，竟能在片刻間便殺死如此多的西琦騎兵，急令吹犀收兵。

事後她清點人數，不過盞茶工夫，損失八千騎士，皆是西琦軍中精銳中的精銳，其中兩千長弓鐵騎，更是珍寶一般。駭然之下，一面令三軍對庫巢圍而不殲，一面向當時僥倖未死的手下查問那城中怪物，得到的結果卻荒謬異常：有人說那是一隻張口就能放出數百支箭的巨牛，有人說是能噴火的妖豬，還有人說那是一面會四處亂跑的牆……

「機關術！」賀蘭凝霜喃喃道，「不想楚軍中竟然有此等奇人，這一戰……這一戰……」

呢喃半天，卻終於沒有了下文。

是夜，庫巢城內燈火通明，柳隨風大犒三軍，眾將人人開懷，因製造箭牛火豬而在此役中立下奇功的段冶更是眉開眼笑，好不歡暢。

正飲得酣暢，忽有探子慌慌張張奔進場中，大聲道：「軍師……軍師大人，大事不好了！」

柳隨風笑道：「可是聯軍又攻來了？」

「不是。秦將軍她帶本部兵馬從西門衝出去了。」

柳隨風重重一拍石几，虎立而起，恨聲道：「她眼裏還有沒有軍法了？」

石屑四濺，餘聲環繞。

眾將見那青玉石所做的石几竟爲他一掌碎成粉末，都是駭然。柳隨風與李無憂一般，都是俊美少年，平時於軍中從不展露武功，眾將多以爲他是個精通計謀的文弱書生，萬不料這一掌之威，竟至於斯，對這少年軍師再不敢有絲毫輕慢之心，忙齊齊行禮道：「軍師息怒。」

吳明鏡出列道：「秦將軍年輕不懂事，希望軍師饒恕她一回。」

柳隨風環顧一遍，見眾人雖然神色惶恐，但舉動齊整，心下立時瞭然，當即冷笑道：「你們以爲趁此大勝，我定不會追究，就慫恿她不得軍令而擅自出城，是也不是？」

眾將大駭，紛紛跪倒：「末將不敢！」

「不敢嗎？」柳隨風冷笑道：「我看你們是敢得很！以爲罰不責眾，你們這麼多人參與，我就不會責罰嗎？哼！一會兒你們自己去軍法處交代清楚，這些你們都給我記下，將來再和你們一一計較。」語罷對身旁的武衛國道：「武將軍，立即去北門，讓趙虎將軍帶一萬前往西門，北門戰事交與勞署將軍全權負責。吳將軍，朱將軍，令你二人立刻帶本部人馬前往西門，一切唯趙將軍之令是從……還愣著幹什麼？還不去？」

說到這裏，他忍不住重重嘆了口氣，忽然之間，剛剛重新獲得部下信任的無憂軍軍師，對於自己能否帶領這樣一支新軍堅守到李無憂回來，充滿了懷疑。

吳明鏡感激道：「軍師，你派這麼多人去對付燕兒，明鏡是個粗人，不知該怎麼感謝你才好。請受明鏡一拜！」說時跪倒在地。

柳隨風也不阻止，只是看了他一眼，恨恨罵道：「救？救空氣啊？東門那邊從來就沒人埋伏，從何救起？」

「什麼！沒有人埋伏？」眾將大驚，或不信，或不解，或大喜，或憂慮，或茫然，一時場中竟是靜可聞針。

「別一個個一副想吃了我的樣子！之前雖然沒有埋伏，但現在卻一定是有了。」柳隨風淡淡道，「趕快執行命令！再過片刻，秦將軍定可安然歸來。一會兒讓她到帳中見我。」說完扔下一群呆頭鵝樣的部下，拂袖而去。

片刻後，馬蹄聲響，秦江月果然怒氣沖沖地帶人回來了，眼尖的人卻看見她眉宇間隱隱有些得意揚揚。

只是她得意未畢，探子來報，蕭未的十五萬大軍也已從另一個方向猛攻西門而來。

眾人不知道當時帳中柳隨風和秦江月說了什麼，只有巡邏的衛兵隱隱聽到「成事不

足，敗事有餘」等字眼，不過，她從帥帳中出來時卻是垂頭喪氣，整張臉都寫著沮喪，始終一聲沒吭。

後來私下詢問，眾將這才恍然。西門本是賀蘭凝霜一個巧妙的空城疑兵計，如果柳隨風看不穿西門根本無西琦兵埋伏，同樣會帶人堅守此門，這便分散了兵力。如果柳隨風看穿了西門根本是個詐術，就會從此地撤兵逃走，那卻更遂了她的心意，因爲那樣一來，柳隨風的十萬無憂軍若不能在極短的時間內到達潼關，就將被三國聯軍夾擊而全殲。

柳隨風其實早就看了出來，但他的應對方式，卻是假裝自己看不穿，暗自卻將西門給空了出來，讓賀蘭凝霜搞不清楚他的兵力分佈。如今秦江月這一圈轉回來，無疑是告訴賀蘭凝霜她的計策已被人識破，她不猛攻西門才怪。只是此時，已是悔之晚矣。

經此一事，眾人對柳隨風佩服得五體投地，從此之後，令行禁止，再無他人敢違抗軍令。

但出乎柳隨風預料的是，翌日聯軍竟忽然停止了進攻，以至於這一天的飯吃來格外的不踏實。

黃昏時分從潼關的閃靈鴿傳來的一封官文，告訴了他答案。官文上有一個好消息和若干壞消息。

好消息自然是已經失蹤近十日的李無憂昨晚忽然現身潼關，大敗蕭如故的十萬大軍，風頭之盛，一時無兩。

但比之這個振奮人心的好消息，接踵而來的一連串壞消息卻來得讓剛剛長出了一口氣的無憂軍軍師倒吸了一口涼氣：前日，馬大刀攻破雅州，同時路上伏擊並擊潰前往增援潼關的趙符智五萬大軍，趙符智生死成謎。至此亂軍已將青、揚、雅三州連成一片，兵鋒直指蒼、瀾二州，東西威懾斷州和潼關，而原本該支援潼關的二十萬三州民兵卻因這場激戰而被衝散，潼關將面臨不足兩萬軍隊死守無援的悲慘局面；雪上加霜的是，同在前日，天鷹藉口黃州楚軍包庇正氣盟叛徒，出兵二十萬猛攻黃州，而平羅國三千怒龍戰艦南下天河，駛近渤海灣，出兵柳州也已是早晚間事。

望著隨這封官文到達的李無憂密信上那行「滄海橫流，能挽狂瀾於既倒，方顯英雄本色。當世英雄，唯使君與操耳」，在大荒三八六五年的這個六月，百萬大軍壓境，大楚王朝終於第一次真的四面楚歌的時候，柳隨風不無苦澀地想：「誰人，又真能力挽狂瀾？」

感慨萬千的柳隨風萬萬不會想到的是，李無憂寫下「挽狂瀾於既倒」這六個可使風雷變色的大字的時候，並不是豪氣干雲，而是心裏充滿了無奈和感慨，只差沒潸然淚下：老子的命怎麼就這麼苦呢？

對於空間轉移中為何會伴隨著時間轉移的問題，李無憂四人在前來潼關的路上已經思索了良久，便是最見多識廣的若蝶也沒有想法。在阿俊提出再次前往文殊洞重走封印通道的餿主意，而被眾人一頓暴扁之後，四人各持不同態度接受了生命中多出半年時光的這個事實。

還沒有想到「我此時回到北溟，會不會見到另一個自己」這樣的尷尬問題，能提前半年返回大荒，慕容幽蘭其實是非常開心的，因為這樣的話，在今年的除夕，自己和老公的婚禮就能按時舉行了。

至於若蝶，這根本就不是人的傢伙，對世事很是淡然，只要李無憂這個轉世莊夢蝶在身邊，少半年和多個千年，對她來說，根本沒有區別，出了封狼山，說是要補足千年沒睡的覺，自躲進乾坤袋去了。

阿俊雖對此事有著隆重的好奇心，但少年人都有一個好處，就是熱情來得快，去得也快，久想無益，漸漸就忘了。

所以，唯一鬱悶的人只有李無憂。

按他在北溟時的想法，半年已過，有軍神王天在，三國聯軍此時即便不是像以往一樣被打回老家，至少也該在東歇期休整，斷不至於像現在這樣——有人似乎嫌四國打架還不過癮，將天鷹和平羅也拉進來不算，硬是連新楚內部都還要搞出個馬大刀來，還要不要老子活了？

最要命的其實還是現在他還不能走！

李無憂從來就不是什麼英雄大丈夫，也從來不介意別人罵他懦夫、縮頭烏龜、膽小鬼之類，遇到這樣的危險場面，哪有不腳底抹油溜之大吉的？但他並不想現在就結束自己風光無限的大俠生涯和光明的政治前途，所以這個時候，作為十萬無憂軍的統帥，新楚朝廷的欽差大臣，整個前線的最高指揮官，在國家最需要自己的時候，他斷斷沒有可能躲到某個深山裏去當縮頭烏龜——至少慕容幽蘭就認為不可能。

當日封狼山下擊退唐袍哥這幫馬賊之後，瞭解當今局勢的李無憂曾小心翼翼地很技巧性地和她探討過這個可能性，結果……他此後再也不敢提半個「逃」字。

「有賭不為輸，誰說這一把老子就輸定了？實在打不過，城破之日，老子帶著小蘭逃就是了，誰還能說老子半句不是？」

為堅守潼關幾乎流盡了最後一滴血的新楚軍的將士們，若是知道他們的新精神支柱邊慷慨激昂、信心滿滿地給他們講「無論有多少艱難險阻，你們一定能徹底埋葬入侵的敵人，因為我，雷神李無憂與你們同在」的同時，一邊作以上齷齪打算時，不知會作何感想。

好在天下間能窺探到他心意的法術還無人練成，所以，潼關大勝後翌日清晨，李無憂在潼關城中廣場上的犒軍演說是非常成功的。

大勝之後，三軍的士氣本來就高漲得厲害，經他這一陣不負責任的煽動，人人都覺得自己得了雷神的保佑，全身都有使不完的勁，舉手間就可生裂虎豹，以一當十。不，是以一當百，當千都不在話下！

此時李無憂本人也已完全被神化，成爲不敗的象徵，即使是全盛時期的王天怕也不過如此。

在給柳隨風寫完那封豪氣干雲得很有些不負責任的密信之後，已經是斜陽滿山，讓慕容幽蘭和阿俊去找石枯榮發出公文後，李無憂決定一個人出去走走，順便想想如何退敵制勝。

獨立城頭，他東西張望，波哥達峰和單于山，巍巍峨峨，飛鳥難渡；向南回顧，一片開闊，沃野千里，晚風拂波，綠浪陣陣；極目向北，先是一片坦途，之後丘陵縱橫，蕭如故大軍營帳便設在群山之下的一小湖畔，落霞與孤鶩齊飛，秋水共長天一色，若非遠方偶爾響起捕獵的不和諧的弓弦聲和城頭的肅殺，這天下第一險關，竟是一處世外桃源。

這一場仗，可真是難打啊！除了不足兩萬的殘兵外，自己唯一的憑藉，就是萬氣歸元之後已可以連使三次的大仙位的大範圍殺傷法術，但若無天候的配合，也不過是能多殺幾百人而已，於整體戰局其實並無裨益。

小蘭、白虎和阿俊的法力都還只是小仙位，若蝶倒也是大仙位，但強在單兵作戰，要她像自己一樣舉手投足就斃敵上百，很顯然是不現實的。

庫巢的十萬無憂軍倒是如釘子般嵌入了敵軍的勢力範圍，讓他們有如芒刺在背，但它外面卻圍著三十三萬虎狼之師，若無援軍配合，怕也只能守到糧盡而潰，到時柳隨風這著妙棋就成了死棋，徒惹天下人笑話了。

反觀聯軍方面，雖是新敗，蕭如故於潼關仍然保有五萬大軍的絕對力量優勢，在庫巢擁有絕對優勢兵力之外，在梧州六郡還有陳國的十萬陳國軍和蕭如帶領的五萬蕭軍精銳。

更要命的還是己方內亂無援不說，馬大刀這全無國家民族觀念的渾蛋還在一旁虎視眈眈，隨時準備從背後捅刀子，而聯軍卻已同時得到了天鷹和平羅這兩個想趁火打劫傢伙的支援。

「媽的！朝廷的人難道都是只會吃飯的？」李無憂想到恨處，不禁低低罵了起來，「什麼三英六劍七文章，什麼大楚三璧，天下英雄第一的司馬青衫、狡狐耿雲天，全都他媽的是廢物。外交不行也就罷了，連內政也搞得一團糟，楚問，你還真是養了一群豬啊！」

「報元帥，城下敵軍來襲！」

「元帥，南面有敵軍來襲！」

城頭的瞭望兵和城下的快騎信兵幾乎是同時出聲打亂了李無憂的思緒。全軍譁然。

須知潼關雖然本身是一扼守南北的咽喉要道，但其工事向來是外防嚴而內防鬆，此時若有一支萬人以上的敵軍從背後襲來，兩面夾攻之下，潼關必破。

李無憂也是大吃一驚，回過神來，城下左方馬蹄聲響，果然是來了一支快騎，只是隔得太遠，尚看不清楚是何方部隊，登上瞭望台，運起天眼，朝南面城外望去，也是煙塵滾滾，雲旗飛舞。

「不要慌，兩方都只是小隊，城下有五百二十一人，南城的不足一千！」李無憂揮了揮手，鎮定道：「你去通知石將軍，讓全軍戒備。」

士兵們見雷神隔了里許就將敵人的人數確認到了個位數，立時肅然起敬，軍心大定。傳令兵更是佩服得五體投地，快馬去了。

「這樣就被老子唬住了？哈哈！真他媽一幫白癡。」李無憂暗自得意自己應變奇快的同時，對軍隊滯後的偵察能力第一次產生了不滿。

城下那支軍隊漸漸靠近，讓人大惑不解的是他們的旗幟盔甲竟然都是楚軍所有，主旗上寫著「天威干」三個大字，有人失聲道：「是天威將軍！」

「天威將軍？」李無憂微愕。

「回元帥，就是王元帥麾下的王定將軍。」一個年輕的百夫長解釋道。

「哦！是他啊！」李無憂回過神來。

「可不就是他？自作聰明，害得我們四萬兄弟白白送命！哼！」一個中年千夫長恨恨接道。

李無憂和那百夫長同時皺眉。

那支楚軍到城下八百步即停下，一名清秀的年輕將軍出列跪倒道：「末將王定，向李元帥麾下報到！」

「撲」一聲弦響，一支勁箭將王定頭盔射落，釘在後面一根旗杆上，同時還有四支長箭分插在王定的前後左右，沒地至羽。

那千夫長大聲喝道：「王定，你害得我四萬大楚健兒白白喪命，還有臉回來嗎？」

眾人一驚，隨即采聲大作。

李無憂也大大吃了一驚，軍中弓弩手箭距在一百至三百步間，而三百步即已是強弩手，此人一弦五箭，尚能射出八百步還各箭準頭不失，端的是神乎其技。

眾人受那千夫長所激，登時想起正是當時王定自作主張引來大軍潰敗，才搞得潼關兵微將寡，局勢多艱，跟著大罵起王定來。有人更搭箭相射，但大多數人根本射不到如此之遠，少數一二人射來又失去了準頭。

千夫所指，箭雨加身，王定只如不聞不見，堅定地跪在原地，雙眼直視城頭的李無憂。

李無憂暗讚一聲，表面卻喝道：「王定，你好大的膽子，吃了如此大的敗仗，竟然還敢回來？不怕本帥立刻砍了你腦袋嗎？」

「怕！但末將還是要來。」王定大聲道，「因爲末將深信李元帥不會是是非不分的人。不錯，末將自作主張追擊蕭軍，中計落敗，累死四萬同僚，百死不足以贖，本當自刎以謝天下，但末將前思後想，卻發現末將不敢死。」

千夫長剛要說話，見那百夫長目光示意，話到嘴邊又咽了回去。

李無憂看在眼裏，暗自點頭，自身邊一個士兵身上接過一把長弓和一支長箭，看也不看，就朝城下一箭射去。箭速太快，眾人只看到一道黃光閃過，那箭已經到了王定面門不過三尺，眾人齊齊驚呼一聲。

千鈞一髮，那箭忽然從頭到尾一分爲四，呼嘯一聲，擦著王定兩邊鬢髮掠過，穩穩沒入方才那千夫長所留四箭的端末。

眾人一呆，隨即采聲如雷，直震霄壤。那千夫長更是口長得老大，半天說不出一句話來。

李無憂揮手止住眾人采聲，對城下喝道：「王將軍，爲何不敢死？你且說個清楚明白，若是不然，不待你自己動手，本帥下一箭就直取你腦袋！」

王定忽然站起，大踏步上前五步，慷慨道：「大丈夫馬革裹屍，戰死沙場乃是最大榮耀，王定賤命一條，更不足惜。但此刻，這條命卻欠著另外四萬戰士的性命，斷不能不敢也沒資格就此一死了之。末將之所以沒有逃罪，正是希望回來戴罪立功，保家殺敵，只待驅除外寇，手刃蕭帝，便當一死以謝天下！元帥和諸位兄弟若不成全，就請一箭射死王定，定斷不敢有任何怨言！」

這番話說得慷慨激昂，字字鏗鏘有力，擲地有聲，全場將士都是爲之一呆，王定卻再不發一言，只是大步向城下走來，他身後五百殘兵爲其氣勢所感，也紛紛一併上前。

城上守城軍士立時不知如何是好，紛紛望向李無憂。

「難道你以爲如此做作，老子就不敢殺你嗎？」那千夫長冷笑一聲，拈弓搭箭就要五箭齊發，卻被一旁那百夫長一指點在獨活穴，再也動彈不得。

李無憂大笑道：「好！好！自古慷慨赴難易，從容就義難，王將軍如此敢做敢當，置自身生死於度外，甘願忍辱爲國，不愧是軍神門下！好……」

話音未落，忽聽胡笳悠悠，金鼓齊鳴，遠方蕭軍陣營中忽然狼煙升起，大隊兵馬正朝這邊殺將過來。

那百夫長見李無憂已有意要放王定入關，微微變色道：「元帥，王將軍來的時間未免有些蹊蹺，此時放他入關，若是……」

李無憂自然明白其弦外之音，淡淡笑道：「那依你之見，應該如何？」

「末將愚見，不如守株以待兔。」

「不妥，那是緣木而求魚了。」

「元帥恕罪。」

「你叫什麼名字？」

「喬陽！」

「是個好名字。」

旁邊人卻不知這幾句聽來莫名其妙的對白間，王定和這百夫長的命已在鬼門關上轉了幾轉。

李無憂看了那百夫長一眼，後者會意，大聲道：「兄弟們，敵軍來襲，你們還不打開大門，放我大楚的好男兒進來嗎？」

第七章　西瓜計畫

吊橋緩緩放下，又收起。

蕭軍只是派出一支遊騎例行騷擾，不時撤了回去，畢竟此時對雙方來說都並不是動手的最佳時機。

南門雖然也曾一度劍拔弩張，對幹了一場，但最後證實，這其實只是唐袍哥和寒士倫率領手下馬賊前來投誠時被誤會後，有心給守城的軍士一個下馬威。可笑的是，寒士倫自己卻差點被慕容幽蘭給凍成冰塊。

不得不提的是，隨同馬賊而來的，還有當日那愛吹牛的少年夜夢書。

在大荒三八六五年的六月二十七日，王定、喬陽、寒士倫和夜夢書，這讓後世人津津樂道的無憂四傑悄然齊集潼關。

巧合的是，後來風光無限的「無憂四詭」今日卻都在鬼門關上打了個轉，入城時都狼狽不堪：王定雖然清秀不減往昔，卻頭盔墜地，蓬頭散髮，同時舊創發作，傷口流出的鮮

血染紅了白袍；喬陽被李無憂一嚇，汗濕重甲，心頭惶恐比城門下走過的王定有過之而無不及；滿臉冰霜的寒士倫是裹著毯子進城的，這讓他從此之後對慕容幽蘭有了一種近乎天然的畏懼；至於夜夢書，他現在的工作是唐袍哥的馬夫。

同樣的，四人都還名不顯於天下，唯一天下知名的王定卻只差沒被唾沫淹死。英雄正自落魄時。

幾不可見的下弦月如一抹殘鉤斜斜地掛在天際，夜涼如水。

潼關地近塞外，晝夜溫差極大，所以在內地悶熱的夏夜，在潼關人看來，正是愜意涼爽的好時候。晚上圍著火爐吃西瓜的傳統，也有漸漸由塞外南移之勢。

「不知道這算不算蕭人在文化上的一種滲透呢？」這樣的想法本來不該出現在石枯榮這個五大三粗的漢子腦中，但圍著火爐吃著西瓜，想起石依依，他自然而然地就想到了這個小妹的奇言怪行，「不知道她和柳隨風相處得如何了？」

「稟將軍，李元帥請你去月華軒議事。」門外衛兵的話，將他立時自回憶中拉了回來。

「這麼晚了……」石枯榮嘟囔了一聲，但無論是出於對這個兩次以一己之力挽狂瀾於既倒的少年的崇拜和敬仰，還是對目前潼關最高軍事長官的敬畏，他迅即又乾脆地道：

「你先回報元帥，我隨後就到。」

潼關自古為兵家必爭之地，過往名將帝王、文人騷客不計其數，是以名勝最多，斜依潼關東城山壁間的月華軒更是其中精華。

軒前有一副對聯是「採天地之精華，吸日月之靈氣」，傳為昔年明荒開國皇帝軒轅乘龍親筆所書，石依依曾評價說「筆筆矯健，鐵畫銀鉤，字如其文，有盡收天下才俊、囊括宇內之霸氣」，石枯榮雖然一直不以為然，但那字中的殺伐之意，卻也大合他的脾胃，於是他初時也常喜選此地為和手下議論軍事之所，只是後來石依依說怕朝中御史有寒侯之譏，這才無奈改到他處。

相對於表面的粗魯無文，石枯榮其實是個粗中有細的人，不然也不會被楚問委以重任，鎮守這新楚最後一道門戶了，是以他前往月華軒的路上也充滿了疑惑：

「李元帥一來就改到此地議事，不知是投我所好，還是想借此告訴老子他甚至連我的過去都已瞭解，想給老子一個下馬威呢？」

軒中早已坐滿了人。除開李無憂和慕容幽蘭，尚有兩名自己的手下萬騎長蒙田、劉劍以及王定都不足為奇，但一名百夫長和新投靠的山賊軍師寒士倫也赫然在列，卻讓石枯榮大吃一驚。

「喲！石將軍人來就來了吧，還特意帶個西瓜來犒勞大家，這個地主可是當得夠盡責了。」李無憂微笑著，讓他在自己下手坐下。

經李無憂這一提醒，眾人這才發現石枯榮懷裏果然抱了個西瓜，不禁都是愕然：西瓜於潼關又非罕物，此時商議軍機大事，石將軍卻帶了一個大西瓜來，是何道理？莫非此瓜非同尋常，足以影響戰局勝敗，還是說石將軍借此暗示什麼政治寓意？

石枯榮這才想起剛才走得匆忙，懷抱大西瓜而不自知，當即尷尬一笑，說聲「怕元帥辛苦，特來慰勞」，順手將瓜放在李無憂面前的長几上。

見眾人情緒平復下來，李無憂沉聲道：「今天商議軍情之前，有件東西想給大家看一看！諸位，跪下接旨！」

眾人嚇了一跳，齊齊跪下。

李無憂拿出離京前楚問賜下的金牌和碧玉小劍，肅容道：

「奉天承運，皇帝詔曰：今於金牌令箭外，特賜神電伯李無憂碧玉小劍一支，若憑欄關破，無論王天生死如何，一切前線軍政大事皆可代朕便宜行事。欽此！」

眾將三呼萬歲站起，心頭都是又喜又驚，喜的是原來皇上早料到軍神有可能戰敗，而雷神正是他留下的後著；驚的是皇上竟然對他如此寵幸，金牌令箭不夠，還特賜了一支向來只賜皇族的碧玉小劍。

「一切前線軍政大事皆可代朕便宜行事」在戰時說來，權力之大，簡直是絕不可想像的。皇上對其寵信程度，已可說是當世第一也絕不過分。

李無憂看著諸人表情，不禁有些想笑：楚問又不是傻子，這麼大的權力當然也是有節制的，柳隨風那邊負責監視自己的秦鳳雛手裏，一定握著另一道罷免的聖旨。

慕容幽蘭道：「好啊，原來皇上竟賜了這好玩的東西給你，老公……」話說了一半，卻見李無憂一個前所未有的嚴厲眼神射來，不知爲何竟是嚇了一跳，忙吐了吐舌頭，乖乖住了口。

眾將只覺他眼鋒如刀，全身更是有種說不出的威勢，都是震撼非常，其中寒士倫見到上次那熟悉的霸氣現身，心頭不禁又是一陣狂跳。

李無憂見已將眾人威懾住，收回玄心大法，示意眾人坐下，道：

「在座的諸位將軍大多久經沙場，吃的鹽比在下吃的米還多，論資歷論見識都比無憂高出甚多，但既然皇上將戰事託付於我，在下雖然才疏學淺，卻也要當仁不讓，希望諸位無論是來自何處軍團，從現在開始都聽我號令，否則處死事小，耽誤軍情、誤國誤民這些帽子雖然很大，但本帥我向來就不是吝嗇之人，諸位可理會得？」

眾人都是心頭雪亮，知道現在潼關這兩萬士兵隸屬於不同的軍團，其中王定和石枯榮更是平級，又因上次慘敗生了嫌隙，軍中已有不和；李無憂現在挾大勝餘威，又是金牌玉劍，又是赤裸裸地威脅，就是要給眾人 個下馬威，讓諸人明確統帥，令行禁止。

想通此節，眾人很配合地忙不迭點頭，表示願意一切都聽李帥吩咐——畢竟李無憂此時民族英雄、欽差大臣、最高統帥、軍中之神，甚至是大仙位高手這其中任意一個身分，都沒人能惹得起，而當然也沒有人會覺得死後被冠上一頂禍國殃民之類的大帽子是一件賞心悅事。

李無憂很滿意這個結果，緊接著就宣布了一連串軍隊整合和人事任命。

目前兩萬殘兵暫時合為一軍，統稱為救國軍，自己出任主帥，石枯榮和王定任左右副帥，本部兵馬分別成為左右軍，蒙田和劉劍依然為左軍萬夫長，慕容幽蘭依然為萬騎長，但手下士兵需自己招募。唐袍哥部編入王定的右軍，寒士倫為隨軍參謀，喬陽升任千夫長。

眾人除慕容幽蘭小有意見外，皆無異議。

李無憂笑道：「好了，軍隊的事大致就這麼辦，其他的細節你們看著辦，沒有大事就不必請示我了。現在我們說說現在的局勢。目前的形勢想必大家都很清楚，一言以蔽之，內憂外患，局勢多艱。撇開我們鞭長莫及的黃州柳州自有兩處的軍團抵禦不提外，蕭如故新敗之後，依然有四萬兵馬駐紮在關前虎視眈眈，切斷了我軍和庫巢的聯繫，另外馬大刀也已成心腹之患，拿下雅州之後，兵鋒已指向蒼、瀾二州，嚴重威脅到潼關和斷州後路，已到了不得不除的地步，而我軍除開被圍困於庫巢的無憂軍外，就只有兩萬士兵，諸位可有破敵良策？」

石枯榮奇道：「元帥法術通神，何不大發神威，以神龍開道，雷電助威，帶領我等直接殺退蕭軍？」

李無憂只差沒暈倒：「你以爲我不想啊？但那種大範圍的殺傷性法術雖然威風，其實很耗法力的，施展兩次後就要極長時間才能回復過來！這段時間本帥就如同廢人。」

這話很有些不盡不實，大範圍殺傷性法術的施展極耗靈氣不假，很長一段時間難以回復也不假，但以他今日的功力來說，即便是連續三次施展水龍吟都還尚有餘力自保。不過想到三次和兩次其實並無區別，除非在極爲特殊的情形下，否則對戰局的影響都可以忽略不計的，這樣的情形下，隱藏實力就變得相當重要了。

問題變得更加棘手了，眾人沉吟起來，一時間竟誰也沒有開口。

「哼！要什麼良策了？不過是水來土掩，兵來將擋罷了！元帥你給我一萬兵馬，我立刻去將蕭如故和馬大刀的人頭給你割下來下酒！」

敢說這話的當然只能是慕容幽蘭大將軍。

暈！真不知道她這個萬騎長是不是慕容軒花錢給她買來的。

李無憂氣結，道：「好啊，慕容將軍果然是好膽識，那你問問蒙將軍和劉將軍，誰願意把人馬借給你？」

見小丫頭不懷好意的目光瞄了過來，蒙田和劉劍這兩名萬騎長忙不迭道：「慕容將軍雖然勇冠三軍，但此事非同尋常，還是三思而後行，不可莽撞。」

「切！一幫沒膽鬼！」慕容幽蘭失望道：「我自找若蝶姐姐玩去，懶得理你們！」說完輕輕在李無憂臉上一啄，揚長而去。

眾人齊傻，隨即一陣偷笑！李無憂剛才煞費苦心營造的殺氣，就這麼被她一吻全滅了個乾淨。不過她這麼一鬧，場中氣氛立時緩和了不少。

剛剛被李無憂提拔為隨軍參謀的寒士倫緩緩道：

「元帥，屬下以為，馬大刀之亂雖然號稱三十萬，聲勢浩大，其實不過是烏合之眾，不足為慮。民眾暴動其實是因為蒼瀾河漲水糧食歉收，和不明真相受騙有關，只要元帥你登高一呼，朝廷又能派一廉吏徹查正國公一案，接濟災民糧食，馬賊失去政治依託，勢力必然大減。蒼、瀾二州又都有良將領軍兩萬鎮守，鉗制其不能動彈，而斷州的蕭軍畢竟只是起牽制作用的餘部，張元帥用兵如神，自可很快擺脫牽制，抽調人馬協助平寇，馬大刀之亂必然可平。」

眾人聽他說得頭頭是道，都不禁對這山賊頭領刮目相看。

李無憂這個伯樂更是聽得暗自點頭，笑道：「所言有理，來，吃塊西瓜繼續說。」

「謝元帥賞賜。」寒士倫受寵若驚地接過李無憂遞來的西瓜，恭敬地放在面前几上，又道：「再說潼關。我軍雖然只有兩萬士卒，但若無後顧之憂，憑藉地勢險要，糧草豐足，又有元帥你這樣的名將鎮守，蕭如故即便以十倍、二十倍攻之，也絕不能破。」

這話雖有拍馬屁之嫌，但也並非全是胡言亂語，眾將不好駁了李無憂的面子，除王定微微皺眉外，人人頷首點頭。

寒士倫頓了頓，又道：「如今唯一可慮者其實是庫巢的十萬大軍。若是柳將軍能頂住圍攻，那麼就可以使聯軍如芒在背，不得不儘快撤回憑欄關，我們將贏得寶貴的喘息機會。反之，則我軍危矣。屬下愚見，欲破敵，若循常規戰法絕不可行。現有三策請元帥定奪！」

眾人多對目前局勢一籌莫展，聽他談笑間已將局勢剖析得一清二楚，輕描淡寫間就化

去了馬大刀的威脅，轉念就又已有了三策破敵，都又是驚喜又是不信。李無憂忙道：「寒參謀快快說來。」

「第一策，水策。如今聯軍佔據的梧州、憑欄關以及憑欄潼關之間的土地，略過潼關和憑欄間的百里之地可以不提，梧州和憑欄關的地勢……」寒士倫說到這裏戛然而止，在座諸人多是剔透之人，已被這個險惡的計畫嚇了一大跳。

李無憂點了點頭：「在蒼瀾河上游蓄水，淹沒梧州和憑欄關，除了可以埋殺十五萬聯軍外，尚可阻潼關和憑欄之間這四十萬軍馬後路，糧草不濟下，他們自然只有潰敗。不過因此我國下游的揚柳二州怕也是難逃厄運，數百萬軍民也將流離失所，果然只是下策。你說中上兩策吧！」

「是！」寒士倫不見喜怒應道：「中策也是水策！如今柳州軍被平羅水師牽引住，不敢妄動，屬下以爲元帥能讓他們玩個空城計唬住對手，同時千里馳援，猛攻憑欄關。同時我軍組織一支法師組成的奇兵，從南門出，翻過波哥達或者單于山，從旁配合奪取憑欄關。憑欄一旦重新奪得，就是關門打狗之局，大事可定。」

此人所言無一不是膽大妄爲，匪夷所思，卻又絕對有可行性，諸人個個聽得目瞪口呆之餘，不得不佩服他的膽識。

李無憂動容道：「果然妙計！只是可惜憑欄一役，軍神戰死後，柳州軍就由軍神的十六歲的孫子王維統軍，怕是難當此任。」

眾人眼光落到王定身上，後者嘆道：「可惜末將是連敗之將，不足以服眾，無法擔此重任。」旋即似想起什麼，又道：「元帥，王維將軍雖然年幼，但也是少年英雄，其膽略非凡，已隱有一代名將風采，或許能當此任。末將願往代傳軍令。」

李無憂道：「此事不急，且聽寒參謀說說第三策。」

寒士倫又道：「自古有言，上兵伐謀，屬下這第三策，其實是老生常談，說穿了也就四個字：擒賊擒王！」

「啊！我怎麼沒想到呢？」一語驚醒夢中人。

同一時刻，庫巢城外的聯軍陣營中正進行著另一場戰略討論。

「十萬剛剛成軍的烏合之眾，四堵矮牆圍著的彈丸之地，竟然將二十萬號稱『弓馬天下之冠』的西琦鐵騎牽制住了十天，說出去怕也無人相信吧？」

說這話時，蕭國八羽大將蕭未一張清瘦的臉上不見喜怒，但譏誚不屑之意卻在他淡淡語氣中，尖銳地突顯出來，彷彿一根寒冷的冰錐毫不留情地插進他對面的賀蘭凝霜二人的胸膛。

賀蘭凝霜冷笑道：「將軍如此說到底是什麼意思？是笑我西琦無人呢，還是懷疑我軍對此次出兵的誠意？」

「女王多心了，在下什麼意思都沒有。」蕭未淡淡道：「只是覺得大草原上的人本不該有婦人之仁，而勇敢矯健的雄鷹不該變成懦弱無能的白兔而已！」

「嘿嘿！我們草原的男兒，雖然無能，但也不會以萬對一還毫無還手之力吧？」賀蘭凝霜尚未說話，哈赤已冷冷反擊道。

當日斷州城下，李無憂以一人之力，人破蕭軍萬人鐵騎的偷襲，蕭國七羽大將蕭成凳命導致了蕭軍斷州戰役的失敗，這正是當時的領軍大將蕭未的生平大辱。

蕭未果然臉色一青，但隨即恢復如常，眼中燃燒著一種說不出的自信，淡淡道：「李無憂不過是欺世盜名之徒，他不在庫巢是他的運氣！今夜我十三萬蕭國男兒，就要先讓他的無憂軍團從此除名！」

「你是說這場戰鬥不需要我們幫忙？」哈赤又驚又怒。

蕭未道：「我們大漠的人有句古話叫『沒有爪牙的狼強不過溫順的綿羊』，今天晚上就請女王與哈將軍作壁上觀吧！」

雖然萬般不悅，但西琦國主依然皺眉提醒道：「柳隨風詭計多端，將軍還是小心些好。」

蕭未淡淡道：「女王難道以爲一個死人還能有什麼詭計嗎？」

賀蘭凝霜一愣，隨即不屑道：「你是說你們派了刺客進城？這麼卑鄙的事也做得出來！枉你們還好意思和陳國人爭著當成吉思汗的子孫！」

蕭未冷冷道：「上兵伐謀，擒賊擒王！成吉思汗在大漠風雪中磨煉出的胸襟手段，又豈是你們這些在溫暖草原上長大的人所能明白的？」

他拍了拍手，門無風自開，一個披著黑披風的陰森老者走了進來。

「冥神！」哈赤大驚！

「不！我是冥神的哥哥，我的名字叫獨孤百年！」老者咧嘴一笑，一口潔白的牙齒在紅燭下冰冷地閃了閃光。

賀蘭凝霜，這個當今天下最有權力的女人，沒有再爭辯什麼，只是輕輕說了半句意味深長的話：「既然如此，那祝君等好運……」

「此計不妥！」誰也不想，喬陽反對得甚是激烈。

眾人眼光齊刷刷地掃了過來。寒士倫雖不發一語，眼中卻也盡是疑惑之色。

李無憂笑道：「喬將軍有何高見？」

喬陽道：「此計雖然是一勞永逸的做法，但有三不妥。李元帥法力通天，神功蓋世，此爲我等共知。但是蕭如故本身武功已是相當可觀，單打獨鬥當然非元帥之敵，但卻並非一招可擒，而蕭國皇室向來與魔道地獄門走得很近，身邊極有可能有該門高手護衛，難以接近，此其一也。另外，蕭如故即便被擒，蕭國投鼠忌器，立刻撤兵當然是好事，但其兄輔政王蕭如舊久有不臣之心，到時不顧其生死，舉傾國之兵，煽動民眾挾憤來伐，麻煩會更大。此外，此計雖然簡捷，終究非是正道，得手尚且好說，失敗的話，於元帥聲譽……元帥實乃我軍精神之所繫，實在不必冒此奇險。」

「這也有些道理。」

眾人除了寒士倫微微冷笑外，都是皺眉輕輕點了一下頭。

李無憂想起蕭如故還是劍神弟子，也點了點頭，遞給喬陽一塊西瓜，笑道：「那喬將軍可有何高見？」

喬陽忙起身接過，也放在几前，道：「高見不敢。末將愚見，馬大刀一事和寒參謀所見略同，朝廷只要削弱了他的政治影響，再有一良將統一支兵馬，此賊可平。只是庫巢守軍，末將以爲不如……任其自生自滅！」

「豈有此理！」石枯榮更是憤怒站起，大聲斥責道，旁人均是城府深沉之人，心頭雖是疑惑，表面卻也對喬陽怒目而視。

須知庫巢十萬無憂軍非但是此戰關鍵，可說是新楚國運之所繫，而且還是李無憂的心血結晶，其中更有柳隨風這個生平摯友在內，喬陽此議可謂膽大妄爲之極。

李無憂卻不動聲色，示意眾人安靜下來，道：「且聽喬將軍把話說完。」

喬陽不理周圍欲吃人的眼光，謝了一句，繼續道：「庫巢自古就是我軍糧草重地，城池雖不高，但其工事卻並不遜色，聯軍雖然集結兵力達三十五萬之眾，但均是草原大漠騎兵，擅野戰而不諧攻城，我軍有十萬新銳，又有柳將軍那等名將統領，堅守數月甚至半年其實並不成問題。我軍實在不必作什麼救援，不一月，聯軍久攻不下，必然退兵！此時我軍派兵前往，正中蕭如故圍城打援之計。」

說到這裏，喬陽頓了一頓，所有人的眼光都有意無意地瞄了一眼王定這個前車之鑒，後者卻不動聲色，只如未見。

李無憂將一切看在眼裏，心頭暗嘆，這些傢伙一個比一個陰險，城府之深，絲毫不遜於朝中那些老狐狸，老子要駕馭他們，看來得多費些心神了。

喬陽見眾人沒有反應，又道：「即使庫巢被破，那也是數月之後的事了，到時我們已平定內亂，再聯合周圍兵馬，同時發動枯州憑欄兩地的民眾，聯軍泥潭深陷，絕無勝理，到時驅除敵寇，直搗雲州，攻下白雲城，也是指日可待。」

雲州和白雲城分別是蕭國和西琦的國都，喬陽這話立時又引起強烈回響，眾人均覺此計比之寒士倫的三大奇計更險，但也並非沒有道理，除開石枯榮依舊悻悻外，都露出深思表情。

寒士倫皺眉道：「喬將軍這固然是長久之計，但如今五國同時來伐，就是不知道黃州和柳州能否頂到那個時候了！若是此兩處有一處敗亡，不是京城失守就是我軍腹背受敵，甚至真正的四面楚歌，到時敵未退而我已亡，我等與此計便均成天下笑柄了。」

喬陽道：「柳州和黃州都尚有十萬兵馬，進攻雖然不足，防守卻是有餘，又有天河之險，寒參謀多慮了！」

寒士倫還想說什麼，李無憂已道：「此計固然大妙，但若見部下被圍而不救，本帥又於心何忍？」

他說得委婉，眾人多是聰明人，立時明白過來，他若不救無憂軍，自然會讓人詬病不說，必然威望大損，以後難以服眾。

喬陽道：「末將素知元帥仁義，是以尙有一策上報。」

「仁義個鳥！」李無憂笑罵道：「少拍馬屁了，快說！」

這句髒話一說出，方才凝重的氣氛立時又變得緩和起來。

喬陽笑道：「是。末將以爲，其實馬大刀既然打著『除奸黨，靖敵寇』的旗號，這奸黨歸我們，敵寇完全可以找他幫忙，元帥可以派一舌辯之士代表朝廷向其勸降，然後收編其軍隊爲我用，成功固然可喜，失敗也無傷大雅，反讓其負上不顧民族大義的名聲，自可更快加速其敗亡。」

「此計大好！」

「不妥！」

「萬萬不可！」

同時開口的依次是寒士倫、王定和石枯榮。

李無憂笑了笑，道：「王石二位將軍可是覺得向叛軍妥協有辱國體，爲天下人和朝中大臣所詬病？」

王石二人齊齊點頭。

李無憂淡然道：「如今國難當前，男兒當共赴國難才是。馬大刀雖然因不明真相而聚眾兵諫朝廷，不是造反，但終究是我大楚男兒，我們和他講和，共禦外敵，他日必定傳爲美談，諸位不必介意！」

王定雖然慷慨豪邁，但實是胸有城府，並非食古不化，聽李無憂這個欽差說馬大刀只是「聚眾兵諫朝廷，不是造反」顯然已經定下心意，當下也不再堅持，點頭稱是。

石枯榮卻是爽直漢子，生平功勞都是一刀一槍奪得，先前聽聞諸人的陰謀詭計，無一不險，無一不是視友軍或百姓人命如草芥，已經很是不悅，但礙於李無憂的面子，不敢發作，此時聽聞連李無憂也竟要和馬大刀這亂黨講和妥協，不禁更是怒氣勃發，大聲道：

「元帥，大丈夫生於天地之間，當光明磊落。蕭狗來犯，我們自當與其決一死戰，馬革裹屍而還也在所不惜，對於馬大刀這樣的亂臣賊子，非比寒參謀那樣劫富濟貧的義士，心中全無綱常，斷不可招安，否則今後人人仿效，外敵除，而內患不止啊！請元帥給我一萬兵馬，我這就出城殺死蕭如故，掉頭再去取下馬逆的人頭！」

「暈！這塊石頭，還真是……」所有人都不禁暗自苦笑，寒士倫更是大窘，哭笑不得。

李無憂笑了笑，道：「石將軍，你寧死不降，視死如歸的英勇表現我們大家有目共睹，而你不肯與奸賊同流合汙的高風亮節，李某也是非常欽佩的。只是馬大刀終究也是大楚子民，不過是一時糊塗，他若願意迷途知返，何妨讓他戴罪立功，為國效力？人非聖賢，知錯能改，正是善莫大焉，你就忍心不給他一條自新之路？」

見石枯榮被自己一句高風亮節捧得有些飄飄然，但兀自未能釋懷，李無憂指著桌上被切成一塊塊的西瓜道：「石將軍，你看桌上這些西瓜，若是合在一起，則異常堅硬，泥土不可侵，一旦分開，外面的灰塵流水便可以侵入。」

見石枯榮一臉迷惑，指著一塊上面略有潰爛的瓜，又道：「將軍看這塊瓜，明明已經長了蟲，但若是剛才整個西瓜沒有破開，誰又知道這瓜裏面是壞的呢？」

這回石枯榮終於有些領悟，呆呆地點了點頭。

李無憂語重心長道：「所以，雖然這塊瓜已經有些潰爛，我們對此也都很不滿意，但為了整個瓜的利益，還是要將他當成一塊還沒壞掉的瓜，你明白我的意思了嗎？」

「啊！我明白了！」石枯榮叫了起來。

「孺子可教！」李無憂鬆了口氣，但接著他被石枯榮的行動嚇了一跳，「石將軍，你在幹什麼？」

「收瓜啊！」

「為什麼這麼做？」

「元帥不是說這瓜壞了不好吃嗎？屬下這就去給您重新換一個！」

「……」

大荒三八六五年六月二十七日夜，救國軍第一次軍事會議勝利召開，出席人物計有：欽差大臣李無憂，潼關總督石枯榮，柳州軍團天威將軍王定，萬騎長蒙田和劉劍，潼關守軍百夫長喬陽、新降山賊軍師寒士倫，以及在會議開始階段就退席的斷州軍團火鳳軍萬騎長慕容幽蘭。

無論石枯榮理解不理解，願意不願意，在這屆會議上，李無憂最終還是定下了「西瓜計畫」。

但即使是當事人早有明悟，卻也完全沒有預料到這個計畫最後所帶來的深遠影響。

——夜夢書《男兒如酒，玉人如花——閒話鐵馬冰河》

夜黑風高，殘月無蹤，已經是後半夜了。

連續三次小虛空挪移，縱跨了十丈之距，消耗的真氣極巨，以至於以李無憂的修爲，也不得不躲到一間帳篷後深深吸了一口氣，但也因此，三座專門針對法師和武學高手的反隱燈塔也已被他全數閃過，而蕭如故曾驕傲地宣稱「披風不透，潑水不進」的鐵打營盤，此刻卻也如同一個脫光衣服的裸女，任他蹂躪。

蕭如故的軍營布置呈九宮八卦格局，同時各個陣眼配以反隱燈塔，每個關鍵陣角還有狙擊箭手，各個陰暗角落也是陷阱埋伏不斷，非但讓試圖襲營的敵軍法師即便施展隱身術也無所藏身，同時也能讓任何試圖以絕世輕功深入的武者死得很難看。

這一切都大大增加了李無憂夜襲的難度，但對於一個幾乎已經完全精通四大宗門武功法術的大仙位高手、聖人級武者，這雖然依然有些難度，但已實在是算不得什麼了——在施展天眼探測的同時，他將龍鶴身法和小虛空挪移這兩種絕世身法配合使用的效果只有四個字：神出鬼沒。

三十丈的距離他甚至只需要輕輕點了點地，沒有衣袂破風聲，沒有留下任何與周圍空氣不符的氣息，甚至是真靈二氣的波動，也因萬氣歸元後與周圍的環境完全和諧地統一了起來，他整個人像極了鬼魅，壁壘森嚴已變作了無人之境。

「普天之下，怕再也沒有老子不能去的地方了吧？」

他這樣想時，已隱身移動到帥帳之外，隨即他便聽見蕭如故久違的好聽聲音道：「擒賊擒王？師父的意思我不是很明白。」

一個蒼老的聲音笑道：「你不明白，有人明白就是。」聲音微微一高，「更深露重，李少俠若不嫌棄，就請進來喝杯酒暖暖身子吧。」

「不了，不了，外面涼快！」李無憂嚇了一跳，忙不迭地出口拒絕。

「來時容易，去時怕就難了！看劍！」那人話音未落，李無憂已有躲避的意識，但他話音才一落，一道驚豔光華已近在眉間咫尺，這個時候，李無憂才剛將小虛空挪移和龍鶴身法同時展開。

「驚鴻照影！你是謝驚鴻！」

間不容髮間，李無憂以斷掉一截衣袂的代價險險避過這當世第一快劍後，脫口而出。

隨著劍光掠出帳篷的謝驚鴻聽到這句話，大吃一驚，身形便立時滯了一滯，而到他掠出帳的時候，李無憂的人影已在五尺開外。

這救命的五尺之距！

「果然是英雄出少年！」當今天下第一高手謝驚鴻不禁朗笑了一聲，白袍一撩，名動天下的驚鴻過眼身法使出，緊步而上。

慢謝驚鴻一步出帳的蕭如故，只能看到兩道光在黑夜裏閃了一閃，想追時卻已消失不見，不禁駭然：「天下竟有人的身法能與師父並駕齊驅？」

望著脖子上明晃晃的長劍和長劍主人一臉詭異的笑，滿身狗血的地獄門新掌門獨孤百年覺得自己最近實在是衰到家了。

上次的斷州戰役，自己費了數月的功夫才將一萬蕭國鐵騎轉移到斷州後方，明明已經勝券在握，誰也料不到忽然天降大雨，白白幫李無憂成名不說，還搞得自己的絕世好計成了大荒諸國的笑柄。

更倒楣的其實是今晚。先是該死的庫巢城，那破破的土牆不知爲何竟然有如銅牆鐵壁，自己的穿牆術屢次失靈，好在自己還有一招遁土術，雖然被地下的石頭撞得鼻青臉腫，好歹還算是進城來了。

問出柳隨風的住所並不難，難的是如何接近並最終幹掉柳隨風。

世上其實無難事——當然，如果沒有將鐵棒磨成針的功夫，那就另當別論了。於是，非常合乎情理的，根本沒有時間在此窮耗的地獄門新任掌門，很理智地放棄了扮成小廝下人或者死人，硬闖進義莊的打算——天知道柳隨風這小子爲什麼沒有選怡紅院，而是選了這樣一個死人成堆的地方做「臨死指揮部」。

他最後選擇了故技重施，以土遁術直接從重重守衛的義莊周邊朝裏面潛。

庫巢街上的石板有些太硬，他頭不小心又被撞了好幾個包，並且很是有幾處擦傷，一

些瘀血。他的運氣終於不再那麼壞了，這次終於很順利地鑽進了義莊。

不過他的好運到此爲止，他第一次冒出頭來的地方正是一個茅坑……

回去洗了個澡，換好衣服，用過宵夜……第二次冒出來的地方卻是後花園的一個蛇洞，於是他出現的時候，頭上就頂了一條巨大的黑赤線。

被蛇咬了一口的獨孤掌門不小心大叫了一聲，於是立刻就吸引來了無數的守衛……

當然這些他根本是不放在眼裏的，事到如今，早就豁出去了，老子還不信就憑你們這幫蠢貨能抵得住冥神的哥哥，好歹老了也是小仙級法師，雖然是最菜的，因爲你們城裏根本沒有仙級法師，不然賀蘭凝霜大發雌威的時候就不會當縮頭烏龜了！哈哈，哈哈……

啊！你們騙我！爲什麼會有？沒天理啊……

事實的真相已經不重要了，重要的是最後獨孤百年這個也許該叫獨孤白癡更合適的傢伙，很快被小仙位高手韓天貓和柳隨風給生擒了。

「江湖險惡啊！門主下次出門前記得一定要帶傘！」聽到將劍架到自己脖子上的少年語重心長地叮嚀了一句，感同身受的獨孤百年剛剛升起一種糊塗的感動，「嘩」地一聲，一股腥臭伴隨著那桶黑狗血已當頭淋下。

法師乃是以本身靈氣引導天地間五行元素克敵，被狗血淋過後，除開仙位法師會出現不同程度的法力減弱外，普通法師最少要十天以上不能施法。是以江湖上曾有出門在外的武者隨身攜帶一瓶狗血的搞笑現象，只是隨著仙級法師的大幅度出現以及專門對付狗血的破血符的熱賣，這種現象才得以消失。

「這樣一來，這傢伙的法力應該最多還剩下一層了吧？」柳隨風隔空點了獨孤百年穴道後，長劍還鞘，拍了拍手道。

韓天貓適時請示道：「軍師，我們是將他和昨天那人一樣囚禁在地牢裏，還是像前天那人一樣砍成花肥？」

「什麼？前幾天也有刺客來過嗎？」獨孤百年終於知道哪裡不對勁了，「媽的！賀蘭凝霜那婆娘竟然不告訴老子一聲……」

獨孤百年沒有時間咒罵和後悔了，因爲他真的快百年了——柳隨風笑道：「還是做花肥吧，我那盆鬼木蘭已好幾天沒吃飽了……」

話說了一半，手中長劍毫無徵兆地劃出一道弧線斬向獨孤百年的雙臂。

「噹！」地一聲鈍響，柳隨風的劍彷佛劈在了堅石上，再看時，眼前的獨孤百年化作了一堆假山，這一劍不過削下了假山一肢。

「借物代形法！」這個念頭剛剛閃過，腦後一道冷風已襲來，低頭一讓，同時身形一旋，長劍回刺，然後他就看見了兩個獨孤百年。

「獨孤千秋！你竟然真的還沒有死！」柳隨風的表情和話語恰到好處地詮釋了什麼是「情理之中，意料之外」，似乎告訴獨孤千秋兄弟，他其實早知道冥神未死，今天特地在此等他，不過見到真人還是有些詫異而已。

「兄弟，他們似乎在等你呢！」一身狗血的獨孤百年吃驚道。

獨孤千秋很無語地看了自己的寶貝大哥一眼，恨聲道：「你沒看出來這傢伙是在耍詐嗎？臭小子，即使你反應再快，但也別想逃出厄運！今天就是你和無憂軍的死期！」

彷彿爲了佐證他的話，巨大的喊殺聲從北門傳來，顯然是聯軍又開始攻城了。

柳隨風淡淡一笑，不置可否。

獨孤千秋見此心頭微微一亂，冷笑道：「你以爲你天賦異常，不懼任何暗法術就很囂張嗎？本冥神今天就讓你知道明法術一樣可以殺掉你！」

所謂法術免疫，其實是指任何如隱身等幻術和移花接木這樣的暗法術的免疫，在柳隨風以及一些會特殊武功的人眼裏完全等同於失效；但明法術其實並不會失效，譬如一個火球射來，人若不動，一樣會燒成烤人，不過修煉到可以法術免疫的高手，對於明法術大多可以憑本身武功化解，這才有法術免疫一說。柳隨風卻是天生奇才，根本不用修煉任何武功，暗法術就對他無用。

聽見獨孤千秋說出這個大秘密，柳隨風依舊高深莫測地一笑。

獨孤千秋冷笑一聲，雙掌一揚，兩道碧綠地火之箭朝柳隨風激射而出，速度之快，絲毫不亞於武學名家。

這一招土系密傳法術雙飛魔蛇正是獨孤千秋生平絕技之一，出手之後彷如有靈性一般，不遇對手絕對死不甘休，這些年來不知道有多少英雄豪傑都死在這一招下。獨孤千秋見柳隨風依舊無動於衷，不禁更加狐疑，這小子武功根本不像到了聖人級，爲何一副篤定的樣子？難道他有什麼秘技能夠化解我這招必殺技？

出了蕭軍大營，李無憂將身法展至極限，一路疾馳，謝驚鴻哈哈大笑，如影隨形地尾隨其後。

漆黑的夜裏，開始還能看到兩道流光，慢慢地，連光也不見了，只有偶爾的兩個黑點在夜色裏一前一後地閃一下。

李無憂起動極快，又早了謝驚鴻一步，是以一開始的時候，二人的距離是兩丈，但出營的時候，已相隔不到一丈，又奔三里，已不過五尺。

李無憂道聲罷了，只好將御風術和龍鶴身法與小虛空挪移同時使用，速度立時快了一倍，這一下立時就將謝驚鴻甩出一丈，但不久後，後者又跟了上來，兩人的距離終於保持在一丈，再無變化。

「喂！老不死的，你能不能別追了！」見前方已是單于山，李無憂不禁罵了一聲。

「哈哈！小不死的，你能不能別逃了？」謝驚鴻大笑回擊道。

李無憂再也想不到天下第一高手謝驚鴻是這樣有趣的一個人，不禁笑道：「好了，我不逃，你也別追了，如何？」

「早該如此了！」謝驚鴻先停了下來，開始大口地喘氣。

李無憂轉過身來，一屁股坐到地上，也是氣喘如牛，卻讚道：「行啊老不死的！這麼大年紀了，體力還這麼好！我們這麼一盞茶的功夫，至少跑了上百里吧，奶奶的，京城要是舉行長跑比賽，老子肯定能破紀錄了！」

謝驚鴻喘了幾口氣，恢復過來，笑道：「你也不錯啊，小不死的！年紀輕輕可以避開我剛才那一劍，而且還有如此好的輕功和御風術！呵呵，我開始相信江湖中說你身兼四大宗門之長的傳言了！」

李無憂嚇了一跳，站起身來道：「什麼四大宗門之長？」

「你還裝什麼裝，你剛才用的身法我雖然不認識，但輕功卻是玄宗的行雲流水，其間還糅合有禪林小虛空挪移，同時施展的御風術具有很強的正氣盟飄影御風的特點！不知道我說的對不對？」謝驚鴻笑道。

李無憂豎起大拇指，佩服道：「老小子，好眼力！天下第一高手，果然不是浪得虛名！」

「你也不錯，很不錯，非常不錯！」謝驚鴻大笑道：「身兼四家之長不過是因爲你天賦異常，際遇巧合，但能創出屬於自己的身法和同時施展好幾種武功法術的心法，這才最是難能可貴！看來我這天下第一高手的位置，早晚是你的！」

「算了，別扯了！老小子，你追我這麼遠，既然不是要殺我，當然也不會是爲了表達你對我的敬仰之情吧？」

「你怎麼這麼肯定我不是來殺你的？」謝驚鴻大笑。

「你要殺我，一路上至少有三次機會可以動手！」李無憂笑道。

「哈哈！剛才果然是你這臭小子引誘我上鉤的，不過不是三次，是四次才對吧？」

「那次是我不小心踩到狗屎上滑了一下，純屬意外！」

「……」謝驚鴻無語。

「好了！別鬧了！說吧，你到底想做什麼？劍神老大！」

「我要向你下戰書！時間定在這次戰役之後，地點在蕭國落日城，你敢不敢答應？」謝驚鴻正色道。

「好！」李無憂聞弦歌而知雅意，苦笑道，「看在你的面子上，老子就先放過你那寶貝徒弟！」

蛇鬚近在咫尺，千鈞一髮之際，柳隨風終於使出了他的壓箱底絕招——突然大吼：「破衣服！你再不出來，老子要餵蛇了！」

「嗤」「嗤」兩聲劍氣破空輕響，迅疾封住了兩蛇所有後路，以拙破巧地正中其七寸。雙蛇墜落於地，原是兩條蛇形土塊。

場中，一個淡黃女衫的蒙面女子持劍肯立，倩影依依，宛如仙子。

「採菊東籬……歸去來兮劍法？你是菊齋的人！你就是程素衣！」獨孤千秋嘴張得老大，連作了一連串推斷。

「素衣見過獨孤前輩。」石依依轉過身來，淺淺施禮道。

獨孤千秋點頭回禮畢，道：「程姑娘不必多禮。令師她一向可好？」

石依依恭敬道：「謝前輩關懷，家師一切安好。她老人家常在素衣面前提起前輩，說對前輩昔年對她的義助，一刻也未曾忘懷。」

「她太客氣了！其實是我受她大恩未報才是！」獨孤千秋竟有些局促，他乾乾地笑了笑，又道：「菊齋已有兩百年只問江湖不管天下，程姑娘在此地出現……不知菊齋對此次四國交兵有什麼看法？」

石依依笑道：「菊齋的傳統是不會變的，素衣在此也不過是適逢其會而已。不過家師一向主張『江湖事江湖了，沙場事沙場了』，想必獨孤前輩也是清楚的。所以，今後刺殺放毒這類的卑鄙行徑，素衣實在不想看到，希望前輩明白。」

獨孤千秋想也不想道：「好！這場仗結束之前，我和地獄門的人不會再來找李無憂和柳隨風的麻煩！不過也希望仙子轉告他們不要來惹事！」

石依依道：「多謝前輩成全，這個人情素衣記下了。」

獨孤千秋帶著他的寶貝大哥飄然而去。

「好走，不送了！」柳隨風哈哈大笑，轉頭對石依依道：「依依，你可真是聰明，無憂那臭小子昨天下午才將這三招劍法附在密信後送來，不過短短一日，你竟能將菊齋劍法使得有模有樣！哈哈，差點連我都把你當做程素衣了！」

石依依也笑了笑，忽道：「說起來，李元帥可真是個神秘的人。身負玄宗、禪林、正

氣三門的武功法術也還罷了，竟然連聖地菊齋的劍法也會！他究竟是什麼身分呢？」

柳隨風愕然，露出深思表情。

生擒蕭如故的計畫受阻，李無憂快快而返，鬱悶無處發洩，藉口對「西瓜計畫」又有新的補充，連夜慘無人道地把熟睡的眾將從溫暖被窩中拖了出來。

半夢半醒間，眾人見元帥大人蓬頭亂髮，灰塵滿面，好似喪家之犬而全無往日的風流樣貌，很快開始懷疑自己是不是沒睡醒，但當他們聽完補充計畫後，卻徹底明白自己根本就是在做夢。不是新計畫太過匪夷所思，也不是凶險得不近人情，而是……

最後還是寒士倫小心道：「元帥，難道你半夜二更地把我們召集來，除了告訴我們，本來就只作爲第九補充方案的斬首行動將永不啓用外，再沒有別的？」

「呵呵！老寒你可真是越來越聰明了！」厚顏無恥的某人說這話時的表情絕對是很欠揍。

眾人勃然大怒，立時有了舉拳向豬頭的衝動，但想想衝動的懲罰，最後扔下一句「要不是打不過你，老子早將你揍得你媽媽的兒子都不認得你」，各自繼續春秋大夢去了。

李無憂自哼著《十八摸》，從月華軒溜回到設在石枯榮總督府的臨時帥府。

已是三更天了，由於被他臨走時點了睡穴，慕容幽蘭睡得正甜。

和衣躺下，卻並無睡意。想起謝驚鴻這老王八橫插一槓，明裏是要切磋武功，暗裏卻是阻止自己以江湖手段解決兩軍戰事，他就憤憤不平：

「蕭如故這臭小子到底有什麼好的？人沒老子帥，名頭沒老子響，武功又差，坑埋活人的醜事都做得出來，為什麼獨孤千秋和謝驚鴻這兩個黑白兩道的領袖卻都站在了他那邊？冰炭都可同爐，難道所謂的是非黑白其實也不過就是說說而已？公理正義，果然全他媽是放狗屁的東西！」

再想起方才分別的時候，那強得變態的老不死竟然說，割下自己衣袂那一劍旨在試探自己深淺，僅僅用了三成功力，他更是頭皮陣陣發麻。

下山以來，他所遇高手不少，其中慕容軒狡詐，獨孤千秋毒辣，任冷陰狠，獨孤羽堅忍，冷鋒的雇主冷靜，但現在他才知道，這些人加到一起，也比不上一個謝驚鴻。如果說這些人都是精擅心計之輩，如流速緩慢的江河，表面波瀾不興，實則暗流洶湧，詭譎難防，那麼謝驚鴻則行事堂堂正正，像雲霧縹緲間的高峰，雖然可見，卻不可攀越——武功到了他那個境界，又哪裡還需要詭計算人？

「罷了！約會定在明年三月，還早得很呢！再說了，實在打不過你，老子還不會腳底

抹油嗎？反正老子身法不比你慢！」

想通這一節，他心情為之一鬆，合上了眼睛。但心頭卻隱隱有種不安的感覺，讓他難以成眠。披衣坐起，在房中留下一個保護結界後，悄然出了石府，去月華軒散心。

月華軒斜倚潼關東邊的單于山壁上，作為潼關最高的建築，若在白日，可俯瞰整個潼關，是以古來英雄豪傑、遷客騷人，最喜登臨此處覽勝。

夜色深沉，天黑無月。星斗滿天，山間霧嵐一空，晚風如波，如溫潤玉手撫摸在臉上，癢癢的，很是舒服，李無憂心情一暢，打開天眼，霎時山下百丈景物盡收眼底，而三十丈內的人物動靜更是巨細無遺地盡上心來。

街上除了巡邏的衛隊，再不見別的人影，除開城心的元帥府，整座城就只有捉月樓燈火通明，隱隱有絲竹之音穿破夜色傳來，其餘一片安靜。離月華軒不過三十丈遠的軍營也井然而有序，全無戰雲壓城的緊張。

想起當日孫武、軒轅乘龍、忽必烈、諸葛玄機、蘇慕白這一干亂世風流人物也曾在某個大戰後的月夜，洗盡征塵，如自己這般俯視著面前這千年雄關，意氣風發地指點江山，潑墨揮毫，評說古今英雄，李無憂不禁心情激蕩。

兩次大挫蕭軍而挽狂瀾於既倒，自己如今也算名震大荒，只是比之這些傳誦千秋萬世的豪傑風流，卻依舊是螢火之光，根本不足與這些皓月們爭輝。只是，即便我真如他們一般，幹出一番轟轟烈烈的功業，最後也終究只會如他們一般湮沒在歷史的塵埃中吧？雁過留聲，人過留名，但人若死了，是流芳千古還是遺臭萬年都已不知道了，留不留名究竟又有什麼意思？虛名若是不計，那人活一世，究竟又當如何？四姐說「人生在世，不過是快意恩仇，為所欲為」最合我心意，只是三哥老叫我「為天地立心，為生民立命」，二哥也常說「蒼生為重，慈悲為懷」，他們又是對是錯？只有大哥從來不和我說什麼大道理，說起人生所求，也只有「順其自然」四字，也不知道是什麼意思。

想來還是四姐說得最對，像忽必烈、諸葛玄機這些當時俊傑，在世時固然無一不是隻手遮天之輩，呼風喚雨，顛倒乾坤，莫不如意，只是他們心中裝的不是所謂的皇圖霸業就是勞什子的蒼生黎民，肩挑風雨，一生坎坷，真正快活的時候又有多少？天地洪爐中那白衣前輩雖然神功蓋世，見識卻未免太差，叫我多想蒼生，少想自己，不是把老子往火坑裏推嗎？不過算了，如果造福蒼生的同時不危及老子自己的身家性命並且大有賺頭的話，倒不妨賣他個面子，偶爾為之吧。

東南方向的空氣中忽然有了一絲異常波動，天眼「看」到一個淡淡人影自軍營中高速掠出，李無憂心中一動，忙收拾信馬由韁的情懷，斂去氣息，隱身追去。

第八章　潛伏內奸

那人輕功極佳，更精通藏身匿跡之術，李無憂如非已將精神力提至天眼境界，夜幕之中，根本不能發現，但此時既被他跟上，除非是謝驚鴻或宋子瞻親至，那就無論如何也是跑不掉了，幾息之間，他與那人已不過三丈之距，用天眼小心將其真靈氣波動鎖定，再不提速，遠遠尾隨。

卻見那人一路疾掠向西而並非預料中的北邊，李無憂正自一愣，軍營的極南和極北又同時有兩條人影出現天眼「視野」內，其移動速度之快，竟與當前這人不相伯仲，當即瞭然，暗自冷笑：「兵分三路，這樣就能難倒老子？天下哪有這麼便宜的事！」

當下他自乾坤袋中摸出一段寸長青色絲線，十指一合便要念訣，忽又想起什麼，陰笑一聲，在那青絲上快速虛畫了個符，才念動靈訣，道聲「疾」，青絲融入夜空，下一刻已無聲無息地黏在那人身上，消失不見。

「嘿嘿，天巫追蹤妙法『情絲萬縷』加上玄宗門的如影隨形符，任你小子其奸似鬼，也逃不出老子的手心！」李無憂得意一笑，撇下那人不顧，折轉身形疾飛向南。

李無憂很快追上南方的夜行人，在他身上如法炮製地種下青絲後，全力展開身法追向北方。

北溟之旅，陰差陽錯地服了玉鯨膽，之後又誤打誤撞地練成萬氣歸元，他功力暴增三倍，得以邁進武聖之境，自創的心有千千結也因此更進一步，此時他以此為根基，將御風術、龍鶴身法和小虛空挪移三門絕技同時施展，身法之快已與當世第一高手謝驚鴻的驚鴻過眼不相伯仲，是以雖然起步較晚，但也不過盞茶功夫，已追上先前那道虛影。

這人在三人中身法最快，並且還用了隱身術，雖然不是武術同施，每掠十丈必須再次施法一次維持隱身效果，但武術切換之際配合得天衣無縫，端的是天下一等一的高手。

但逼近那人三丈時，李無憂卻暗罵自己是豬。原來先前那人出現的電光火石間，他終於明白了自己為何一直不安：謝驚鴻正好在蕭軍中自然是巧合，但能好整以暇地在帥帳中恭候自己大駕，卻必然是因為蕭如故得到了楚軍中內奸的通風報信。

但先前開會商議時，自己只說了個西瓜計畫的大概，而擒賊擒王的斬首行動更是被自己宣布為補充計畫，這人即立刻猜到自己今夜就會去行刺，並連夜通知了蕭如故，見識膽識都是非凡，身邊藏了這樣一個人，自己當然是睡不安寢。

西瓜計畫關係重大，實施與不實施，完全是兩個相反的結果，現在李無憂一旦宣布明日起即執行計畫，這個內奸才連夜出城向蕭軍傳遞消息。

只是沒想到內奸竟然還有幫手。現在追的這人在三人中修爲最高，是以李無憂想當然地以爲他就是主事之人，這才捨了其餘兩人追來，但到得近前，才發現這人身形凹凸有致，起落間姿勢扭捏，顯然是個女子。先前定計時，在場的都是男人，他當然是誤中副車了。

此時再回頭去追先前那兩人已是不及，好在自己已在二人身上種下青絲，明日一查便知內奸是誰，現在倒不妨追著這女子去看看，雖然只是個小卒，多少還是會有所獲吧。

夜色裏，李無憂和那女子都隱蔽了身形，無聲無息地在潼關城裏遊動，彷彿兩個鬼魅。

那女子到北門後果然折返，繼而向西，接著在城裏兜轉了好幾圈，極盡躲藏匿跡之能事，終於確認無人跟蹤後，這才直線向東撲去。

李無憂見她去的方向竟是捉月樓，不禁大是狐疑，奶奶的，她一個娘們怎麼跑這兒來了，難道她也有那種愛好？

捉月樓是除月華軒外，潼關另一處知名景觀。相傳原是三百年前一世家公子秦五爲紀念其愛妻捉月所建的群樓院落，樓成後不久，秦五鬱鬱而終。到百年前，秦家家道破落，被迫將此樓廉價賣給一個師姓富商，後者得樓翌日，即將這天下有數的名樓改成一座青樓。

此舉大殺風景，自然遭來天下人一片唾罵聲，便連新楚朝廷聽聞此事，也下旨藉口說「有辱國體」，讓其關門。誰知那富商卻引用前朝一位詩人的名句「商女不知亡國恨，隔江猶唱後庭花」，振振有詞地反擊說「潼關自古為兵家必爭之地，草民此舉正是想讓將士們日日都聽《後庭花》，提醒自己不要做亡國奴，乃是一片拳拳報國心，『有辱國體』又從何談起？」

時任宰相的蘇慕白聽聞此事，大加讚賞，請得特旨准許其重新開張，一時傳為佳話。《後庭花》本是靡靡之音，楚軍將士們想到的是國家興亡還是給那些妓女後庭開花，誰也說不清楚，但師姓富商卻借這股東風，不幾年竟將這捉月樓的連鎖分店開遍全國。

事隔百年，如今的師家已富可敵國，江湖中流傳著「凡有青樓處，皆可見師家人」的說法，雖然誇張，但可看出師家勢力已根植於大荒諸國，而與青州的慕容世家、天鷹唐門和平羅的正氣盟文家共稱大荒四大世家，就一點也不為過了。

雖然師家的總部早已南遷至黃州，但潼關的捉月樓卻依舊在家族中佔有極其重要的地位，繁華不減舊時。師家和朝廷關係向來良好，李無憂本打算明日就親去拜訪這裏的當家師七，不想今夜卻不得不先探訪一番了。

夜風漸漸變大。穿過笙歌綿綿、浪聲不絕的前院，兩人一前一後地進了守衛森嚴的捉月群樓後院。

李無憂見那女子輕車熟路，輕易繞過房上房下的護衛，很快到了建築精美的主樓捉月樓前，不禁頭疼起來：「看這丫頭進這就像自己家一樣，難道說內奸竟和師家有關係？」

那女子忽然收斂了隱身術，飛身落到樓門前，守在樓外的九名持劍少女中，早有一人迎了上來，前者自懷中亮出一塊翠綠的半月形玉珮，那少女忙恭敬行禮，讓到一旁。

李無憂看出那主樓建築中藏有反隱格局，那九名少女整體站位呈九宮之形，每三人一組，又暗合三才之數，封住了從任意角度偷進入樓的可能性，當即不敢妄動，隔著十丈躲在了一片假山後。

可惜天眼雖然最遠能看到三十丈外，但要穿牆過屋清晰「看」到房內動靜，卻絕不能超過一丈。雖然沒有證據，但樓周圍十丈的土裏多半也埋有專門對付土系法師的悶雷，自己土系法術因無明師傳授，本來就是最爛，更不敢嘗試從地下入樓，莫非老子今夜當真要空手而返了？

捉月樓的西側丈外倒是斜倚著一棵枝葉茂密的波羅樹，但用腳指頭想也知道，那裏面定有人設下了極厲害的禁制，而樹的對面也定有箭手暗自埋伏，看來用青木訣躲進樹裏偷聽的美妙想法又一次成空。靠！難道硬闖嗎？

豆大的雨點自空中砸了下來，夜風忽然轉急，刮得波羅樹一陣簌簌發抖，樹葉亂飛，一片落葉無巧不巧地掉在李無憂的腳下。

「天助我也！」李無憂大喜，抓起了那片樹葉。天空似乎破了個窟窿，大雨傾盆而下，捉月群樓都籠罩在雨幕中。

李無憂咬破左手食指，朝地上的雨水裏滴了一滴血，同時靈氣傳到右手，掌中樹葉全身立時放出淡淡綠光。

下一刻，他意念轉動，一層淡淡藍光已包在綠光周邊，低低叫了聲「疾」，將樹葉放在地上雨水中，奇景立現——那片樹葉居然變作了一面水鏡，將捉月樓中景象一一照了出來。

「以玄宗的『一衣帶水』將天地間無處不在的雨水做成媒介，把波羅樹和樹葉連接起來，同時施展正氣盟的『同氣連枝』，讓二者變成一體，再將精神力透入樹葉中，這樣一來，就等於老子躲在波羅樹的樹葉中用天眼注視樓門。哈哈！這都被你想到了，李無憂，你簡直是天才中的天才！」

想出如此絕妙的主意，李無憂不禁暗自狠誇了自己一句，但得意的念頭剛剛轉過，天眼已找到生命活動的跡象，鏡中景物一變，他眼神立時變直，再不能移動分毫。

熱氣騰騰的一池香湯旁，一個身材修長的女子背對他而立，正將手中羅衣輕輕丟到床上。

「哇！美人入浴！大哥，三哥，你們果然有先見之明，知道小弟今日要看美女，足足教了我半年，硬是非要逼我學會『衣帶水』和『同氣連枝』不可，哈哈，多謝多謝，小弟一定不負兩位哥哥的厚望，定會以此神技看遍天下美女！」

李無憂心頭大笑。

忘機谷中，文載道和青虛子同時莫名其妙地打了個冷戰。

「我要看正面！」幾乎是在李無憂心中大叫並打算付諸實踐的同時，那女子已然毫不給面子的抓起床上的衣服，下一刻，他精神力剛調整好角度，伊人已閃電般穿戴整齊，落在水鏡中的除了裹得嚴嚴實實的魔鬼身材，還有一張讓人驚心動魄，堪稱曠古絕今的……絕世醜臉！

後來有人問起師蝶翼的臉究竟有多醜，李無憂並未正面描述，而是打了個比方：「如果沒有人承認你是帥哥，你可以雇傭唐鬼作保鏢；如果沒人承認你是美女，你可以找師蝶翼做伴娘。」

唐鬼就是當年將李無憂逼入忘機谷，而被李無憂贈以「天下第一醜」雅號的中年男子。李無憂說這話的時候，見過師蝶翼真面目的唐鬼正好在他身邊，並且立時抗議道：「小道士，你再將我和她相提並論，我就和你絕交！」

問話的人不解，一旁的柳隨風解釋道：「這麼說吧，如果讓師蝶翼和一頭老母豬比賽選美，勝負爲一九之數，其中那個『一』還是考慮了母豬發揮失常，且評委有種族歧視的因素在內。」

這都是後話，在此刻，李無憂是發出一聲慘絕人寰的大叫，淒厲的響聲劃破夜空，有如慘遭蹂躪的少女無助的呼喊。

有兩名持劍少女如飛縱躍過來，同時警鐘大作，「抓刺客」的呼聲此起彼伏。

有人落荒而逃……

回到石府，天已亮。

李無憂估計著那個內奸應該早已回到軍中，立時召集眾將開會，諸人果然悉數到齊。他暗自施出情絲萬縷的追蹤法時，卻驚奇地發現沒收到任何回應，回頭再試召喚如影隨形符，也是同樣效果，驚愕下細細一想，猛然一拍大腿大聲道：「老子真是豬！」

原來天巫的「情絲萬縷」和玄宗的如影隨形符都是追蹤的無上妙法，他二者同施，是爲加強效果，卻不想這二者一屬火一屬水，各自克制抵消，弄巧成拙下，本可各自維持兩天的法力效果大概只用了一個時辰不到就消耗了個乾淨。

眾人自不知李元帥和豬有什麼親緣關係，或目瞪口呆，或故作鎮定，或面面相覷，但眼神中都是不解。

李無憂暗自好笑，乾咳了兩聲，露出一個人畜無害的微笑，道：「告訴大家一個我剛剛知道的好消息，在座諸位中，好像有個人是蕭國的內奸！」

靜了片刻。

「×他娘，到底哪個孫子是內奸，快給爺爺站出來！」石枯榮拔刀怒吼，眼神卻已瞄上了寒士倫，後者坦然自若，甚至連臉上笑容也不減一分。

劉劍恨聲道：「請元帥告知末將這人是誰，我一定將他亂刀分屍！」

蒙田皺眉道：「元帥，這事……會不會有錯？」

王定和喬陽二人卻都是不動聲色。

李無憂喝令石枯榮將刀收了起來，笑道：「這人是誰，我現在還不知道，大家也不用亂猜。在真相未查清之前，你們都有嫌疑，也都是清白的。」

王定屈膝道：「末將敗軍之將，嫌疑最大，願首先接受元帥的調查。」

李無憂將他攙扶起來，道：「王將軍大可放心，我李無憂不會隨便冤枉一個好人的。」說時頓了一頓，瞥了一直未出聲的寒士倫和喬陽二人一眼，才又道：「雖然目前這個人的身分我還不知道，但是我昨天晚上卻已查知他的一個手下是誰」，眾人一驚之際，他語聲陡然一高，喝道，「喬陽！」

眾目睽睽，都似要擇己而噬，石枯榮甚至又已拔刀相向，喬陽卻面無表情：「末將在！」

「那人現在就在寒參謀的營中，你現在就去將他給我抓回來，我要好好審問。」李無憂不見喜怒道。

當清晨的第一縷陽光照射到臉上的時候，夜夢書正躺在救國軍的某個馬棚裏沉睡正酣。一絲亮晶晶的細線黏在他的嘴角，細線的另一端，是一小塊乾乾的馬糞。

似乎是夢到什麼美妙的事，少年無聲地笑了。

那線本就細如纖絲，嘴角牽引下，立時斷爲等長的兩截。一柄雪亮的大刀，緩緩朝他眉宇間落下，慢而無聲。

少年似沒有感應到潛在的危機，依舊沒心沒肺地笑著。

驀然，刀鋒陡然轉快，化作一道刺目的閃電，直劈少年眉心。少年就地一滾，脫出刀

光籠罩，同時雙手猛地一揚，兩團黑漆漆的暗器怒射而出。

持刀者聞到一陣腥風撲面，知道有毒，不敢硬接，側身後翻。但那暗器出手之後卻如天女散花炸開，星星點點，整個馬棚都被籠罩在內。

「乒」地一聲，馬棚的牆破了個人洞，持刀者連人帶土順勢倒飛出棚外。只是他躲得雖快，護心鏡卻依然被一小塊毒器所碎，細看時，卻又是駭然又是想哭——哪裡是什麼帶毒暗器，不過是些馬糞而已。

夜夢書緊隨其後掠出，才看清那偷襲者是名身披重鎧的千夫長，正自狐疑，卻聽一個聲音鑽入他耳來：「喬陽，夜夢書，你們先去洗個澡，一會兒到捉月樓來找我！」極目四顧，十餘丈外的輜重樓頂，一個藍衫人影迎風佇立，忙躬身應了聲是，再抬頭時，那人已消失不見。

「隔了十丈，居然可以同時傳音給兩人，元帥好深厚的內力！」夜夢書咋舌之餘，仔細打量起那名千夫長。

面前這年輕人約莫二十歲，貌不出眾，除了那雙清澈的眼睛外，全身上下一無所取，整個人很好地注解了什麼是「平平無奇」。

「夜兄好身手啊！呵呵，在下喬陽，方才奉命行事，得罪之處，多多見諒。」那人一笑，果是人如其名，像陽光一般燦爛，但夜夢書卻莫名地全身一冷：這人微笑的樣子，怎麼竟和那寒士倫很有幾分類似？

但他什麼也沒說，也是展顏一笑，親熱道：「原來是喬大哥，小弟真是久仰了……」

二人熱情擁抱，形同故交，如非夜夢書額頭還有一道血痕，喬陽護心鏡上的馬糞尙在，誰也不會相信剛才這兩個惡棍方才曾生死相搏。

半個時辰後，捉月樓中暖香閣。

見喬夜二人掀開珠簾從前門進來，李無憂讓他們坐下，拍拍手讓歌女舞姬散去，伸手捏了捏唯一留下的捉月樓頭牌蘇容的小臉，才笑道：「『醉臥美人膝，醒掌天下權，男兒快事，莫過於此』，這幾句話最爲昔年軒轅乘龍所稱道，不知你們兩位以爲如何？」

「啊！」饒是喬夜二人定力過人，也同時身軀一震。

這話是當日軒轅乘龍攻下潼關之後，在月華軒中所說，之後果然遂了心願，攻下長安，登基稱帝。「醉臥美人膝」還好說，這「醒掌天下權」卻是大逆不道之語，元帥問自己感想，是旨在試探什麼嗎？

「奴家認爲這兩句話非但瀟灑快意之極，其間還有種睥睨天下的英雄氣概，用到爵爺你身上真是再貼切也沒有了。」玉體橫陳在李無憂懷裏的蘇容柔聲道。

李無憂伸手在她豐臀上狠狠拍了一掌，半真半假地笑罵道：「小妮子，再說這樣目無君父的話，小心我打你屁股。」

蘇容媚眼如絲，嗔道：「你現在可不就在打嗎？」

夜夢書字斟句酌道：「不知元帥是想聽新楚救國軍右軍第五千人隊下轄第九百人隊第三十隊馬夫夜夢書的意見，還是想聽人蒿百姓夜夢書的意見？」

李無憂不置可否，目光射向喬陽。後者淡淡道：「此乃大逆不道之言……」語聲至此，心頭警兆驀現，大凜下便要後躍倒翻，但這個想法卻被堅毅的意志給迅速壓了下去。

下一刻，鋒銳的劍尖已不出意外地頂在了他的咽喉，只是出劍的人卻非李無憂而是蘇容。

李無憂喝了一杯血紅的葡萄酒，歉然笑道：「不好意思，我耳朵不大好，喬將軍剛才說什麼，能否再說一次？」

喬陽道：「大丈夫威武不能屈……」慷慨激昂的話剛說了半句，已被蘇容手中長劍刺穿喉嚨，說到嘴邊的話變成了咕嘟的血流聲。

殷紅鮮血順著血槽緩緩流了出來，蘇容拔出長劍，退到李無憂身旁。

喬陽卻尚未命絕，踉蹌兩步，趴在一張椅子上，啞聲道：「我自問行事小心，並無破綻，你是怎麼知道關內有內奸，又是怎麼懷疑到我的？」

李無憂看了正拭去劍上血跡的蘇容一眼，淡淡道：「昨夜我們定計的時候，你所獻幾策，都是極險，聽上去似乎都有出奇制勝的道理，但實際上卻狗屁不通。這也罷了。但之後我去蕭國軍營的時候，本已要將蕭如故生擒，但你們猜我遇到了誰？嘿嘿，說出來怕你們都不信，天下第一高手謝驚鴻已在營中擺酒恭候多時！這個面子夠大了吧？有劍神提醒，老子若再不懷疑潼關有內奸，豈不是太對不起他老人家一番好意？」

「啊！」其餘三人同時輕呼了一聲，蘇容與夜夢書更是詫異，謝驚鴻是正道神話，怎麼會幫向來與魔道地獄門靠近的蕭國皇室？李無憂又憑什麼全身而退？

「沒想到大王真是劍神傳人……但昨晚參加會議的那麼多人，你怎麼這麼快就懷疑到了我頭上？」喬陽已滿嘴是血，上氣不接下氣。

李無憂搖頭：「你錯了。我不是只懷疑你，所有的人我都懷疑。剛才我查過你的資料，你入伍已有五年，期間在斷州、黃州軍團也分別待過一年，歷大戰十三次，小戰二十八回，以你的才幹，絕不該直到現在還屈居百夫長！這或者還可解釋爲懷才不遇，但昨日在城頭，你立刻在我面前顯露了不凡之處，讓我注意你，未免太急了些吧？再者，容剛才出劍之前，我明明用法術讓你產生警兆，你能避而不避，不是問心無愧，就是心內有鬼，但你顯然不是前者。當然，這依然不能說明你就是內奸，但加上剛才我讓你去試夜夢書的時候，你武功本和他在伯仲之間，卻故意藏拙，讓馬糞汗身……這點點滴滴，加到一起，還不夠嗎？」

「我雖知你讓我試夜夢書，其實是在試我，但沒有想到問我對軒轅乘龍這句話的看法，也是在試我！無論我怎麼做怎麼答，其實根本無關緊要，你要做的其實是要分我心神，讓我自己露出破綻？」喬陽恍然大悟。

「又錯了！你猜對了後面，卻猜錯了前面。」李無憂搖頭道。

喬陽一愣，卻隨即苦笑一聲「高明」，嘴角一歪，終於死去。

這一連串變故，只讓夜夢書目瞪口呆，終於明白李無憂能爬上今時今日的位置，絕非倖至，暗自慶幸自己不是他的敵人。

李無憂吐了口氣，露出微笑，道：「夢書，沒把你嚇著吧？」

夜夢書搖了搖頭，心頭忽然一亮：「元帥方才說喬將……嘿……喬賊猜錯了前半部分，是不是說你讓他試探我，其實也是在試寒參謀？」

李無憂臉上露出一絲驚訝，接著卻是一陣喜悅，笑道：「不錯。整個潼關軍中，我看得上眼的人物，就只有寒參謀、喬陽和王定……現在怕是要加上你了，但內奸也必定是你四人之一。寒參謀若是內奸，因爲他初來乍到，會受到更多監視，親自行動自然多有不便，必定要交由得力手下去辦，而你卻是個難得的人才……這一點，封狼山下我就知道了。」

夜夢書又驚又喜：「元帥你當時竟然注意到了我？」

李無憂笑道：「明珠即便是埋在泥沙裏，也終有一日會放出光華，當時整個場中沒有下跪的人，除了寒參謀，就只有你和那頗有風骨的王老者……不說這個了，我現在有件很重要但也非常危險的事，想交給你去辦，就是不知道你有沒有膽量了？」

夜夢書感激得只想哭，一躬到底道：「元帥請吩咐，即便是粉身碎骨，赴湯蹈火，小卒我也在所不辭！」

李無憂笑罵道：「少給老子耍花腔，粉身碎骨赴湯蹈火這麼便宜的事什麼時候輪得到你?老子讓你做的這件事，稍有不慎，卻是求生不得，求死不能……」

「元帥請吩咐!夢書若說半個『不』字，就不是大楚兒郎!」

「好!夠爽快!那麼你覺得蘇容姑娘漂不漂亮?」

「國色天香!元帥你眼光不錯。」能同時拍兩個人的馬屁，夜夢書哪裡還不大拍特拍。

「那好!我要你做的事，就是和她上床!」

「好……啊不……」夜夢書微微一愣時，李無憂已一掌結結實實地印在他胸口，前者

當即狂噴出一口鮮血，身體撞破花窗，跌到樓下街上。

伴隨著他落地的重響，是探出窗戶的李無憂怒氣勃發的臉和大聲的咒罵：「奶奶個熊，敢和老子搶女人，你小子是吃了熊心豹子膽嗎？」

敢搶雷神的女人，這小子是不想活了嗎？滿街行人怒火沖天，撿起磚頭瓦塊扁擔茶雞蛋什麼的，蜂擁而上，對這狂妄之徒就是一陣狠揍，邊打還邊問候他老媽祖宗什麼的。

「多謝各位父老鄉親仗義出手，不過記得給他留口氣，免得別人說我公報私仇。」李無憂適時提醒道。

「雷神大人放心，一切交給我們。您別浪費時間，繼續泡妞吧！」眾人齊聲道，隨即又是拳如雨下。

李無憂轉回樓中，見蘇容手中的長劍已不見蹤跡，不禁讚道：「金風玉露樓的人果然有些門道，那麼長的一柄劍藏在身上，竟連一點痕跡都沒有。」

蘇容媚聲道：「誰教奴家生得一副好劍鞘呢？」

聽出話中的挑逗意味，李無憂乾咳了一聲，岔開話題道：「說起來，你們樓主可真是位不世奇才，竟然能想出這個刺中藏針的方法，我若不是昨夜探府的時候，偶然留意到你房門外的樹上有個細小的記號，還真想不到捉月樓的頭牌姑娘竟然還是金風樓主的二弟子。」

蘇容自不知李無憂的苦衷，見這位俊俏少年看似風流多情，言笑無忌，但一旦說到上床真刀真槍的廝殺，便顧左右而言他，暗暗好笑，道：「可終究還不是被你這色鬼給發現了？並借大師姐的名義死纏爛打，讓我幫你演戲，卻連一點報酬都沒有，可真是沒天理之極。」

李無憂在她臉頰香了香，笑道：「放心吧，少不了你的。當我先欠你一次好了。」

「君子一言？」

「給你一鞭！」

「哎呀，大人你好壞哦！」蘇容不依，粉拳雨點般落了下來，李無憂自然極盡油嘴滑舌之能事，小妮子本也是半真半假，隨即開心起來。

鬧了一陣，蘇容忽道：「說起來也真是奇怪，大師姐從來對男人沒什麼好感，竟然告訴你那麼多秘密？」

「哈哈，這你都不明白？那是因爲她對老子一見鍾情啊！」李無憂隨口胡謅，心頭卻想當時那三十萬兩銀子果然沒有白花，不待蘇容反應，已岔開話題道：「對了，後院的捉月主樓戒備森嚴得很，你知道不知道誰住在裏面？」

「這麼重要的事你竟然不知道？霄泉的探子們可算是廢物了！」蘇容鄙夷道。

大荒六國的朝廷都有一套自己的情報系統，這些情報系統的中樞在朝廷，由皇帝自己或派專人秘密掌控，其下屬機構則遍布全國的軍政系統。新楚的「霄泉」曾號稱「上及九霄，下絕黃泉」，厲害處可見一斑。

但自其創始人蘇慕白神秘失蹤後，這個系統就漸漸名不副實。近二十年來，托王天這個軍神的福，四野承平，霄泉的重心更落到關注朝中大臣上，而對各國的動向卻越來越反應遲鈍，這兩次蕭如故襲楚，軍隊無法即時作出反應而造成梧州憑欄陷落，霄泉可謂居功至偉。六大軍團還好些，潼關由於在後方，石枯榮軍中的霄泉機構更是人浮於事，早已是名存實亡。

李無憂也知道必須整頓，但此時卻不宜提，只是道：「也未必如此的差，只是我剛來，很多情況還不熟悉。好容容，你就告訴我吧！」

「那是師蝶翼，師家的三小姐，前天才到的。」

「竟是十大美女中師蝶舞的妹妹！」李無憂的神情又是像哭又是像笑。

「可不就是她了？」蘇容沒有看出李無憂的神色古怪，語氣中竟多了幾分不知是羨慕還是嫉妒的情緒，「傳言師家這位三小姐，貌美無雙，比之二小姐蝶舞還要動人，不過因爲直到上月才滿十六，才未能和姐姐一起進入十大美女榜，不然定可傳爲一樁美談。據說每日裏慕名前來向二位小姐提親的江湖俊彥，硬是將師家大門前的青玉質的下馬石給踏碎了好幾塊。」

「嘿！江湖傳言未必可信，我看那些人多半是衝著師蝶舞去的。」

「你怎麼知道？」

「隨便猜的。」李無憂自不好說昨天晚上自己已經偷窺過師蝶翼的魔鬼身材，以及同樣魔鬼的面孔，乾笑了兩聲，轉移話題道，「容容啊，我聽小思說你們金風玉露樓比之師家雖略有不如，但也差之不遠。你們在大荒共有十八處分樓，二百八十一處暗堂，甚至連古蘭和齊斯那邊也有你們的巢穴，不知道是不是真的？」

蘇容嗔道：「什麼叫巢穴哦？難聽死了！哎呀，大師姐居然連這都和你說了，難道她不怕樓主的處罰嗎？」

李無憂拍了拍胸口，豪氣干雲道：「小思已經是我的人了，你們樓主想處罰她，得先打贏我才行，不過要贏我嘛，哼哼，她是下輩子也休想了……」

「是嗎？」一個珠玉墜盤般的美妙聲音響起，將他牛氣沖天的大話瞬間扼殺。

仙音未落，隨著環佩珠玉聲作響，有人掀開珠簾，自後堂走了出來。

「居然沒發現有人一直躲在後堂，這個臉老子算是丟大了！」李無憂震撼之下，放出無形的浩然正氣護體，同時將精神力提升至天眼之境，一個面帶輕紗的白衣麗人立時落入靈台。

精神力透過輕紗，見到那女子真容時，他卻大吃了一驚。因爲面紗裏的臉固然清麗絕俗，但眉宇之間隱隱有靈氣波動，顯是用幻術造出的假相，自己的天眼神通雖是初成，卻已可洞穿一切幻術，此時竟也無法看清她的真面目，實是匪夷所思。

猛然想起大哥曾說過東海有個奇人叫九幻仙子的，有門法術叫九幻奇變，據說改變形貌氣質，幾可達欺天騙地的境界，莫非這女子所用的就是這門失傳已近三百多年的奇技？難怪我剛才竟沒發現她。

「樓主，你怎麼來了？」蘇容花容失色道。

「這娘們就是蘇容和唐思的師父，金風玉露樓的樓主？」雖然早有不好預感，但聽蘇容親口叫出，李無憂還是暗自搖頭苦笑，「奶奶的，說鬼鬼到，老子最近還真是衰到家了！」

剛剛轉過身來，天眼忽然看見千萬道呈虛影的冰寒氣息，從四面八方無孔不入地襲擊過來，李無憂知道必然是對方發動了某個暗法術，卻不閃不避，任那氣息撞到護身的無形浩然正氣罩上，激起一陣七彩光暈，迅即煙消雲散。

「哼！又是浩然正氣！」那麗人冷哼了一聲，右手曲指成花，空氣中立時瀰漫著一股與先前冰冷氣息完全不同的柔和香風。

「樓主，手下留情！」蘇容出語阻道。

白衣麗人聞言微微皺眉，卻終於住了手，斥道：「蘇容，你身爲潼關分樓負責人，身分洩漏後非但不立時自盡，反而還幫著外人，究竟還有沒有將樓規放在眼裏？又有沒有把我這個樓主放在眼裏？」

蘇容尚未答話，李無憂已咋舌道：「美女，別這麼兇嘛，動不動就叫人死，會有損你在我心中美麗溫柔的形象地！」

白衣麗人聞言柳眉倒豎，左手食指如電點向他眉心印堂穴，恨聲道：「李無憂，我樓內的事，哪輪得到你管？我們的賬還沒算呢！說，你把我女兒拐哪去了？」

這一指，看來輕輕柔柔，無聲無息，只如金風細雨，但指未至，一種似要點碎蒼穹的無形潛勁已是朝李無憂當頭壓來，而她說話的速度也符合某種奇異的節奏，每說一字，指力便加一分，「了」字一落，一個以她指尖爲中心的螺旋風暴已將李無憂嚴嚴實實地罩住。

李無憂看出這風暴外弛內張，也不避讓，右手成拈花之態掐印迎上，指到中途，花影散去，成倒錐形射向麗人玉指，口中訝道：「你女兒……哪位？不是很熟啊！我說姐姐，你這麼年輕，難道竟已生育了？」

雙指並未相碰，隔了三尺，兩道無形潛力即已相撞，發出一聲悶響，二人各自倒退三步。

蘇容見這一指相觸二人平分秋色，但李無憂身周物事無一破損，那麗人足下的青陽竹地板卻淺淺地印下了一個腳印，顯是一絲勁力外泄之故。想起樓主已七年未曾親自與人動手，無人知其武功深淺，但其首席弟子唐思已名列妖魔榜十三，她本人的實力如何，就可想而知了。金風指更是她成名絕技之一，李無憂現在一招將其破掉不說，還讓她差點出醜，武功之高，實已是駭人聽聞！

「禪林拈花……玄宗捕風，這兩門指法你竟然都會！江湖傳言你身兼四門之長，看來果然不假了。」麗人也是驚異之極，但隨即冷哼道，「身負絕藝卻不學好，真是浪費了上天給你的恩賜！」

李無憂憤然道：「大姐，你怎麼就一口咬定我抓了你女兒呢？想我李無憂堂堂男子漢，怎麼會有戀童僻，又怎麼會拐帶你那可能還不會走路的女兒呢？難道你認爲我這樣一個道德高尚的有爲青年，會做出那樣骯髒無恥卑鄙噁心下流的事嗎？」

白衣麗人冷笑道：「你不肯承認，那也無妨！我朱如今天倒要看看是你這四宗傳人盡得真傳，還是我金風玉露樓獨領風騷！」

李無憂嬉皮笑臉道：「騷……稍微等一下，那個……如大姐是吧？我想這裏邊是不是有什麼誤會？令千金是哪位？姓甚名誰，芳齡幾何，三圍多少？」

他本想說「騷婆娘，你身材那麼惹火，誰能比你風騷啊」，話到嘴邊，忽然想起這人是唐思的師父，得罪不得，好不辛苦才將後面的話硬生生咽回去。

朱如怒道：「你還裝蒜？盼盼與你最是相熟，與我相聚這幾天，提起最多的就是你，而她失蹤那天，你正好到潼關，你敢說她的失蹤和你沒關係？」

「盼盼？哪個盼盼？」李無憂更加莫名其妙。

「朱盼盼！」

「朱……等……等等，你是說……你是說你是朱盼盼的娘？」李無憂目瞪口呆。

他再也想不到這金風玉露樓的樓主竟然會是朱盼盼的娘。唐思怎麼沒告訴我？再看蘇容，後者卻也是一臉驚訝與茫然。

「不是她娘，難道還是你娘不成？」朱如氣得揭去面上輕紗，臉上幻術造就的假相霎時淡去，一張與朱盼盼有七八分相似的玉容露了出來，只是因爲歲月滄桑，看上去比前者略大了幾歲。

「啊！」

朱如臉寒如冰，纖手一揚，掌中忽然多了一柄晶瑩的玉劍，直指李無憂胸口，沉聲道，「你到底將盼盼怎樣了？」

「樓主，有話好好說！」蘇容忙勸道。

「她……她死了！」李無憂黯然道。

「什麼？」朱如手中玉劍幾乎把持不住，但震驚片刻，握劍的手又堅定如初，冷冷道：「說，是不是你害死她的？」

李無憂輕嘆道：「我不殺伯仁，伯仁卻因我而死。此地不是談話之所，請如姨隨我回軍中細說可好？那裏有兩個人，或許能讓你瞭解得更清楚些。」

朱如狠狠瞪了他半晌，似乎恨不得將他千刀萬剮，但終於道：「不必了！我信不過你！你告訴我那兩個人的名字和具體的位置，我去找他們先問清楚，一會兒你回來，再來找你對質！你若敢騙我，我定將你碎屍萬段！」

「我騙誰也不會騙你啊，如姨！」李無憂苦笑了一聲，隨即說了慕容幽蘭和阿俊的所在。

「但願如此！」朱如冷冷哼了一聲，消失不見。

同一時刻，門外一陣清晰的腳步聲由遠而近，隨即一個充滿磁性的中年男聲在門外響起：「欽差大人，我可以進來嗎？」

師七一進門就看見了躺在地上的喬陽，溢出的鮮血染紅了名貴的青陽竹地板，花容慘白的蘇容靜靜地躺在紅木大床上，雙眸緊閉，顯然是被人封了穴道。與之完全不諧調的是，一個俊美的藍衣少年則正坐在椴玉桌旁，悠閒地喝著樓裏招牌酒「醉明月」。

剛才他正和師蝶翼在議論昨晚刺客一事，鴇母來報，說有個出手闊綽的貴公子和兩名手下包了蘇容，他也不以爲意，直到夜夢書被打下樓，才知這人竟是當今的風雲人物李無憂！

當即趕了過來，不料竟是這樣一番光景。但他終究是非凡人物，微微一愣，隨即滿面春風道：

「這位氣宇非凡一看就不是池中物的帥哥，莫非就是以一己之力，兩次大敗蕭國鐵騎的少年英雄，代天巡守的無憂公李大人嗎？」

李無憂見進來這中年人約莫四十歲上下，腦滿腸肥，白面無鬚，活脫脫是一隻直立的肥豬，立時就有了種厭惡，但見他陡見屋內的巨變，只是幾不可覺察的皺眉後，即視如不見地和自己客套起來，說話又極是中聽，對他的印象立時大爲改觀。

聽他最後更是稱自己爲「公」，那是相當了不起的敬語了，不禁笑道：「早聽說師家現任七大長老裏邊，數師七最會說話，今日一見，果然是名不虛傳。不過無憂只是後生小子，何才何德？七長老稱我爲『公』，豈不是要愧殺在下？」

哪知師七一臉詫異道：「如此大事，欽差大人竟然還不知嗎？今上爲了嘉勉大人這一路來平剿山匪的大功，已高升大人爲公爵，改賜號無憂，說是『有無憂在一日，朕之江山無憂矣』，朝中大臣們正爲搶這給大人傳旨的欽差而鬧得不可開交呢！嘖嘖，大人聖眷之隆，怕是古今第一人了！」

李無憂這才明白他說的竟是官位，老臉一紅，連說慚愧，心下卻大是奇怪：「老子剿滅山匪，不過是順路打打秋風而已，算得鳥的人功了？楚問不治我怠忽職守，反給我升官，這就夠怪了，竟然還有那麼多大臣搶著做傳旨的欽差，老狐狸葫蘆裏到底賣的什麼藥？」

師七卻似不以爲然，笑道：「說起來，其實朝中諸位大人也實在太心急了些，大人昨日單槍匹馬大敗蕭國十萬大軍的英雄事蹟傳到京城，封賞還不知有多少，若做那時的傳旨欽差，豈不是比現在更風光百倍？而不日大人將外除三國聯軍，內平馬寇之亂，到時若再來傳旨，那個風光，嘖嘖，想來都是讓人神往啊！」

李無憂聽他諛詞如潮，必有用心，卻不動聲色，裝出一副得意模樣道：「承七長老吉言，無憂若真有這麼一天，到時一定不忘長老這份情誼。」

語聲一頓，看了一眼破壞的窗戶和地上的喬陽，嘆了口氣，才又道，「對了長老，剛才我兩個不成器的屬下在這為了容容姑娘大打出手，樓下那個失手殺了地上這人，弄壞了貴寶地，真是不好意思，回頭我會找人送銀子過來，順便將屍體搬走。」

師七忙道：「大人太客氣了，些許俗物，值得幾何？大人萬萬不要放在心上。搬屍體這點小事，不敢有勞貴屬，一會兒我會差人秘密送到營中，大人只消找人接收就是。」

李無憂大鬧暖香閣，等的正是他這句話，表面卻遲疑了半晌，才道：「那好，這事就有勞長老了。」

師七笑道：「大人客氣了。對了，我家三小姐目下正巧在此，聽說大人光臨，已在捉月樓中備下水酒，想和大人談筆生意，不知大人能否賞光？」

「不了，不了！」李無憂大搖其頭，「我還有些軍機要事在身，這光是賞不起的。生意的事，晚些時候我會派個得力手下來談。」

有人說，如果能將這些年來向師家二位小姐提親的王孫公子、世家子弟組建成一支軍隊的話，古蘭的魔族見了也要望風而逃。足見其盛。只是這些人中運氣最好，身分最高的，也不過是見過師蝶舞，而根本無人見過師家師蝶翼的面，就都一一被家主師劍秋婉拒，因此師蝶翼素有「冰玉女」之稱。如今難得師蝶翼主動邀約，師七再也想不到，李無憂這個連出征都要帶女眷歌女的風流元帥，竟然會斷然回絕！

他正一愣，忽聽樓下一聲大喝「雷擊天下」，隨即眼前一陣刺眼的大亮，忙探出窗外，卻見剛才還在圍毆夜夢書的一干人等，已全數倒地，一個個衣衫破爛，臉黑如鍋底，一個火樣的紅衣少女正怒目朝自己射來，他剛「啊」了一聲，耳中已是一連串悶雷的炸響。

「莫非……」這個念頭剛剛在師七的腦中一轉，卻聽那紅衣少女已是一聲怒喝：「李無憂，你給老子滾出來！」

師七回頭，剛才還氣定神閒的李無憂已從另一邊的窗口躥了出去，由於速度太快，甚至有一段衣角被掛在窗櫺上而不自知。

隨衣角留下的還有一句慌亂的言語：「七老，若有人問起，就說我沒來過，千萬記得啊！拜託了！」

「原來如此！」

自以為恍然大悟的師七和潼關的百姓，從今日起，終於相信了一個已在無憂軍內部流傳了很久的真理：寧可得罪雷神，千萬莫惹雷神的老婆。

李無憂幾乎是逃命一般回到自己的臥室，沒進屋，他就隔著門「看」到了裏面愁眉苦臉的阿俊和他旁邊一臉殺氣的朱如。

「君子不立於危牆之下」，李無憂剛打算等這脾氣惡劣的女人消氣後再來，朱如卻已經發現了他。李無憂硬著頭皮走進屋去，阿俊如釋重負，起身告辭，卻被朱如叫住，不得不苦著臉乖乖留了下來。

李無憂一副黯然神情道：「如姨，事情你都瞭解了。想怎麼罰我，就動手吧，要打要殺，小子都不會有半句怨言。」

這話說得坦白之極，但其實卻是留了後話——怨言是不會有半句，但老子可沒說不還手！

誰知這番心機卻是白費了，卻聽朱如嘆了口氣，悠悠道：「罰你又能怎樣？能換回我女兒的命嗎？也許她命中注定要為情所累的……就像我當年……怪只怪那個該死的獨孤羽！無憂，你一定要殺了他，給盼盼報仇！」

李無憂再也想不到朱如看似兇神惡煞，其實是如此通情理的人，心頭一塊巨石終於落地，忙道：「如姨放心，這件事即使你不說，我也會拿這個惡賊的頭來祭奠盼盼。」

說到後來，他已是咬牙切齒，只是他自己卻清楚得很，現在見了獨孤羽，自己也是下不了手的，畢竟為盼盼報仇雖然是大事，自己的小命卻也不是小事——牽機變的毒得靠他解，另外，就是他的同黨古圓這臭禿驢，給自己和小蘭服的粉紅藥丸大概也不是補藥！

「有你這句話，我就可以放心去北溟了。」朱如點頭道。

「啊！如姨你要去北溟？」李無憂先是一愣，隨即明白過來，「你是要去見盼盼……那金風玉露樓的事怎麼辦？」

朱如看了他一眼，道：「二十年前我已是天下第一殺手，創立金風玉露樓，不過是排遣寂寞。只是過了這麼多年，殺手生涯我早就倦了，因此早在七年前就已封劍。之所以一直沒有將金風玉露樓結束，一來此樓是我多年心血，不是說放手就能放手的，二則是答應了一個人……現在盼盼不在了，我終於沒有什麼好顧忌的了。樓裏的事，你有沒有興趣接手？」

「啊！」李無憂再也想不到有這樣的好事，一時竟是有些反應不過來，「為什麼是我？而不是唐思或者蘇容她們？」

「唐思武功法術都不錯，人也冷靜，但沒有大局觀，適合做殺手，但不適合做領導者。至於蘇容，她有大局觀，為人也玲瓏剔透，可惜心腸不夠狠辣，樓主她也是做不來的。只有你，這幾樣都不缺。」

李無憂想不到這女人剛剛經歷喪女之痛，竟然可以如此果斷地作出冷靜的決斷，暗自佩服不已，面上卻苦笑道：「如姨，你這是在誇我還是罵我？」

朱如道：「隨你怎麼想了。不過我相信盼盼的眼光，你也該相信才是。這是金風令，你自接令之日起，就是金風玉露樓的第二任樓主，同時……我希望你能娶盼盼爲妻。」

李無憂先是一愣，隨即明白過來，自她手中鄭重接過權杖，道：「如姨放心，盼盼雖然死了，但她依然是我李無憂的妻子，年後我成親之日，定會給她一個名分。」

朱如寒冷如冰的臉上第一次露出了微笑，道：「這就好，盼盼也可以安息了。這個傻丫頭啊，她自幼就喜歡漂泊，遊歷四方山川，一刻也不肯停留。我問她爲何如此，她說她在找一個人，等到找到那個人，她就停下來了。盼盼這個名字也是她自己改的，大概也是這個意思。可等她找到了，卻又那麼傻……唉，這丫頭的性子一直就是那般剛烈，有一次……」

伶牙俐齒的李無憂生平第一次說不出話來，只是用心傾聽朱如的碎語，而與朱盼盼相識以來的點點滴滴，再次縈繞心頭。有時候，他甚至在想，如果朱盼盼不死，自己和她多半是兩個要好的朋友，彼此知道對方的心意，卻誰也不肯說出，生怕因此連朋友都無法做，倒沒想到她死了，反而讓自己一生都難以忘懷。

李無憂黯然神傷，阿俊因爲他一出生就父母亡故，雖有大鵬神憐愛，卻終究是沒有得到過母愛，聽朱如這般掛念女兒，不禁自憐身世，也大起戚戚之念。

一時間二人都沒出聲，只是靜靜地聽朱如說朱盼盼的往事。

說了一陣，朱如止住悲戚道：「剛才失態，讓你們見笑了。無憂，我要起程了。樓中的事，有唐思和蘇容幫你，應該很快就能上手，不過我三弟子柳瓷，性格有些古怪，今後你多多包涵。唉，說起來，她們也都是我一手帶大，等同於我的女兒啊！」

李無憂應了，朱如起身告辭。

阿俊忽道：「如姨，我陪你去吧。」

朱如看了看李無憂，後者雖不願意在這個時候少了個得力幫手，但想起盼盼，即點頭答應道：「好。不過如姨，上次我們回來的時候，封印通道產生了時間轉移，我看這次不能再用，你和阿俊還是從北邊出海回去吧，雖然慢些，但比較保險。」

朱如微一遲疑，隨即答應了。

帶著阿俊走到門口，她忽地停了下來，道：「來日你回到航州，能不能……」

李無憂見她欲言又止，笑道：「如姨有什麼吩咐，儘管說就是，只要能做到的，無憂定當不遺餘力地幫你達成。」

第九章　有女無鹽

「算了……都那麼多年了，他或者早把我忘了吧！」朱如幽幽嘆了一聲，隨即肅容道，「記得了，盼盼的死訊，你和慕容丫頭一定要嚴守秘密，另外，你還要派人造出她依然在世的假象！」

李無憂不知她爲何如此，但還是點頭應了。

二人走後不久，慕容幽蘭帶著夜夢書回來興師問罪。李無憂大裝無辜，說自己根本沒去過捉月樓，阿俊可以作證。

阿俊當然是找不到了，但小丫頭當然也不會就這麼算了，再審夜夢書，被群毆得體無完膚的後者當然知道什麼是知情識趣，當即跪伏於地，一把鼻涕一把淚地說：

「元帥！你可要給小人做主啊，喬陽這龜孫子，爲了和我搶容容，他把我打下樓不說，還假冒元帥的名諱，陷害我，讓我遭不明真相的百姓毆打！元帥，小人受傷是小，但他敗壞元帥的名節是大！這種奸臣亂黨，人人得而誅之！元帥，夫人，你們一定不能放過這個賊子啊！」

李無憂當即「勃然大怒」，恨聲道：「小蘭，這個喬陽毆打小夜雖然是應該的，敗壞我的名聲也算了，但是借此離間我們之間的關係，讓你誤會我對你堅貞不二的深情，實在是大罪滔天！我這就去將他抓回來，交給你剁成肉醬。」

「堅貞不二」當然是屁話，不說故去的朱盼盼，下落不明的寒山碧，遠在天鷹的雲紫，就是庫巢的唐思，也和他有不清不楚的關係。只是謊話只要說得動人，聽的人雖然明知是假的，依然會欺騙自己，加上戀愛中的女人智商超低，李無憂當然輕鬆過關。

卻見慕容幽蘭一掌重重拍在夜夢書肩背上，恨恨道：「小夜子，你放心，姐姐我一定會給你討回公道！老公，我早覺得那姓喬的不順眼，果然是個壞傢伙！你別管，看我怎麼收拾他！」說完奔出門去找喬陽晦氣去了。

「你怎麼也收拾不了他了。」李無憂詭異一笑，轉過頭來，問正苦著臉揉肩膀的夜夢書道：「小夜子，你現在是不是覺得很委屈？非常想不通？」

夜夢書見他笑得奸詐，忙道：「沒有，沒有，我知道元帥無論是打我還是罵我，要夢書做牛還是做馬，都一定大有深意，而只要能追隨元帥左右，無論是上刀山還是下油鍋，夢書也覺得開心得很！」

「老子踹你一腳，你是不是也開心得緊?起來吧你！」李無憂笑罵著，輕輕踢了他一腳，後者依言站了起來。

示意他在自己對面坐下，李無憂問道：「夢書，你對目前的戰局有什麼看法?」

夜夢書想了想，道：「聯軍必敗！且兩年之內，五國之軍再無能力與我大楚一爭長短！」

聽他語不驚人死不休，李無憂先是微微詫異，隨即露出讚賞的目光道：「此話怎講?」

夜夢書胸有成竹道：「從國力上來說，當今六國之中，數我大楚最富庶，歷代天子又勵精圖治，國力是爲最強，此爲必勝的根本。而此次五國聯盟，不過是上次蕭楚斷州戰役的延續，說穿了，不過是『利益』兩字。蕭如故上次偷襲我們已是無恥，這次不顧國內反對，強行出兵，只是想借軍功壓下朝中尙存的反對勢力，是場豪賭，根本不得民心，師出無名；名不正，則言不順。從大義上來說，大荒民眾的輿論，其實是站在我們這邊的。聯軍雖然人多勢眾，其實不過是烏合之眾，不足爲懼。一旦利益出現爭端而局勢受挫，聯盟必散，到時我們各個擊破，也不過是舉手之勞！」

「他媽的，你還真不是一般的會吹牛，三言兩語就將別人百萬大軍給吹沒了！」李無

憂笑罵道。

夜夢書聽出了他言語中的讚賞，繼續道：

「元帥，我這可不是瞎吹。戰國兩百多年的歷史，我國受三國圍攻的次數還少了嗎？但哪一次不是他們丟盔棄甲而逃，最後獻供請降？如今雖然是五國犯境，內亂不平，十面楚歌，比以往更艱難數倍，但其實局面並無不同。黃州和梧州都有天河之險，易守難攻，平羅和天鷹雖然重兵來伐，不過是趁火打劫，雖然兵鋒逼人，其實依舊存觀望態度，只要我們這邊戰事一停，他們絕對立刻會和我們修好，是以這兩國其實可以不計。蕭如故和賀蘭凝霜雖然合兵一處，但有您這樣的絕代名將鎮守，他們要攻下潼關，無異於癡人說夢，而柳軍師在庫巢的十萬大軍更讓他們如芒在背，如我所料不差，不久之後，他們就只有全線退守憑欄關。到時天鷹和平羅久攻不下，也必然撤軍來坐山觀虎鬥。陳國是從西琦穿過勞師遠征，必然多有不便，久攻不下，也必定退兵，這個時候，分贓的問題就尖銳起來，內亂必起，聯盟破裂則是必然的了，到時我們收復山河，不過是舉手之勞。此次來的都是各國軍隊的精英，一旦敗北，必然會給他們造成巨大的打擊，從而影響當政者的政治威望。只要我們不乘勝追擊，各國國內勢力必然會重新洗牌，整合內鬥，之後重新恢復生產，因此我才會說三年之內，大荒再無可與我爭雄之軍。」

李無憂笑道：「這番話雖然有些太過理想，不過還是很有說服力和煽動性，算不錯了。不過，你有沒有想過另外兩件事。」

「元帥是說馬大刀之亂和趙符智之敗可能引起魔族入侵？」

「對。」

「魔族那邊最近也依舊是內亂不止，而要翻過雲天山，本身就要損耗極多的兵力，而即便他們過來佔領了我們一部分領土，如不能全部征服我們，那也是白費工夫，而他們也不希望我們大楚被滅國而締造出一個完整統一的大荒，這個時候他們才不會傻得過來攻我們呢。至於馬大刀，雖然擊敗了號稱帝國三璧之一的趙符智，或者是個難得的軍事人才，但觀其打著『除奸黨，靖敵寇』的旗號，卻攻擊趙符智的軍隊，便知此人實是不足爲慮，我們大可說服他來和蕭如故拚個兩敗俱傷。」

李無憂呆了一呆，隨即哈哈大笑。上天未免太照顧我了吧？一個柳隨風不夠，你給我送來個寒士倫；有了王定不夠，你現在又送了個夜夢書給我，這個遊戲，老子不給你玩出點花樣，還真是對不起你。

「元帥，你笑什麼？是對我的遠見卓識自愧不如，以此來掩飾你的尷尬，還是因爲你根本沒聽懂，以掩飾你的無知？」

「靠！欠扁啊臭小子？」李無憂狠狠跺了一下腳。

然後張狂的某人還沒反應過來，已被隔山打牛神功給震飛，狠狠撞到了屋梁上，摔下來時，除了眼前亂冒的金星，就只有李無憂的一句補充的話：「居然敢揭穿我！」

「啊，元帥，我掛了！」

「少他媽裝死！你以爲你是玻璃啊，隨便一撞就碎？再不起來，小心老子讓你知道什麼是憔悴掌！」

立刻地，夜夢書已如彈簧般站了起來，炯炯有神的雙眼，肌肉虯起的雙臂，都充分地展示了其主人是多麼的生龍活虎。

「說了這麼多，小夜子，你現在知道今天爲什麼會挨打了嗎？」

「元帥，這麼高難度的問題，你倒是給點提示啊！」

李無憂豎起了手掌。

「停，我知道了。」夜夢書嚇了一跳，但隨即他說的話卻變成了遺言，「因爲你嫉妒我比你帥！」

話音未落，李無憂一掌狠狠地劈在他背心，在狂噴一口鮮血之際，李無憂淡淡而正經道：「靠！我最討厭人家說實話了！」

石枯榮聽到慘叫聲跑了進來。

李無憂不見喜怒道：「內奸我已查出來了，就是喬陽，已被我秘密處決了。這是他手下，你找人把他埋了吧。」

石枯榮恨恨道：「我早知是他。這小子我平時就看他不順眼！元帥你放心，我會辦好的。」

李無憂點了點頭，見他叫了兩名衛兵將夜夢書的屍體抬了出去，忽似想起什麼，拿出一把馬刀，囑咐道：「叫人把他隨身的馬刀也一併陪葬吧！唉，他也算是條漢子。」

石枯榮看著夜夢書滿身的傷痕，點頭去了。

石枯榮三人帶上門出去後，李無憂頹然軟倒，趴在桌子上沉沉睡去。醒來時，見到趴在自己身上的慕容幽蘭，桌上一碗參湯卻已冷了。

李無憂笑了笑，將她放到床上，布下防禦結界，推門出來，卻已是夕陽斜照，晚霞如火。找到寒士倫，才知果如自己所料，這一日蕭如故的大軍依然沒有來攻，只是緊緊地扼守在前往庫巢的必經之路，顯然也是打算等聯軍攻下庫巢，然後合兵一處，一舉拿下潼關。

讓寒士倫陪著去城頭巡視了一番，囑咐士氣高昂的士兵們注意防守後，李無憂召集眾將開會，會上宣布了喬陽和夜夢書二人是內奸，眾人自是一片聲討。

緊接著，李無憂宣布說，內奸已除，西瓜計畫正式開始執行。

石枯榮不解道：「元帥，喬陽既然是內奸，計畫必然已為蕭如故所洞悉，我們為何還要執行？」

「呵呵，石將軍，你還記得什麼是西瓜計畫嗎？」李無憂笑問道。

「啊！我明白了！」

想到西瓜計畫的具體內容，石枯榮恍然大悟，而寒士倫和王定則是互望了一眼：原來元帥定計之時，早顧慮到了可能會有內奸。也許在他心裏，正希望有內奸能將計畫洩漏出去吧。

李無憂掃了眾人一眼，笑道：「所謂實則虛之，虛則實之。蕭如故以為我們不執行，我們卻偏偏要執行，這才能出奇制勝。不過，也不能全部都執行，那樣太好猜了。嗯……這樣吧，就將聯馬抗蕭這一條取消，另外我再補充一條！」

眾人聽完這補充的一條，都是面面相覷，便是寒士倫這等膽大人物也不禁瞠目結舌。

但李無憂卻根本不給他們反應的時間，開始分派工作：「石將軍！」

「屬下在！」

「傳我將令給斷州張承宗元帥，讓他務必於十日之內，將犯境的蕭國軍隊擊敗或者甩掉，兵發青州，同時令蒼州令狐毛和瀾州師鐘配合出擊，務必於一月之內平息馬大刀之亂！」

「是！」

石枯榮領命去了，但剛過片刻，卻又進來，手裏卻多了一封書信，「元帥，庫巢柳軍師有飛鴿傳書到。」

李無憂接過，石枯榮再次退了出去。

「元帥，是不是發生了什麼事？」雖然李無憂不動聲色，但寒士倫卻立時有了不好的預感。

「呵呵！也沒什麼，不過是一個老朋友耐不住寂寞，想來找我喝兩杯。」李無憂輕描淡寫道。

正說著，一個傳令兵跑了進來：「報元帥，捉月樓師老闆帶了三十車好酒前來勞軍，石將軍不知如何定奪，請元帥示下。」

李無憂笑道：「呵呵，你們看，我說的沒錯吧？」

眾人愕然。

檢查過酒車後，寒士倫神色古怪地回道：「酒沒有問題，只是其中一個酒車比別的重了一百三十二斤。」

李無憂心中有數，溫言勉勵了他兩句，吩咐他將那車酒推到自己房中。

李無憂本要設宴款待師七，但後者卻笑著婉拒，並遞過來一張請帖。帖上只有一行娟秀的小楷：

君敲山震虎，妾捉月待客。

「好個聰慧的師蝶翼！」李無憂不禁撫掌大笑，「好！七長老，你回去告訴你三小姐，晚上我一定到。」

眾人散去後，李無憂一掌劈向那輛酒車。數十個酒罈如有靈性一般，有秩序地落到地上，排成兩排。組成酒車的各塊木板，分別從鍥合處分開，疊放在四周。原來的空地上露出了喬陽的屍體。

「是不是也該派人給蕭如故送份禮物了呢？」李無憂望著屍體脖子上的劍孔，若有所思地想。

「欽差大人所料不差，師家確實和蕭國有合作，喬陽也正是聯結我們之間的紐帶。」

捉月樓中，師蝶翼爲李無憂斟上一杯醉明月，輕描淡寫道。

師蝶翼戴著一襲輕紗，遮住了她那張堪比無鹽的醜臉。

李無憂暗自嘆息，要不是那張臉，無論體態腰姿，舉止談吐，還是氣質見識，都是一代佳人。他心裏感慨，面上卻是微笑道：「三小姐如此坦白，根本不怕我將你們師家當作叛國賊來處理，是認爲我李無憂是善男信女，不殺生；還是欺我年少無知，以爲內奸在我眼皮底下而不自知？」

「大人言重了。」師蝶翼落落大方道：「在商言商，我們師家的根本雖然在楚，但做的卻是全天下的生意，也沒什麼國不國可言，『叛國』這頂大帽子，大人還是不要亂扣的好。」

李無憂笑道：「小姐的意思是說，師家就像你們樓裏的姑娘，誰給錢，就和誰上床？」

師蝶翼卻不動怒：「大人這個比喻雖然粗俗，但也貼切。」

李無憂暗讚了一聲好豪氣，卻步步進逼道：「不知小姐你是否也是一樣？」

「一樣。」

天眼透過面紗，李無憂明顯看到了她麻臉上的一抹潮紅，很明顯，她的心情並不真如

她的回答一樣雲淡風輕，不禁暗自笑了笑，少女和女人終究是有差距的。

「只不過那個價錢，並不是誰都付得起的，是嗎？」李無憂乘勝追擊道，但他沒等師蝶翼回答，已將話題拉了回來，「小姐的意思是說，師家只給客戶提供情報，而並不參與他們的活動，是吧？」

師蝶翼平靜道：「是的。這是我們一貫的立場，也是我們師家能屹立江湖百餘年的關鍵所在。任何情況下，我們都不會改變這個原則。」

「制訂這個原則的師家先祖可真是高瞻遠矚。」李無憂先讚了一聲，隨即臉色變冷，一聲暴喝：「那不知三小姐昨天晚上進出我軍營，並掩護我軍的奸細出城，又所為何來？」

師蝶翼知道李無憂既然能查出喬陽是蕭國的內奸，並將其在捉月樓殺死及留下屍體示威，自然不會是無的放矢，她沒想到的是，李無憂竟然連她昨夜的行動都能洞悉，但她隨即聯想到昨夜捉月樓鬧刺客的事，立時明白過來。

「大人誤會了。昨夜我不過是送點消息給喬將軍，回來時不過是順路而已，並無給大人的追蹤造成麻煩的意思。」

李無憂暗自用真氣場將師蝶翼鎖定，表面卻一副恍然的表情道：「原來如此。那師小姐對你們二人之前出營的那位將軍的行爲，又作何解釋？」

「除了我和喬將軍，怎會有別人？大人這麼說，莫非依然是不相信蝶翼的話了？」師蝶翼微微皺眉道。

三人原來不是一起的？李無憂見她不似作僞，也是微微愣了一下，收回真氣場，笑道：「小姐既然不知，那是我錯怪好人了。不過師小姐，我營中男兒可是大多尚未婚配，一個個如狼似虎，小姐下次來之前最好是白天，而且請先通知在下一聲，免得出了差錯，我可負不起那麼多人的上床費。」

這話說得要多難聽有多難聽，但師蝶翼這次甚至連臉都沒有紅一下，只是淡淡道：「謝大人關心了。」

「小姐今天找我來，不會僅僅要和在下說這些客氣話的吧？」下馬威無用，大感沒面子之餘，李無憂決定步入正題。

師蝶翼道：「蝶翼今天找大人來，無非是想談談我們合作的可能。」

「合作？」李無憂裝傻道。

「我們師家有遍布大荒的情報網路，但一直以來，我們和朝廷雖然相處得也很愉快，合作卻並不多。尤其是因某種原因，我們在京城航州竟然一直沒有正式的分號，所以，我們希望大人能夠幫我拿到在京城開店的官方認證。」師蝶翼並不迂迴，單刀直入道：「作為回報，我們願意為大人提供你所需要的情報。現在是戰時，我相信大人和朝廷比任何時候都更願意和我們合作。同樣，家父也非常希望能更加密切師家和朝廷的關係，特別是和大人您的關係。」

李無憂知道因為霄泉的情報以前一直處於各國領先位置的緣故，近水樓臺的新楚朝廷和師家的合作遠遠不如外人想到的那麼多。但現在霄泉的沒落已是不爭的事實，要打贏和蕭如故的這一仗，他急切地需要更快速更準確的情報來源，師家在這個時候向他提出合作，顯然是窺準了時機，漫天要價都不愁自己不答應。

但他現在既然得到了金風玉露樓，師家的地位就遠遠不如師劍秋自己所想像的那麼高了，但師蝶翼的話，卻還是讓他心頭一動：「小姐的話真是讓在下受寵若驚，似乎令尊願意和我們合作，更多的是看好我個人，而非朝廷？」

師蝶翼微訝道：「大人對自己如今在大荒的影響力，難道竟還一點自覺也沒有嗎？」

「外界除了傳言我風流好色，運氣奇好外，難道還有什麼好的風評了？」李無憂聳聳肩道。

「大人太自謙了。兩次以一己之力大敗蕭國鐵騎的民族英雄，手握十萬精兵，同時掌握著新楚前線數大軍團的指揮調動權的無憂公，單劍殺掉冥神，精通四大宗門武術，鋒芒直逼天下第一劍謝驚鴻的天才高手，這幾個身分，任意一個拋出去，都足以讓天下側目，何況是同時集中到一個人身上？再加上慕容世家的準女婿，新楚天子身邊的紅人，正氣盟少主的師父，這些人脈關係，無論在江湖還是江山，誰敢說李無憂不是當今的風雲人物？」

師蝶翼說起李無憂的事，竟是如數家珍。

「你倒知道的好像比我自己還要清楚。」李無憂不禁苦笑，這些奪目的光環，誰又能說不是一把把懸在自己頭上的利劍呢？

師蝶翼看了他一眼，對這個名動天下的少年的反應大感詫異，佩服和好奇兩種情緒已瞬間在心頭蕩過，但她卻只是點了點頭，道：

「這也是我們敢和大人合作的憑藉之一。我敢負責地說，只要這次大人能擊敗蕭如故的聯軍，並好好把握機會，這個爭霸天下的遊戲，必然會有大人的一席之地。」

這話已是大逆不道，李無憂本想裝模作樣地義正詞嚴一番，不過看到她那張醜臉上一雙清澈的眼眸中的認真，話到嘴邊，卻忽地變了味道：「呵呵，師姑娘對在下還真不是一般的看好，莫非是對鄙人一見傾心，已有以身相許的意思？」

師蝶翼不答反問道：「是又怎樣？」

「別嚇我，師三小姐！」李無憂嚇了一跳，「行行好吧，不然我很快會被你追求者們的口水淹死。」

師蝶翼自不知李無憂的天眼能隔著面紗看見自己的真面目，被他誇張的神情第一次逗得笑了起來：「名震天下的雷神，原來也不過是個無膽鬼啊。」

李無憂見她舉手投足、語聲姿態無一不是美到極致，偏偏生了一張堪比無鹽的醜臉，不禁又暗嘆了　聲造化弄人，表面卻笑道：「常聽人說色膽包天，那我做了鬼，也是色鬼，膽子依然大得很的。不過被人口水淹死的滋味，只怕未必好受吧。」

「倒想不到大人竟是如此有趣的人物，難怪會贏得慕容家二小姐的垂青了。」師蝶翼又笑了下，隨即正色道：「對了大人，不知你對合作的提議有何感想？」

「呵呵，小姐明知我無法拒絕，又何必多此一問呢？」李無憂笑道，「說說你們的條件吧。」

師蝶翼道：「大人如此爽快，那我也不作假。平時我們每月定期向你提供各國的情報三次，這些消息每月收費三萬紋銀。此外，你可以隨時向我們索要情報，每條收費一千，戰時爲一萬兩，其中頂級情報每條十萬兩。合約的長短，隨你簽訂。只要師家還有一人在，此合約就有效。」

「你們這是趁火打劫啊！」李無憂誇張地叫了起來。

「呵呵，大人說笑了。爲了顯示我們的合作誠意，我現在免費送你一條消息：我們對你的收費僅有蕭國的二分之一，西琦和陳國的五分之四而已。」師蝶翼又笑了笑。

「難怪師家富可敵國，賺銀子原來這麼容易。」李無憂喃喃道，隨即雙眼放光，「蝶翼，不如我們打個商量吧。我將自己的消息賣給你，你拿去賣給蕭如故他們。我收費不高，每條就十萬兩吧，你最少可以賺一倍！」

師蝶翼大感興趣：「你能提供什麼情報給我們？」

「我的三圍、身高、體重啊，生日，星座，每天上床的時間啊，每頓吃多少東西啊，幾次大小便，有沒有成親，喜歡的顏色，最崇拜的偶像……，先就說這些，每條十萬兩，我算算，大概是一千零十萬兩，零頭不算，你先給我一千萬兩。謝謝……喂，你給了錢再暈好不好？一點職業道德都沒有……」

……

經過一陣討價還價，二人終於達成初步協議。

又飲了一陣酒，李無憂笑道：「具體的方案，我回去後很快會找專人來細談。聽說小姐煮雲山茶的功夫並不在落霞劍法之下，不知在下是否有幸一嘗芳澤呢？」

師蝶翼聽出了他最後一句話中的一語雙關，終於第一次神色變冷：「小女子煮的雲山茶都貴得很，怕大人你即便有幸，也出不起價錢。」

「哈哈，那就等我有錢了再來吧。」李無憂大笑著長身而起，走到門口，忽然回轉過來，緊緊盯著師蝶翼的眼睛笑道：「對了，蝶翼，你之前說只要價錢足夠就能和你上床，不知道是不是真的？」

「當然不假！但我怕你連一碗茶錢都付不起，更別說上床了。」師蝶翼冷笑，卻不敢看他近在咫尺的眼睛。

「哈哈！放心，放心，我一定會湊夠錢來的。」李無憂大笑著，出了捉月樓，分別迅速地在守樓的兩個帶劍侍女臉上捏了一把，在二女尚未反應過來之際，已揚長而去。

見那個張狂的藍衫背影漸漸消失在燈火闌珊處，師蝶翼狠狠地跺了跺腳，心頭暗罵自己無用：「師蝶翼，你十六年來的第一次動怒，竟然是爲了這麼個無賴嗎？」

隨即想起李無憂的瘋言瘋語，埋怨卻轉成了怒火，「李無憂，今日你如此辱我，來日我必定讓你十倍百倍的奉還！」

同一時刻，怒火沖天的還有英雄塚上的夜夢書。

他醒來的時候，正是夜黑風高，千萬點綠悠悠的鬼火在身邊晃悠，隨即他就看到了不遠處石碑上三個朱紅的大字，由於年代久遠，朱漆看來已有些斑駁，但紅筆背後的刀削斧刻卻告訴他這不是錯覺。

潼關以南三里的英雄塚，名字雖然是前朝楚帝親自取的，頗有幾分豪氣和風雅，但說穿了，其實不過是個亂葬崗。歷年戰役中犧牲的楚軍戰士，若是看不清面目，或者找不到家人認領，則埋葬於此。夜夢書在那天進城的路上，正看到有不少戰死的軍士被抬到此處埋葬。

正是那天，唐袍哥山賊的軍師寒士倫，和準元帥夫人慕容幽蘭將軍不小心起了衝突，結果被修理得很慘，這讓夜夢書對「英雄塚」三字記憶猶新。但自己怎麼會在這？全身的傷也一下子全好了，非但如此，自己體內似乎還有一種前所未有的生機在盎然著。

天！難道我已變作鬼了？

想起自己昏迷前最後說的話，他終於明白定是李無憂這小肚雞腸的傢伙將自己殺了，不禁放聲大罵：「李無憂，你這生孩子沒屁眼的雜種，嫉妒老子比你帥，竟然將爺爺殺了，老子做鬼也不會放過你的！」

「哎喲！」他慘叫了一聲，卻是氣憤時，足下踢到了一件細長方硬物。卻是一把帶鞘的馬刀。

拔出。真是好刀，利而無鋒，正適合上陣殺敵。

等等……我怎麼會覺得疼，難道我還沒有死？哈哈！真是天不亡我，李無憂你個雜……

不對，我既然沒死，那元帥的意思是……

馬刀的刀鞘中，果然藏有東西──一封密封的書信和一張白紙。書信的封面空無一字，白紙的上面卻有一個紅色的印章。章的中間一個大大的「李」字，在綠悠悠的鬼火下，跳著，舞著，說不出的詭異。

「靠！」夜夢書氣憤地罵了一聲，熱血卻隨著那火苗的跳動，奔遍了全身每一處血脈。

下一刻，他將馬刀扛在肩上，大踏步向東而去。

夜色低沉，天邊卻有一縷曙光漸漸明亮。一個傳奇人物，終於昂首走入了這個動盪的亂世。

在潼關的彼端，慕容幽蘭輕輕地拍了一下白虎的頭，道：「小白乖，別耍脾氣了。雖然小寒不是個好人，姐姐我也看他不順眼，但老公既然要將他送到梧州去，自然有他的道理，你就幫幫忙吧！」

白虎撲動了一下翅膀，清嘯了一聲。

「欠扁了是不是？」慕容幽蘭雙手叉腰，作勢欲打，小白忙乖乖地住了口，趴伏在地上。

寒士倫被個年齡不及自己一半的小丫頭叫「小寒」，卻不敢吭聲，戰戰兢兢地坐到了小白身上，道：「慕容將軍，元帥不是說你會一路上保護我嗎？現在怎麼就我一個人？」

慕容幽蘭狠狠敲了一下他的頭，不耐道：「你那麼大個男人，還要我一個弱女子保護，羞也不羞？」

寒士倫苦笑了一下，道：「慕容將軍所言甚是，是寒某失言了。那請問將軍，您還有別的吩咐嗎？」

「行啊小寒，被我扁了一次學得乖多了！」小丫頭對這傢伙的轉變很滿意，「聽說梧州那邊有種胭脂叫棲霞，很是有名，你順便給我弄點回來。另外，你順便幫我打聽一個女子的消息，她叫寒山碧。」

寒士倫點頭記下，道：「請慕容將軍轉告元帥，寒某就算是粉身碎骨，也定會不辱使命，凱旋而歸。」

「行了，這麼囉嗦，比女人還煩！」慕容幽蘭很是不耐煩，忽然一掌拍在白虎的屁股上，白虎吃痛，展翅沖霄而去。

「將軍！救命啊！」寒士倫淒慘的喊了一聲，卻是不小心下被白虎給甩下了背，惶急中只來得及抓住一隻虎後腿。

「哼哼！看你以後還敢不敢惹本小姐！」慕容幽蘭輕輕拍了拍手，轉身欲走，卻看見了一個人，大驚下，硬著頭皮道：「啊！若蝶姐姐？你睡醒了啊？」

若蝶輕笑道：「公子早知道你這丫頭頑皮，讓我來送寒參謀一程。」

夜夢書和寒士倫走後已有三日，潼關卻依然沒有動靜。每日庫巢的戰報傳來，柳隨風都只是輕描淡寫的一句「一切盡在掌握」，李無憂雖然知道其中波瀾詭譎，絕非像他所說的那般輕鬆，卻因被城下的蕭如故牽制住而愛莫能助，只能一面見步行步，一面祈禱西瓜計畫能夠順利執行。

但第四日，七月初一夜，黃昏時分，事情卻發生了一些變故。

李無憂巡城完畢，正打算回元帥府去嘗嘗慕容幽蘭自誇天下無雙的手藝，忽見單于山下煙塵滾滾，群馬奔騰。

諸將忙囑咐士兵戒備，李無憂卻心頭詫異：「這應該不是老蕭的作風啊？」

那一騎人馬卻僅有五千之數，馬蹄聲碎而亂，似乎頗爲惶恐。

李無憂打開天眼，極目望去，這支隊伍馬疲人乏，旗幟東倒西歪，竟是一支敗兵，待那些人再靠近些，看清楚那些人的歪盔殘甲時，卻不禁大吃一驚：「怎麼是楚軍旗號？難道是庫巢失守？」

「什麼？」眾將大驚。

「元帥你是不是看錯了？隨風這小子雖然資質平平，好色貪杯，但打仗的本事總還是有那麼幾分，怎麼會那麼快就丟了城池？」

石枯榮問出了所有人的心聲。

李無憂忽神色一緩，搖頭道：「不是無憂軍的旗號！不過確確實實是楚軍部隊。真是奇怪，單于山上怎麼冒出一支楚軍部隊……所有將士聽著，沒有我的命令，切不可輕舉妄動！」

「遵命！」

片刻之後，那支楚軍已近在三十丈外，借著夕陽的餘暉，旗幟盔甲已經能看得很清晰。

王定忽然失聲道：「是二哥！」

「二哥？」李無憂不解。

「回大人，就是軍神麾下四戰將之一的王戰。」王定解釋道。

「呵，是他啊！」李無憂臉上露出了一絲微笑。

當日憑欄事變，楚軍內訌，王天被殺，讓蕭如故憑空奪下了憑欄關，二十五萬楚軍不是陣亡就是被坑埋，原憑欄守將楚雷降敵。王天麾下的四戰將，王猛和王紳都已陣亡，王定逃往庫巢，只有王戰下落不明。有傳說他和楚雷一起投敵，也有說陣亡，還有說已逃回柳州，一時眾說紛紜，竟成懸案。卻怎麼在此時出現？

李無憂一念至此，厲聲道：「諸位將軍，一會兒不論發生何事，務必聽我號令，不可感情用事，違令者，必斬不饒！」邊說邊將眼光從諸將臉上掃過，最後落在王定身上。

王定心頭一凜，道：「末將遵命。不過末將願以性命擔保，三哥不會投敵！」

李無憂微笑道：「希望你這顆腦袋能保得住吧！」

說話間，那支楚軍到得城下，李無憂看了石枯榮一眼，後者會意地大喝一聲，明知故問道：「來人止步，你們是哪裡的部隊？」

群馬止步，當先一個高大的猛將出列，翻身下馬，單膝跪地道：「罪將柳州軍王天元帥麾下萬夫長王戰，特來領罪，請李元帥責罰！」

李無憂御風飛下城牆，走到王戰身邊，伸手將他扶起，笑道：「王戰將軍死戰得還，何罪之有？快快請起。」

王戰卻不站起，大聲道：「元帥恕罪，末將已投降蕭軍！」

此言一出，只如巨石投湖，掀起驚天巨浪。

城頭群情激憤，一片討伐之聲，緊隨李無憂下來的王定臉色煞白，幾乎站立不穩，不信道：「不！二哥你撒謊！」

緊隨他後面的石枯榮卻已拔刀出鞘，怒道：「他自己親口承認，這還有假嗎？請元帥下令，准末將擊殺這賣國賊！」

王戰跪在地上，一動不動。

李無憂揮揮手，讓石枯榮退下，笑道：「王將軍此來莫非是做蕭人說客的嗎？他們都給了我什麼好處？首先申明，沒有百八十萬兩黃金，千兒八百個美女，這事免談！」

王戰不防他竟當眾有此一問，當即愣了一愣，原先準備的說辭再也用不上，只道：

「元帥恕罪，這些都沒有。」

「難道老子不值這個價嗎？」李無憂覺得有點鬱悶，「那十萬金子，百八十個美女總是有的吧？」

「這個……依然沒有，元帥其實……」

「我靠！王戰，你要老子是不是？」李無憂臉色陰沉下來，「我說什麼也是堂堂元帥，蕭如故這老小子不會是只有萬兩金子、一個美女這麼小氣吧？說，是不是被你私吞了？」

「蕭如故什麼都沒有送……」王戰巨汗。

「靠！這王八蛋想空手套白狼啊？」李無憂勃然大怒，「石枯榮，將這傢伙給我拖下去砍了！」

「元帥息怒！」王定忙勸道。

「息個鳥的怒，這種禍國殃民的叛賊，早該一刀砍了！」李無憂尚未說話，石枯榮已不耐，一刀直砍過去。

第十章　困獸之鬥

刀光如雪，王戰一動不動。

刀光斂去，兩根修長的手指溫柔地拈住了刀鋒，石枯榮大驚抽刀，卻發現再不能移動分毫，抬頭看時，那人卻是李無憂。

「石將軍，你這麼急於殺他滅口，莫非你也是蕭國的內奸？」李無憂微笑，眼鋒如刀。

「元帥明鑒！」石枯榮嚇了一跳，忙插刀於地，抱拳道。

「呵呵！不過是和你開個玩笑，幹嘛那麼認真嘛！真是的，一點幽默細胞都沒有，果然是塊石頭！」李無憂笑笑，不以爲意道：「王戰將軍，你刀劍加身而不動，顯然是位大丈夫，我相信你──斷不會幹出貪汙蕭大王給我的好處的事，說吧，到底大王給了我多少好處？」

眾人絕倒……

王戰乾咳一聲，正色道：「李元帥誤會了，末將並未投降蕭國。當日因爲宋真這狗賊的出賣，憑欄關被破，我與諸將不得不採棄城戰略轉移出憑欄關。之後一直在單于山中遊蕩，一面躲避蕭軍的搜捕，一面企盼援軍到來，昨日兄弟們終於得到元帥大敗蕭如故的消息，這才連夜突圍，終於在今日黃昏甩掉追兵，來與元帥會合！請元帥明鑒！」

李無憂一眼掃去，他手下士兵們果然一個個面黃肌瘦，眼眶發黑，而戰馬也都瘦弱不堪，顯是許久沒有好好休息吃飽過，不禁點了點頭。

王定道：「元帥明鑒，王戰將軍一向忠心爲國，末將絕對相信他所說的話。」

石枯榮卻冷笑道：「誰知這是真是假？若是真的，難道這多日以來，王戰將軍竟一次突圍和我軍會合的機會都沒有，反而李元帥才一現身，你立刻就尋到時機，殺下山來？」

李無憂點點頭，真氣場鎖定王戰，暗捏了個印法：「石將軍所言有理！王將軍，你有何解釋？」

王戰面不改色道：「石將軍所疑有理。其實末將之前確實有幾次機會衝下山來，但是末將心知鎮守潼關，石將軍已足可勝任，自己即使與石將軍會師，也不過是錦上添花，於大局並無益，不如就在山林中牽制蕭軍的力量，或者可以趁你們兩軍交戰的時候，暗助我軍一把，或者能起綿薄之力。只是日前得到李元帥大破蕭軍的消息，我這支隊伍失去了牽制的意義，這才下山來聽候李元帥和石將軍調遣。王戰末學後進，於戰術選擇上若有差錯，請元帥和石將軍不吝賜教，戰心甘情願受罰。」

這番話有理有據，說得又極其謙恭，其間又暗捧了石枯榮一把，石枯榮疑心盡去，連連點頭。

王定自是喜不自禁，年輕的臉漲得通紅：「元帥，你看，連石將軍也信了，王戰將軍並非叛賊！」

李無憂一直微笑，聞言忽地右手虛虛一握，王戰立時便覺得喉頭一緊，剛想說什麼，整個人已憑空升了起來。

王戰身後士卒大驚，齊齊舉著兵刃猛撲過來。

王戰掙扎著，嘶啞著嗓子阻止道：「都給我站住，不許妄動！」

「元帥，你這是做什麼？」王定訝道。

「哼！他沒說實話！」李無憂冷笑道。

此言一出，王戰身後柳州軍眾人臉上都露出了憤憤不平之色，有人大罵道：「李無憂，你忠奸不分，還當個狗屁的元帥啊？」

眾人大聲附和。

城頭楚軍見此都是心一緊，紛紛搭弓上箭。

危機一觸即發，王定向柳州軍大喝道：「都給我住嘴，放下兵刃！」

「三將軍……」柳州軍諸人微微遲疑。

「難道連我的話你們也不聽了嗎？」王定怒喝道。

當日王定在軍神死後，公而忘私，死守憑欄關，早在整個柳州軍中樹立了崇高的威望，此時眾人見他發怒，一怔下，都乖乖收了兵刃退後。

王定轉過身來，雙膝跪地，大聲道：「王戰將軍一片忠心爲國，請元帥明察！」

李無憂揮揮左手，示意城頭楚軍放下弓箭，道：「他是不是忠心爲國，我自然知道。他有沒有說實話，我也知道！」

語聲一頓，右手鬆開，王戰摔落在地。

「好！不愧是大荒雷神，王戰終於心服口服！」

王戰大笑著，拜伏於地，「不錯，我確實已投靠蕭國！」

此言一出，立時又掀起一片波瀾。

柳州軍眾人都露出驚疑、茫然、不解的神色，而城頭潼關軍卻同時大罵，劉劍示意諸人弓箭再豎。

王定呆呆傻傻，滿臉不信，石枯榮卻怒喝一聲，提刀便要砍，卻見李無憂一道冷冷眼光射來，心頭一寒，霎時再不敢妄動。

李無憂一掌擊在身旁地上，高呼道：「城頭的城下的，都給我聽好了！沒有我的命令，誰若敢妄動，就做叛國賊論處！」

城下柳州軍中順眼看去，堅硬的花崗石地面，竟被他這無聲無息的一掌，硬生生地陷出一個丈許方圓的深坑，都是又驚又佩，忙放下兵器，拜伏於地。

城頭諸人見平時和自己親切探討美女嫖妓事宜的元帥大人忽然發怒，這才想起他這個大荒雷神的身分，一時也是再不敢有任何異動。

李無憂看向王戰，溫和道：「王將軍，我料你是忠義之人，投降蕭軍，必然也是爲國圖謀，剛才那般說法，不過是想試試李某的才華氣度，是也不是？」

王定只佩服得五體投地，感激涕零道：「元帥真乃神人！末將確實投降蕭軍，但一直身在蕭營心在楚。當日因爲末將和宋真將軍的誤會，一時衝動而意氣用事，導致王元帥身死，憑欄關破，末將本想一死以報家國，但痛定思痛，決定不能就此不負責任地死去，但外賊未除，便畏罪死，實不是大丈夫所爲，於是乘亂帶領手下將士殺出重圍轉戰單于山。只是蕭人情報網路『天機』實在是無孔不入，終於被他們找出了我的位置，並秘密將我逮捕，要我歸降。末將權衡輕重，於是假意投靠蕭狗，以求留著這戴罪之身，爲國立功，稍

微補償我所犯過錯之萬一。今日蕭如故派我來假意投靠元帥，做反間，想讓我詐開城門，來日裏應外合，好攻下潼關，屬下將計就計，前來投降，想與元帥一起好好利用這次機會。元帥若是不信，請一刀將我殺了，免除後患。不過，此事我麾下子弟並不知情，請元帥放過他們。」

說時拔出佩刀，雙手捧著遞了過來。

李無憂運勁吸過那把刀，微笑讚道：「真是好刀！」刀鋒卻有意無意指向王戰的胸口。

這一次，王定和石枯榮再不敢插嘴。

誰都知道，王戰的話詭譎莫測，眨眼間已是二變，腦筋稍微慢些的人根本都反應不過來，更不用說證明其真假了。情感上的傾向，並不能作爲事實的真相。

玩弄半晌，李無憂笑道：「王戰將軍，我要殺你不過是舉手之勞，要信你卻艱難千百倍，李無憂一人生死不足惜，只是我背後的卻是潼關數萬將士，大楚九萬里山河。此時著實讓人爲難啊！」

「元帥所言甚是，是末將自作孽不可活，請元帥動手吧。」王戰苦笑一聲，閉上了眼。

「元帥……」王定剛想說什麼，李無憂已擺了擺手，將刀一橫，笑道：「這樣吧！王將軍，我們來賭一把。你若贏了，我就請你進城，並向你賠罪，如果你輸了，嘿，那可不好意思了……」

「元帥，萬萬不可！」石枯榮大駭。

潼關數萬將士性命，新楚九萬里山河，竟然被他兒戲一般地拿來賭博，這人的腦子到底是什麼做的？

李無憂一瞪眼，怒道：「住嘴，我是元帥還是你是元帥？」

「當然您是元帥，不過……兵家大事，怎能如此兒戲？」這次說話的卻是王定。

「不妨！一切聽元帥的。」王戰卻聽出了他話裏的關切，微笑道。

李無憂展眉大笑：「要說還是老戰爽快，我喜歡你！來，咱們這就來賭吧！」

「嗯，好！」王戰忙答應。

「好，那你還愣著幹什麼？」李無憂不悅道。

「這個……」

「剛誇你爽快，怎麼馬上就扭捏起來了，不會是怕死了吧？老戰，這可不是你的風格哦！」

「不是……」

「不是你還愣著幹什麼，媽的快點，囉囉嗦嗦，像個老太婆一樣！」

「可是……」

「可是個屁啊！你再不開始，老子一刀砍了你！」李無憂這次是動了真火了，手中的刀上立時便有了一道藍色的刀罡。

「可是……可是元帥，你似乎還沒告訴我究竟怎麼賭吧？」王戰捏了一把冷汗，期期艾艾道。

「啊……我竟然沒說過？難道我真的沒有說過嗎？小定，老石，我真的沒有說過嗎？……呵呵，不會吧，你們又騙我？我真的沒有說過嗎？雖然你們很有誠意地搖頭，但你總得告訴我我真的是說過的吧？原來我真的沒說過？」

眾人：「×※￥＃％￥」

四分之一炷香後。

李無憂大度地揮了揮手道：「算了算了，現在的年輕人真是沒記性（眾人狂汗），好了，我再說一次這個賭法。要說這個賭法呢，是很先進的，據說是從古蘭那邊傳過來的，不過也有人說是源自齊斯，自然了，說來自東海那邊也是大有人在。這套賭法據說是科學的，公平的，不可懷疑的，出自一位絕食高人之手。對，你沒有聽錯，就是一位絕食高人！他在餓死之前，創下這個天下無雙的賭法，並發毒誓說，兩百年內若是有人用這個賭法來賭博，必定會斷子絕孫，饑渴而死……呵呵，大家不用緊張，現在早過兩百年了！說起來，我也是在機緣巧合之下才和這位前輩見了半面……呵呵，這位兄弟問得好，不錯，他既然是死了兩百年以上，我又怎麼會見了他半面呢？周星星有句話叫『猶抱琵琶半遮面』，可謂經典中的經……哦，不好意思，是我弄錯了，這句話確實是白居易的，事實上呢，只要你能抱著我根據白氏密法特製的琵琶，就可以穿梭時空，遊戲於過去未來之間，與任何時代的人都能見半面……哪裡有賣？這位朋友問得好，我最近正在航州城搞特價促銷，還買一送一呢……送什麼？當然是送棺材了，豬！這樣白癡的話你也信，我靠，不被砍死也笨死了……」

絮絮叨叨，叨叨絮絮，半個時辰過去。

金烏西墜，啓明東升。

眾將士又累又渴，卻誰也不敢吭一聲，因爲元帥大人實在是興致高昂得過分，一直口沫飛濺，沒有半點要停下來的意思，另外，誰也不會認爲自己的頭比地上的花崗石硬多少。

「喂！你們一大幫人站在那幹什麼？老公，你還不快回來吃飯啊，湯都冷了！」城頭忽然有慕容幽蘭一聲高喝。

眾軍士心頭大喜，同時念了聲阿彌陀佛，救星終於來了。

果然，李無憂嚇了一跳，大聲道：「小蘭你再等一下，我馬上搞定他們！」回頭對王戰道：「王戰將軍，我們開始吧！」

「可是……可是元帥，你依舊沒說到底怎麼賭啊？」王戰哭喪著臉，可憐的神情，很讓人懷疑他是不是貪生怕死，事實上是他已經被李無憂糟糕的記性搞得有些神經兮兮。

「啊！有這回事嗎？」李無憂一臉詫異。

「有！」城上城下，眾將士齊聲道。

李無憂先是訕笑了一下，隨即哈哈大笑：「你們還真是一群白癡啊。老子回去吃飯了，你們想通了自己看著辦！」說罷再不理面面相覷的眾人，將單刀擲到王戰身前地上，飛身上城去，就這麼不負責任地去了。

「垃圾！」望著李無憂和慕容幽蘭遠去的背影，眾人先是同時恨恨罵了一聲，隨即陷入了苦苦思索。

沉默啊，沉默，不在沉默中明白，就在沉默中變態。……

終於，王定放聲大笑：「我明白了！原來元帥說的打賭之法，就是要二哥聽他這半個時辰的廢話！各位，試問一個內心有鬼有愧的人，又怎麼會有耐性聽完元帥的胡言亂語？

又怎能在元帥的神威重壓下，站立半個時辰而不露出一絲破綻？」

一語驚醒夢中人。眾人恍然大悟。

石枯榮不禁感慨道：「元帥原來英明如此，每一言每一語都大有玄機，實是人不可貌相，沒想到那個豬頭竟然也有如此智慧……」

於是王戰得以洗刷冤屈，作爲勇敢的英雄，被名正言順地請進城去，並被眾將拉到捉月樓中飲宴洗塵，喜氣洋洋。

卻誰也不知，在城的另一端，當慕容幽蘭問起李無憂究竟王定所說是真是假的時候，後者年輕的臉上卻露出了一個老狐狸似的微笑，不答反問：「你以爲呢？」

「其實老公你既然想放王戰入城，那麼是不是真的有想到過打賭的法子，已經不重要了。王定和王戰交情深厚，你走之後，王定必然能鼓動諸人相信你的意思是放王戰入城，而石枯榮本就不善言辭，心頭又有些佩服王戰，那麼王戰就順理成章地會以英雄般的待遇入城。」

李無憂怔怔看了她半晌，不禁長嘆道：「智者千慮，必有一失；豬頭千慮，必有一得。這話我信了。」

「雷擊天下！」一個聲音響徹石府。緊隨其後的是一聲撕心裂肺的慘叫。

遠在捉月樓飲酒的王戰聽到了這聲慘叫，杯子中的酒不禁灑了一滴出來。

王定輕描淡寫道：「二哥別怕，是元帥在練聲呢！」

舞低楊柳樓心月，歌盡桃花扇底風。

七月剛冒頭，尋常時候，柳枝雖然正是千樹萬樹綠絲條的時候，但連月牙都是看不到的，桃花自然也是早散了。不過捉月樓中的桃花卻開得甚豔，而一盞價值驚人的水晶風燈，也絕對不輸於中秋滿月。

蘇容拗不過師七的意，親自獻了一曲歌舞助興。捉月樓頭牌當然不是浪得虛名，也弄不清是花映人顏，還是人比花嬌，一曲舞罷，餘音尚在繞梁，眾人已是如癡如醉，興致被撩得老高。

但蘇容的性子卻是高傲得緊，所以眾人唯一的收穫只是王戰這個英雄獲得了蘇容的一杯敬酒而已。

曲終人散。眾將雖然有心眠花宿柳，但一來是非常時期，二則李元帥雖然好說話，王定和石枯榮卻都是治軍嚴謹的人，被他們抓住絕對是死路一條，不得不乘興散去。

回到營中，王戰和王定卻並無睡意，秉燭夜談，細述別來種種。

說起今天的事，王戰不勝唏噓：「阿定，今天要不是你以性命作保，元帥定是不肯信我的。」

王定搖頭道：「李元帥這個人，不是那麼簡單的。他雖然武術蓋世，年少成名，卻絕對不是個自大的無知少年。你別看他年紀輕輕，論及心計，已不遜於王元帥。他若不肯信你，即便是我以性命作保也是惘然。」

王戰點了點頭：「我今天已經領教過了。不過阿定，我還是得謝謝你，謝謝你一直那麼信任二哥。」

王定笑道：「一世人兩兄弟，你怎和我說這些來了？我們雖然不是親兄弟，但自小一塊長大，你的爲人我最清楚，我不信你還能信誰？」

「信自己吧！」這話落下的時候，王戰的手指已經不偏不倚地擊中了王定的痳穴。下一刻，一顆紅色的藥丸已餵進了王定的口中。

「兄弟，別怪我，要怪就怪天意弄人吧。」王戰輕輕嘆息了一聲，拍在王定的啞穴上，翻身出了臥室。

王定眼睜睜地看著他穿窗而出，奔向軍營深處，巨大的不安走遍了他全身每一寸肌膚。他到底想做什麼？難道……不行，我必須去阻止他！

但任他使盡力氣，全身卻分毫不能動彈，想呼喊，口中卻吐不出一個音節。只因為自己的輕信，兩萬將士很有可能會全軍覆沒。熱淚順著眼角無聲地流了出來，從來沒有一刻，他如此的無助。

不，我們還有元帥。那個曾經創造過一切奇蹟的少年。也許他早就洞悉了二哥的陰謀吧。想到這裏，王定覺得眼前忽然一亮。

「時間差不多了吧！」本該熟睡的李無憂忽然從床上翻身落下，在慕容幽蘭身周布下了一個結界，然後出了石府，騰身上房。

視線剛剛與瓦面相平，一蓬無形潛勁已當頭壓來。

樓上有高手埋伏？這個念頭才一閃，他整個人不可思議地憑空一旋，轉到三尺之外，再次上升，如一片羽毛般無聲無息地落到了房頂。

一丈之外，一個二十歲上下的黑衣年輕人正微笑地看著自己，從他身上散發著一種陰冷中帶著陽剛的氣息緊緊鎖定自己，自己只要稍微一動，氣機牽引下，他立時便可發動殺招。

天眼四散，朝背後「看」去，那道潛勁砸到地面時候，倏然消失不見，甚至一點塵土都未揚起。

李無憂暗自一凜：「一劍走空，點塵不揚。這人對力氣的把握，竟然達到了如此境界，端的是個勁敵。」腦中靈光一閃，恍然大悟：「原來你就是劍魔任獨行。」

「你認得我？」那年輕人本是微笑的臉立時露出了驚愕，鎖定李無憂的氣息立時便出現了一絲縫隙。

「不認得！也不想認得。」李無憂順著那絲縫隙，一劍擊出。

這一劍平平無奇，一淡如水，若是江湖上那些大師高手見了，少不得要露出一個鄙夷的眼神，但任獨行見到這一劍，卻大喜若狂，彷彿一個老饕見到一桌名廚精心烹調的佳餚，一個淫賊見到了輕紗繚繞中的美妙胴體，忍不住高聲叫了聲好，舉劍迎上。

李無憂劍至中途，忽然速度暴增，本是一劍卻忽然變作了三十三劍。任獨行再叫聲好，劍勢一展，也如滔滔江水一般，疾刺出三十三劍。

劍影散去，兩劍相觸，任獨行忽然覺得對方殺氣騰騰的劍上忽然空空蕩蕩，渾無一絲力氣，剛覺不好，李無憂已哈哈一笑，借力飛出，投入漆黑的夜空。

任獨行緊追不捨，邊飛邊道：「李無憂，你怎麼知道我的？」

「你笑起來和你那老鬼師父一模一樣的賤，老子認不出你才是怪事！哈哈！」

「你認識我師父？喂，你別跑啊，快和我比劍！」

「老子忙得很，一會兒再說！」

潼關的水源全部取自地下井。軍中共有三口大井，每一口井都藏在一處隱秘的建築中，通常除了火頭軍外，罕有人知曉，而每口井四周都有精銳高手把守。只是今夜，這些人全都喝得爛醉如泥，醉眼醺醺地對著漆黑的夜空數月亮的個數。

事情出乎王戰預料的順利，在夜色的掩護下，他很幸運地找到了一口井，點了守衛的睡穴，只要再將手中這瓶藍色的液體滴入一滴，再過三日，潼關軍就再沒有一個可以戰鬥的士兵了，而整座潼關城也會變成一座死城吧。

「唉！」一聲幽幽的嘆息忽然在他背後響起。回頭，空空蕩蕩，連鬼影子都沒有一個。隱身術？王戰吃了一驚，下意識地看了看腰間，臨走時師父送的反隱佩玉依舊在。那誰有這麼高明的輕功？真氣無聲無息探測身周，卻並無任何真靈氣波動。

「唉！」嘆息聲，又在身後。

驚到了極處，再回頭，依然空寂。

「何方鼠輩，藏頭露尾？」又驚又恐下，他悶悶地喝了一聲，猛然朝身後劈出一刀。

握刀的右手大震，刀勢已被完全封死，刀已經黏在了一柄連鞘的劍上，卻無聲無息，沒有一聲交擊的鋭響。身後那人莫非也不想驚動他人嗎？

猛然回頭，夜色裏，一個全身漆黑的年輕男子正不屑地看著自己，卻不是李無憂。

王戰打了個冷戰，收刀退後一步：「閣下意欲何爲？」

「管閒事。」

「看閣下的裝束也不是楚人，又何必自找麻煩？」

任獨行又嘆息了一聲，指著王戰身後房頂道：「我對你的事本來沒什麼興趣，但他老是跟著你，不能和我比劍，我就不得不管了。」

順著他手指的方向，王戰看到了正微笑著朝自己打招呼的李無憂：「呵呵，王將軍，更深露重的，你不在房中好好休息，反跑到井邊來，莫非是被哪個姑娘壞了你貞潔，想跳井自殺嗎？」

李無憂從屋頂上飛下來的刹那，忽然燈火通明，四圍房屋上寒光逼人。王戰餘光瞥去，強弓硬弩不下數百。

「元帥，你……你這是什麼意思？」王戰一副迷惑模樣。

「抓奸細啊！」李無憂嘻嘻笑道。

「奸細？」王戰一愣，隨即恍然大悟，「……啊，元帥，你來得正好，這個人是蕭國的奸細，意圖在井裏投毒，被我當場發現，元帥，別讓他跑了！」

他手指的方向正是任獨行。

「真的有奸細？」李無憂大吃了一驚，隨即看見了任獨行，不禁跳了起來：「哎呀！王將軍你才一來就立下如此蓋世奇功，真是我的福將啊，可喜可賀……不過王將軍，你手裏拿的是什麼啊？」

火光下，那個藍色的小瓶很刺眼。

王戰臉不紅氣不喘道：「元帥，這就是這賊了想要投到井裏的毒藥，屬下剛才和他大戰三百回合，終於奪了過來。」

「嗯！好！」李無憂大喜，「你快將毒藥交給我，擒下這賊子。」

王戰毫不遲疑，將瓶子扔了過來，隨即拔刀，一式精妙之極的王家斬荊刀向任獨行猛砍去，後者卻不拔劍，挺身讓開。

王戰刀勢雄渾，每一刀都有與敵偕亡的殺氣，彷彿這一刀出去就再不回頭，但每於刀勢窮盡處卻又生轉折，奇峰突起，所取角度無一不是堂堂正止，但刀法變化卻是匪夷所思，常能人所不能。

「軍神親傳的王家斬棘刀果然名不虛傳，好！」李無憂大聲叫好，「王將軍，這賊子已經被你逼得拔不出劍了，快點將其制住！不要弱了軍神的名頭！」

任獨行邊躲邊搖頭苦笑：「李無憂，你還真是不折不扣的小人，竟然連制個內奸都要假手他人。」

語聲方罷，一道雪亮的劍光破鞘而出，直刺向王戰的胸口。

這一劍的去勢本也不快，也無風雷激蕩聲或是劍氣翻騰，但就這平平無奇的一劍刺出的時機正是他舊力已盡，新力未生的時機，王戰後退，連換七次刀招，但每一次都只使了半招，便再也使不下去，不得不再次變招，但七招之後，那一劍依然原勢不變，去勢不止，離他心房已不過半寸。

「噹！」地一聲，刀劍相交。卻是千鈞一髮之際，王戰忽然刀法一變，硬生生以一個詭異的方式用刀背架住了長劍的去勢。

「地獄斷情刀！」任獨行不防他刀勢忽然一張，竟被這詭異的一刀逼退半步。

王戰借力逸出，翻身朝一間屋子的窗戶投去。

事出突然，房頂的弓箭手反應過來時，手眼的配合已經緩了一緩，無數勁箭只落在了王戰掠過的地上。

「不是吧，小任，就你這劍法，還敢要求和老子比劍？」李無憂對任獨行豎起了中指。但他滿臉不屑的表情剛維持了不到一息，立刻轉做了驚愕——王戰眼見要穿入窗內，身體忽然憑空一頓，硬生生摔在牆角，頭破血流。立時便有士兵上去，將他綁縛住。

「如此劍法，不知道可以不可以與雷神大人一較高下？」任獨行傲然道。

李無憂知道方才他一劍雖然被王戰架住，但劍氣卻依舊順著刀身無聲無息地透了進去，傷了王戰的內腑甚至順帶封了他的穴道，不禁佩服地點了點頭：「這樣的劍法……殺殺豬啊宰宰雞什麼的，果然是夠用了。」

「你……」任獨行哭笑不得，長劍便指向了李無憂。

數百弓箭手大吃一驚，這人難道不是元帥的朋友嗎？心頭猶豫，手中的箭卻毫不猶豫，齊刷刷指向了任獨行。

李無憂正想說什麼，卻聽王戰發出了一陣冷冷的怪笑，不禁皺眉：「老大，你有什麼遺屁就快放，笑那麼難聽，嚇到城中的小朋友怎麼辦？大家都還要睡覺的不是？別怪我說你，老大不小了，還那麼不會做人！」

士兵們哈哈大笑，齊聲道：「快放，快放！」

黑衣人何曾見過這樣的主帥，瞪大了眼，不可置信地搖了搖頭。

「嘿嘿！我笑自己自作聰明，沒想到早被你算計而不自知。我笑你李無憂雖然絕頂聰明，卻不知道那瓶中是什麼東西的情形下竟然還敢接住！」

「是什麼東西？無情門的忘情水？唐門化石散？還是天巫毒蟲？不會是地獄門的黃泉湯吧？」李無憂臉色一變，連說了數種能穿透瓶塞外散的至毒的名字，王戰卻只是搖頭。

「難道是老處女的尿？死和尚的狗肉？……不會是窮書生的醋吧？」李無憂又連說了三種傳說中的超級至毒，臉上已經露出了冷汗。

王戰哈哈大笑：「都不是！老實告訴你吧，是失傳已近兩百年的藍毒瘟疫！此毒遇石則凝，遇肉則化，雖然你沒有服食，只是摸了一下瓶子，但藍毒早透過瓶子滲入你全身。不出十日，一定喪命！」

「轟！」地一聲，全場炸開了鍋，人人忍不住朝後退了一步，生怕靠李無憂太近而感染。

請續看《笑傲至尊4替天行道》

笑破蒼穹 ③ 幻境奇緣 (原名：笑傲至尊)

作　　者：易 刀
發 行 人：陳曉林
出 版 所：風雲時代出版股份有限公司
地　　址：105台北市民生東路五段178號7樓之3
風雲書網：http://www.eastbooks.com.tw
官方部落格：http://eastbooks.pixnet.net/blog
信　　箱：h7560949@ms15.hinet.net
郵撥帳號：12043291
服務專線：(02)27560949
傳眞專線：(02)27653799
執行主編：朱墨菲
美術編輯：吳宗潔

法律顧問：永然法律事務所　李永然律師
　　　　　北辰著作權事務所　蕭雄淋律師
版權授權：蔡雷平
初版換封：2015年3月

ISBN：978-986-352-125-9

總 經 銷：成信文化事業股份有限公司
地　　址：新北市新店區中正路四維巷二弄2號4樓
電　　話：(02)2219-2080

行政院新聞局局版台業字第3595號
營利事業統一編號22759935

定 價：280元　　特價：199元

國家圖書館出版品預行編目資料

笑破蒼穹 / 易刀著. — 初版. —
臺北市 : 風雲時代, 2014.12
冊 ;　公分

ISBN 978-986-352-125-9 (第3冊：平裝)—

857.9　　103024454

有華人的地方就有
龍人的作品